Die gebürtige Westfälin **Dorothea Stiller** entdeckte schon früh ihre Liebe zum geschriebenen Wort und zur Sprache. Nach dem Studium der Anglistik und Germanistik arbeitete sie zunächst fünfzehn Jahre als Lehrerin, bis sie ihre große Leidenschaft zum Beruf machte und seither als freiberufliche Autorin, Lektorin und Übersetzerin sowie Dozentin für Kreatives Schreiben und Literatur ihre Brötchen verdient. Die zweifache Mutter lebt mit ihrer Familie und Kater Findus am Rande des Ruhrgebiets und fühlt sich in verschiedenen Genres – ob Liebesroman, Historisches, Krimi oder Jugendbuch – zu Hause.

DIE SCHATTEN VON KESTREL HALL

DOROTHEA STILLER

Überarbeitete Neuausgabe Januar 2022

© 2021 dp Verlag, ein Imprint der dp DIGITAL PUBLISHERS
GmbH

Made in Stuttgart with ♥
Alle Rechte vorbehalten

DIE SCHATTEN VON KESTREL HALL

ISBN 978-3-98637-151-7
E-Book-ISBN 978-3-98637-143-2

Covergestaltung: Buchgewand
unter Verwendung von Motiven von
depositphotos.com: © goinyk, © CaptureLight, © VadimVasenin
stock.adobe.com: © guliveris
shutterstock.com: © KathySG
Umschlaggestaltung: ARTC.ore Design
Lektorat: Astrid Rahlfs
Satz: dp DIGITAL PUBLISHERS GmbH
Druck und Bindung: Books on Demand GmbH, Norderstedt

EINS

Montag, 20. Juni 1814 – Hyde Park, London

Einundzwanzig Salutschüsse waren zu hören gewesen. Das Zeichen, dass sie das Tor zum Park erreicht hatten.

»Können Sie sie sehen, Hayward?«, rief Marguerite und sah zu dem Ast hinauf, auf dem Leander Hayward saß und nach den Majestäten Ausschau hielt. An den Baumstamm gestützt, balancierte Marguerite auf den Fußballen und reckte den Hals, um über die Köpfe der Zuschauer hinwegzusehen, doch sie konnte nur gelegentlich einen Blick auf den Reitweg erhaschen, wenn eine Lücke zwischen den dichtgedrängten Menschen entstand.

»Nein! Noch ist nichts zu sehen«, rief der junge Mann von seinem Ausguck.

»Fall bloß nicht herunter. Der Ast sieht nicht gerade stabil aus.« Seine Schwester Emmeline beschattete die Augen mit ihrer Hand und sah zu ihrem Bruder auf.

»Jetzt! Jetzt sehe ich sie!« Der Ast bog sich gefährlich, als er sich aufrichtete, um besser sehen zu können. »Da! Da ist Prinny! Und das zu seiner Rechten muss der russische Zar sein.«

Marguerite musste lachen. War es nicht ein wenig gewagt, diesen spöttischen Kosenamen für den Prinzregenten zu verwenden, wenn der gerade vorbeiritt? Sie reckte sich auf die Zehenspitzen und fand endlich eine Lücke, durch die sie Köpfe und

Schultern der vorbeireitenden Majestäten erspähen konnte.

»Der in der schwarzen Uniform? Mit den goldenen Epauletten?«

»Ja. Und der mit dem weißen Federbausch auf dem Hut ist gewiss der preußische König, Friedrich Wilhelm III.«

»Und der Alte mit der roten Schärpe und den vielen Orden?« Emmeline war neben Marguerite getreten und versuchte ebenfalls, zwischen den Zuschauern hindurchzuspähen.

»Der mit dem Schnauzbart? Ich glaube, das ist Feldmarschall Blücher.«

Hinter den Majestäten folgte ein Zug diverser hochdekorierter Offiziere und Beamter. Es mussten bestimmt weit über zweihundert Männer aus verschiedenen Nationen sein. Nachdem der Prinzregent mit den alliierten Hoheiten vorbeigeritten war, zerstreute sich die Menge ein wenig, und das Gedränge wurde erträglicher.

»Achtung, Miss Gillray, ich komme herunter.« Geschickt ließ sich Leander Hayward von dem Ast gleiten und landete neben seiner Schwester und Marguerite auf dem Boden. Mit den Handflächen klopfte er notdürftig den Schmutz von seinen hellen Pantalons. Sein Hemd sah ebenfalls etwas mitgenommen aus, und die Krawatte, zuvor salopp à la Byron gebunden, hatte sich gelockert.

Marguerite sah ihn amüsiert an.

»Sie sehen aus wie ein Lausbub, der im Garten Verstecken gespielt hat.«

»Dazu fehlen mir die aufgeschlagenen Knie.«
Hayward zupfte sein Hemd zurecht, richtete die
Krawatte und ließ sich von Emmeline die Jacke
reichen. »Ist es Ihnen so genehm, Miss Gillray?«

»Beinahe. Darf ich?« Marguerite zupfte ein Blatt aus
seinen rotblonden Locken. »So. Nun könnten Sie fast
mit dem Zar zum Bankett gehen.«

Hayward lachte und zwinkerte ihr zu.

»Finden Sie nicht, dass ich dafür ein wenig zu
vornehm bin?« Er reckte den Hals und spähte über die
Menge hinweg. »Da kommen die Truppen. Das wird ein
einmaliges Spektakel«, verkündete er und begann zu
schwärmen. »Rund zweihundert Mann der
Königlichen Artillerie, über zweitausend Mann
Kavallerie, Infanterie, Milizionäre und
Freiwilligenkorps, insgesamt über zwölftausend
Mann.«

Marguerite konnte Haywards Begeisterung für das
Militär zwar nicht teilen, ein Aufmarsch von über
zwölftausend Soldaten und mehr als zweitausend
Pferden allerdings war ein durchaus sehenswertes
Ereignis, und so waren aus ganz London Schaulustige
in den Hyde Park geströmt und säumten die Wege, um
die Truppenabnahme zu sehen.

Begleitet von Militärkapellen und Freudenschüssen
zogen die Soldaten an der jubelnden Menge vorbei, und
Marguerite musste zugeben, dass es in der Tat
beeindruckend war.

»Ich glaube nicht, dass ich jemals so viele Männer in
Uniform gesehen habe.«

»Die machen schon etwas her, finde ich.« Emmeline Hayward beobachtete gebannt den schier endlosen Zug, der an ihnen vorbeimarschierte.

»Du wirst also einmal einen Offizier heiraten, Schwesterlein?«, neckte Hayward. Emmeline lachte nur und knuffte ihren Bruder wenig damenhaft in die Seite.

»Reden wir nicht übers Heiraten«, seufzte Marguerite. »Davon reden meine Eltern bereits genug.«

»Dann wollen wir heute nicht davon sprechen und uns einfach nur vergnügen.« Leander Hayward lächelte.

»Dafür gibt es auch genug Anlass. Endlich hat der grässliche Krieg ein Ende«, stimmte Emmeline zu.

In der Tat war der Sieg über Napoleon ein Grund zu feiern, und der Prinzregent hatte auch keine Kosten und Mühen gescheut, dieses freudige Ereignis und die nunmehr zweihundert Jahre währende Herrschaft des Hauses Hannover mit zahlreichen sich an Prunk und Extravaganz überbietenden Festivitäten zu begehen.

Als etwa zwei Stunden später die letzten Regimenter vorbeigezogen waren, beschlossen die drei Freunde, bei einem der vielen Stände, die entlang der Wege aufgebaut waren, eine Erfrischung zu sich zu nehmen.

Sie kamen nur langsam vorwärts, denn zwischen den Ständen und Zelten drängelten sich die Menschen, und überall gab es etwas zu sehen. Jongleure, Tänzer und Clowns, dressierte Tiere, Puppenbühnen, Schiffsschaukeln und Karussells.

Nachdem Leander für sie Rindfleischpasteten, heißen Aal und Ingwerbier sowie kandierte Früchte erstanden hatte, fanden sie einen Platz an einem der Tische zwischen den Zelten. Es schien, als habe die Sonne dem Anlass entsprechen wollen, denn sie strahlte kräftig vom fast wolkenlosen Himmel, und Marguerite beneidete Hayward nicht um Jacke und Krawatte, war ihr doch selbst in ihrem hauchzarten Musselinkleid noch ungeheuer warm.

»Herrlich, so ein buntes Treiben, nicht wahr?« Emmeline nahm einen Schluck Ingwerbier und sah sich neugierig um.

»Sehr«, stimmte Marguerite zu. »Ich kann mich nicht daran erinnern, je ein solches Spektakel in London gesehen zu haben. Man kommt aus dem Staunen gar nicht mehr heraus.«

Tatsächlich hatte der Trubel sie für eine Weile von ihrer unangenehmen Lage ablenken können. Doch jetzt, da sie ein wenig zur Ruhe kam, kehrten ihre Gedanken zurück zu dem Gespräch mit ihrer Mutter.

»Was ist mit dir? Fühlst du dich nicht wohl?«, fragte Emmeline, die den grüblerischen Gesichtsausdruck der Freundin bemerkt hatte. Vor ihr konnte Marguerite nichts verbergen, sie kannten einander einfach zu gut, schließlich waren sie so gut wie miteinander aufgewachsen.

»Eigentlich wollte ich uns damit nicht die Stimmung verderben«, entgegnete Marguerite.

»Ich kann es mir denken. Gewiss geht es um die Heiratspläne, die deine Eltern schmieden, nicht wahr?«

»Geht es nicht immer darum?« Marguerite seufzte. »Seit ich sechzehn geworden bin, arbeitet Mama doch darauf hin. Eine günstige Liaison soll meine Eintrittskarte in die noble Gesellschaft sein.«

»Ist es nicht eigentlich widersinnig, dass sich die adlige Gesellschaft dem Bürgertum gegenüber derart überlegen fühlt?« Leander Hayward biss ein Stück von seiner Fleischpastete ab und kaute. »Ihr Vater, Miss Gillray, arbeitet hart und hat es mit seinem Tee- und Gewürzhandel zu Ansehen und Wohlstand gebracht. Während er sich mit Geschick und ehrlicher Arbeit ein Vermögen erwirtschaftet hat, leben wir in der Hauptsache von unserem Landbesitz, der uns als Erbe in die Wiege gelegt wurde. Warum also sollte man einem Mann wie Ihrem Vater weniger Respekt entgegenbringen als beispielsweise unserem Vater – nur, weil der sich Baron Segrave nennen darf?«

»Du wirst den Gang der Welt nicht ändern, Leander«, warf Emmeline ein. »Es sei denn, du willst es den Franzosen gleichtun. Vergiss dabei nicht, wie viel Blut in ihrer Revolution geflossen ist.«

Hayward lachte.

»Sei unbesorgt, Emmeline. Zum Umstürzler bin ich nicht geboren, und es ist auch nicht mein Ehrgeiz, die Verhältnisse auf den Kopf zu stellen. Dennoch glaube ich, ein bisschen weniger Arroganz stünde unserer noblen Gesellschaft ganz gut zu Gesicht.«

»Hört, hört!«, rief Emmeline aus und hob ihr Glas. »Du wirst einmal einen fabelhaften Politiker abgeben.«

»Sie haben recht, Hayward. Eigentlich sollte es keine Rolle spielen, in welch eine Familie man hineingeboren wurde. Doch so ist es nun einmal, und daher hat sich meine Mutter in den Kopf gesetzt, dass ich unbedingt einen Mann mit Titel heiraten soll. Und ich fürchte, dieses Mal wird es für mich ernst.«

Das Lächeln wich aus Haywards Gesicht und seine Stirn legte sich in Falten.

»Das heißt, sie hat einen geeigneten Heiratskandidaten für Sie gefunden?«

»Allerdings. Seit Wochen ist von nichts anderem die Rede. Mama hat auf einer Gesellschaft die Dowager Countess of Peterborough kennengelernt und nähere Bekanntschaft mit ihr geschlossen. Wenn man den Gerüchten Glauben schenken kann, ist die finanzielle Lage der Familie angespannt. Dessen ist Lady Peterborough offenbar erst nach dem Tod ihres Mannes gewahr geworden, als ihr die Vermögensverhältnisse offengelegt wurden.«

»Und höchstwahrscheinlich gibt es da einen Sohn, richtig?«, folgerte Hayward.

»Adam Sinclair, der fünfte Earl of Peterborough.« Marguerite stieß hörbar Luft aus. »Die Countess hat es offenbar eilig, ihn unter die Haube zu bringen. Neben der prekären finanziellen Lage, befürchtet sie möglicherweise auch, die Geburt eines Stammhalters nicht mehr zu erleben.«

»Und den sollst du ihm schenken – zusammen mit einer großzügigen Mitgift, nehme ich an?«, schloss Emmeline.

»So ist es.« Marguerite nickte. »Mama hat Lady Peterborough und ihren Sohn für nächste Woche zu einem Dinner eingeladen, damit wir uns kennenlernen können.«

»Ansehen kannst du ihn dir doch. Vielleicht ist er gar nicht so übel«, fand Emmeline. »Ich hoffe, du verzeihst meine Direktheit, aber du neigst dazu, dich viel zu schnell aufzuregen. Doch ebenso rasch kannst du dich für Dinge begeistern. Nimm dir Zeit, ihn erst einmal kennenzulernen. Noch ist nichts beschlossen, und du kannst später entscheiden, ob du dem Drängen deiner Eltern nachgeben willst oder es auf eine Konfrontation ankommen lassen möchtest.«

»Sicherlich«, stimmte Marguerite zu. »Ansehen könnte ich ihn mir, doch ich fürchte, wenn er mir nicht gefällt, werde ich trotzdem herzlich wenig Mitspracherecht haben. Mama plant im Kopf bereits die Hochzeit – es fehlt nur, dass sie mich schon das Monogramm auf die Wäsche sticken lässt. Bleibt mir nur die Hoffnung, dass ich ihm nicht gefalle und er mehr Einfluss auf die Entscheidung hat als ich.«

»Das halte ich für unwahrscheinlich«, entgegnete Hayward.

»Dass er selbst entscheiden kann, ob er Marguerite heiraten möchte?«, fragte Emmeline.

»Dass sie ihm nicht gefallen könnte.« Leander Hayward lächelte schelmisch. »Da müsste er ein rechter Einfaltspinsel sein – oder blind wie eine Fledermaus.«

Marguerite lachte. »Vielen Dank für das reizende Kompliment, Hayward. Allerdings hoffe ich, dass der Earl diese Ansicht nicht teilt.«

ZWEI

Dienstag, 21. Juni 1814 – Portland Place, London

Marguerites Finger flogen über die Tasten des Pianofortes, doch immer wieder musste sie innehalten und neu ansetzen. Sie war einfach nicht bei der Sache.

Ihre Mutter saß vor dem Fenster und war damit beschäftigt, ein halbmondförmiges Holztischchen mit einem zierlichen floralen Muster zu bemalen – ihre große Leidenschaft.

»Am Sonntag solltest du möglicherweise ein anderes Stück spielen. Oder du musst noch viel üben. Wir wollen doch, dass du bei Lord Peterborough einen guten Eindruck hinterlässt.« Mrs Gillray warf ihrer Tochter einen tadelnden Blick zu und tauchte die Pinselspitze in die Farbe.

»Nein, Mutter. Nicht *wir* wollen – *du* willst«, entgegnete Marguerite trotzig und griff prompt einen falschen Akkord. »Ich sehe nicht ein, dass ich für eure Ambitionen an den nächstbesten Mann verschachert werden soll.«

»Marguerite! Ich muss doch sehr bitten.« Die Mutter hatte den Pinsel sinken lassen und sah sie streng an. »Es ist eine mehr als glückliche Fügung, dass Lady Peterborough es so eilig hat, ihren Sohn zu verheiraten und dass sie bei der Wahl einer geeigneten Schwiegertochter nicht unbedingt auf einer adligen Herkunft besteht.«

Marguerite hörte auf zu spielen und schaute ihre Mutter zornig an.

»Nein, natürlich nicht. Ihr geht es in erster Linie darum, das wirtschaftliche Überleben ihrer Familie zu sichern. Offenbar hat der verstorbene Lord Peterborough sich nicht um die Finanzen geschert und über seine Verhältnisse gelebt. Und ich soll es nun richten. Unter normalen Umständen würde Ihre Ladyschaft genauso auf uns herabsehen wie der Rest ihres Standes. Doch wenn ihr Schiff im Sinken begriffen ist, kommt der reiche Gewürzhändler als Rettungsanker gerade recht.«

»Nun, darin kann ich nichts Verwerfliches sehen«, fand Mrs Gillray. »Ein jeder ist auf seinen eigenen Vorteil bedacht und möchte nur das Beste für seine Kinder.«

»Und du glaubst, das Beste für mich sei es, einen Mann zu heiraten, den ich überhaupt nicht kenne, nur um mich mit einem Titel schmücken zu können? Du hast es bloß nie verwunden, selbst einen Bürgerlichen geheiratet zu haben. Und jetzt soll ich mich dafür hergeben, deine Rückkehr in die adlige Gesellschaft zu ermöglichen.«

»Marguerite! Mäßige dich! Ich dulde nicht, dass du in diesem Ton mit deiner Mutter sprichst.«

Marguerite zuckte zusammen. Die donnernde Stimme ihres Vaters war ungewohnt scharf. Wie es schien, war Mr Gillray unbemerkt hereingekommen und hatte einen Teil ihres Wortwechsels mit angehört.

»Außerdem erlaube ich nicht, dass du dich derart respektlos über den seligen Lord Peterborough äußerst. Wie schnell kann man in eine missliche finanzielle Lage geraten. Wer möchte es der Dowager Countess of Peterborough verdenken, dass sie anstrebt, die Fehler der Vergangenheit wiedergutzumachen und ihrer Familie zu einer neuen, glänzenderen Zukunft zu verhelfen? Was bitte ist so unzumutbar daran, dass du ein Teil dieser Zukunft werden könntest?«

Mr Gillray stieß mit dem Zeigefinger in die Luft und ging energischen Schrittes vor dem Pianoforte auf und ab.

»Du musst nicht nur an dich selbst denken, Marguerite! Denke doch bitte auch an deine zukünftigen Kinder. Als Countess kannst du ihnen ein ganz anderes Leben bieten. Es wäre eine ideale Verbindung. Die Peterboroughs brauchen das Geld, und wir brauchen ihren Titel. Es ist ein legitimer Handel.«

Marguerite sprang auf.

»Ein Handel! Ich bin doch kein Stück Vieh, das ihr auf dem Markt an den Meistbietenden verkauft. Ist es denn zu viel verlangt, wenn ich einen Mann heiraten möchte, den ich auch liebe?«

Mrs Gillray lachte auf.

»O Marguerite, mein Herz. Das, was du für Liebe hältst, ist nach spätestens zwei Jahren verblüht. Darauf kann doch niemand eine Ehe und schon gar keine Familie gründen. Du wirst sehen, später kommt es viel mehr auf gegenseitigen Respekt und Verlässlichkeit an als auf Schwärmerei und alberne Sentimentalitäten.«

»Sentimentalitäten? Aber Mama! Mit diesem Mann werde ich mein Leben teilen müssen.«

»Strohfeuer verglühen schnell. Liebe muss erst langsam wachsen, Marguerite«, warf Mr Gillray ein.

»Wenn du erst einmal verheiratet bist, wirst du einem Haushalt vorstehen und dich um die Erziehung deiner

Kinder kümmern müssen, für Romantik bleibt dir dann ohnehin keine Zeit. Lord Peterborough ist ein kluger und höflicher Mann und sieht ausgesprochen gut aus. Er wird einen guten Ehemann abgeben. Und selbst wenn er dir nicht gleich zusagt, mit der Zeit wächst man zusammen und lernt einander lieben«, sprang Mrs Gillray ihrem Gatten bei.

»Du hast Papa auch aus Liebe geheiratet. Nun wirst du doch wohl nicht behaupten, dass es dich unglücklich gemacht hätte.«

»Unglücklich nicht, Liebes, aber ich habe feststellen müssen, dass einem ein Titel mehr Türen öffnet als ein gefülltes Bankkonto, und für dich wünsche ich mir, dass du es leichter haben wirst.« Mrs Gillray nahm den Pinsel wieder auf und wandte sich ihrer Malerei zu. Das Thema war für sie offenbar erledigt.

»Ich werde nicht zulassen, dass du dich aus einer romantischen Vorstellung heraus für dein Leben unglücklich machst, Marguerite«, beendete ihr Vater die Diskussion mit Nachdruck. »Du wirst dir am Sonntag die allergrößte Mühe geben, Lord Peterborough und der Dowager Countess gegenüber zuvorkommend und höflich zu sein und dich von deiner besten Seite zu zeigen. Du genießt in diesem Haus eine Menge Freiheiten und Privilegien, und du wirst feststellen, dass ich auch weit weniger großzügig sein kann, wenn du es darauf anlegen möchtest.«

Marguerite wollte protestieren, doch sie wusste genau, dass es keinen Sinn hatte. Möglicherweise hatte Emmeline recht und der Earl war gar nicht so übel. Sie beschloss, sich ihre Kräfte zu aufzusparen. Sollte sie ihm gegenüber einen unüberbrückbaren Widerwillen empfinden, konnte sie sich noch immer wehren. In dem Fall stand ihr ein zäher Kampf mit ihren Eltern bevor. So viel stand fest. Also verbiss sie sich weitere Widerworte und kehrte zu ihrem Klavierspiel zurück. Mr Gillray schien zufrieden, nahm die Zeitung und setzte sich in seinen Lieblingssessel. Seine streitlustige Stimmung war verflogen, denn er wippte zu Marguerites Klavierspiel gut gelaunt mit dem Fuß.

Sie hatte noch nicht lange gespielt, als Travers den Besuch der Geschwister Hayward ankündigte.

»Wir wollen gar nicht lange stören«, begann Leander Hayward, nachdem sie die Gillrays begrüßt hatten. »Eigentlich wollten wir Miss Gillray nur auf eine Ausfahrt in unserer Barouche entführen. Das Wetter ist herrlich.«

»Darf ich, Mutter?«, bat Marguerite. »Wenigstens möchte ich meine letzten Tage in Freiheit noch genießen.«

Mrs Gillray warf ihr einen zornigen Blick zu.

»Aus allem musst du ein Drama machen! Aber fahr nur. Frische Luft wird dir guttun. Doch ich wünsche, dass du morgen weiter dein Klavierstück übst.«

»Ja, Mutter. Ich verspreche es. Setzen Sie sich doch einstweilen, Mr Hayward. Ich werde mich rasch umziehen.«

DREI

Dienstag, 21. Juni 1814 – Hyde Park, London

Marguerite ließ den Kopf in den Nacken fallen und blinzelte in die Sonne, während die Kutsche mit den drei Freunden darin die Oxford Street in Richtung Cumberland Gate entlangrollte.

»Ich bin froh, für eine Weile entfliehen zu können. Mama bleibt unerbittlich, was den Earl of Peterborough angeht, und Papa stellt sich auf ihre Seite. Ich fürchte, die Aussicht, aus ihrer Tochter eine Countess zu machen, hat ihnen vollkommen den Verstand vernebelt.«

»Sie wollen nur dein Bestes, Marguerite. Das darfst du nicht vergessen. Welche Frau hat schon das Glück, nur aus Liebe zu heiraten?«, warf Emmeline ein. »Von Liebe allein kann der Mensch nicht leben, und man darf die Realität nicht aus den Augen verlieren. Solange dein Peterborough nicht rundheraus widerwärtig ist, solltest du es dir überlegen, ob eine solche Verbindung nicht doch von Vorteil sein könnte.«

»Ich muss dir widersprechen, liebste Schwester. Du warst schon immer viel zu vernünftig«, wies Leander Hayward den Einwurf zurück. »Wie sollen zwei Menschen miteinander glücklich werden, wenn sie nur der Zweck verbindet? Wenn andere Menschen oder äußere Umstände darüber bestimmen, wen ein Herz lieben darf und wen nicht, kann das doch nur in die Katastrophe führen.«

»Sehr wohlgesprochen, Hayward. Ich glaube auch, dass der Verstand das Gefühl nicht in die Schranken weisen kann. Gefühle sind wie Wasser, sie wollen frei fließen. Man kann wohl Dämme bauen, doch staut sich zu viel, können sie das Wasser nicht aufhalten und es bricht sich Bahn«, bemerkte Marguerite.

Emmeline lachte.

»Ihr lest zu viele Gedichte und Romane. Ich gebe euch recht, denn auch ich denke, dass eine Verbindung dann am glücklichsten ist, wenn Opportunität und Leidenschaft zusammenkommen. Doch wenn wir darauf warten, einem solchen Menschen zu begegnen, kann es sein, dass wir am Ende allein dastehen.«

»Möglicherweise ist es besser, allein zu sein, als sein Leben mit dem falschen Menschen zu verbringen«, sagte Marguerite und seufzte hörbar. »Doch was nutzt es? Wenn ich mich nicht mit meiner Familie überwerfen möchte, muss ich mich wohl oder übel ihrem Willen beugen.«

»Sind Sie sicher, dass Ihre Eltern nicht nachgeben werden?« Hayward sah sie mit zusammengezogenen Augenbrauen an. Er schien nachzudenken.

»Ja. Für meine Mutter steht fest, dass ich einen Mann mit Titel heiraten muss. Und diese Gelegenheit ist zu gut, um sie sich entgehen zu lassen. Wie ich bereits gestern sagte, meine einzige Hoffnung besteht darin, dass Peterborough sich uninteressiert zeigt.«

»Hm«, machte Hayward und knetete sein Kinn mit Daumen und Zeigefinger. »Vielleicht findet sich auch noch eine andere Lösung.«

»Lassen Sie uns über etwas Erfreulicheres sprechen«, schlug Marguerite vor. »Zum Beispiel darüber, wie lange Sie noch in der Stadt bleiben werden.«

»Wir werden sicher bis Mitte August bleiben. Es wird viel Trubel sein zu den Jubiläumsfeierlichkeiten, und ich glaube kaum, dass unsere Eltern sich das entgehen lassen wollen.«

»Also sollte ich dem Hause Hannover dankbar sein, beschert es mir doch die Freude, mich in diesem Jahr nicht so früh von meinen lieben Freunden trennen zu müssen.« Marguerite lächelte.

Sie befuhren die Ringstraße in der Nähe der nordwestlichen Einfriedung, die im Westen von den Kensington Gardens, im Süden vom Serpentine und vom restlichen Park mit einem Zaun abgetrennt war, als Emmeline den Kutscher bat, beim Eingang in der Nähe des Wildhüterhauses zu halten.

»Ich habe großen Durst«, erklärte sie.

Marguerite hatte den verschwörerischen Blick bemerkt, den die Geschwister getauscht hatten, und sie fragte sich, was dieser zu bedeuten hatte.

»Wenn man dem Fußweg unter den Bäumen ein Stück folgt, kommt man an eine Mineralquelle. Dort sitzt eine Frau, die Wasser verkauft. Bitte, wäret ihr vielleicht so lieb, mir einen Krug zu holen? Ich habe mir leider gestern den Knöchel vertreten und bin nicht so gut zu Fuß.«

Marguerite konnte sich nicht erinnern, bemerkt zu haben, dass Emmeline zuvor Schwierigkeiten beim Gehen gehabt hatte. Sie runzelte die Stirn. Was führten die beiden im Schilde? Sie würden doch nicht etwa …

nein, den Gedanken fand sie so abwegig, dass sie ihn gleich wieder verwarf.

»Aber natürlich, Emmy. Kommen Sie, Miss Gillray, wir wollen rasch zur Quelle gehen. Es ist nicht weit, und der Weg am Garten des Wildhüters vorbei ist recht hübsch.«

Leander Hayward sprang aus der Kutsche und reichte Marguerite die Hand, um ihr beim Aussteigen zu helfen.

Sie ließen die Barouche hinter sich und spazierten den schattigen, von Bäumen gesäumten Weg entlang. Nach einer Weile konnten sie in einiger Entfernung das eingefasste Quellbecken erkennen und daneben eine Frau mit einem Handkarren, die unter den Bäumen einen Tisch und einen Stuhl aufgebaut hatte.

»Da ist es schon!«, rief Leander aus.

An der Quelle sahen sie eine Familie mit Kindern. Die Eltern hatten ihren Sprösslingen offenbar etwas zu trinken gekauft und grüßten freundlich, als Leander und Marguerite näherkamen. Die Kinder tollten lachend um das Quellbecken herum.

Leander kaufte bei der Frau mit dem Handkarren einen kleinen Krug Wasser, und sie machten sich auf den Rückweg.

Als sie die Quelle und die Familie mit den lachenden Kindern hinter sich gelassen hatten, verlangsamte Leander merklich seine Schritte. Er räusperte sich.

»Miss Gillray, ich würde mit Ihnen gern über etwas sprechen, das mich seit unserer Unterhaltung gestern beschäftigt«, begann er. Marguerite blieb stehen und sah ihn prüfend an.

»Natürlich, Mr Hayward. Sprechen Sie.«

»Also, nun, ich habe lange nachgedacht ... über das, was Sie bezüglich der Pläne Ihrer Eltern sagten und ... nun, wenn es Ihren Eltern um den Titel geht, mein Vater ist Baron Segrave, und ich als ältester Sohn werde diesen Titel eines Tages erben. Möglicherweise könnten Sie sich vorstellen – also, da ich nichts als die wärmsten Gefühle für Sie habe, Miss Gillray – könnte ich doch bei Ihren Eltern um Ihre Hand anhalten, um Ihnen eine arrangierte Heirat mit Lord Peterborough zu ersparen.«

Das Sonnenlicht, das durch die Blätter der Bäume fiel, ließ seine großen bernsteinfarbenen Augen leuchten und Marguerite an hellen Karamell denken, den sie so gerne aß. Die rötlichblonden Locken fielen ihm keck in die Stirn und gaben ihm etwas Lausbübisches. Für einen kurzen Moment war sie versucht, seinen Antrag anzunehmen, denn die Geste rührte sie. Doch es fühlte sich falsch an, eine Ehe allein auf die Furcht vor der Alternative zu gründen. Einen lieben Freund zu heiraten, um einer von den Eltern angebahnten Heirat zu entgehen, war schließlich keinen Deut besser, als sich in ihr Schicksal zu fügen. Wäre es nicht in beiden Fällen ein Zweckbündnis?

»O Hayward!«, rief Marguerite. »Sie sind ein wahrer Freund, und ich weiß Ihr Angebot zu schätzen. Es ehrt Sie, dass Sie mir damit eine erzwungene Heirat ersparen möchten. Ich habe Sie sehr gern, und wir kennen einander nun schon so lange, dass Sie wie ein Bruder für mich sind. Sicher könnten wir eine glückliche Ehe führen, doch gerade, weil ich Sie sehr schätze, kann ich Ihren Antrag nicht annehmen. Ich hoffe, Sie halten mich nicht für undankbar, jedoch wäre es falsch, aus diesem Grund zu heiraten und in höchstem Maße selbstsüchtig. Ich würde Ihnen damit die Möglichkeit nehmen, ihr Glück zu finden.«

Für einen Augenblick schien es, als wolle Hayward widersprechen. Doch schließlich nickte er.

»Ich verstehe. Sie haben höchstwahrscheinlich recht, Miss Gillray. Es war dumm von mir.«

»Nein. Nicht dumm. Es war sehr lieb von Ihnen, mir einen Ausweg aus meiner misslichen Lage bieten zu wollen. Das werde ich Ihnen niemals vergessen, Hayward. Vielen Dank!«

Für einen kurzen Augenblick schien sich ein Schatten über sein Gesicht zu legen, doch dann lächelte er wieder.

»In Anbetracht der Umstände, Miss Gillray, möchten Sie nicht endlich Leander zu mir sagen? Jedenfalls wenn wir unter uns sind?«

»Sehr gerne. Leander.« Sie mochte den Klang seines Namens. »Dann musst du mich auch Marguerite nennen.«

Langsam schlenderten sie zurück zu der wartenden Barouche, von der aus ihnen Emmeline bereits neugierig entgegenblickte. Marguerite bemerkte aus dem Augenwinkel, wie Leander den Kopf schüttelte und ein fragender Ausdruck in das Gesicht ihrer Freundin trat.

»Ich habe seinen Antrag nicht angenommen«, flüsterte Marguerite ihr ins Ohr, als Leander ihr in die Kutsche half. Emmelines Blick war nun nicht weniger neugierig, doch unterließ sie es, das Thema aufzubringen, um ihrem Bruder die Verlegenheit zu ersparen, was sie sichtbar Mühe kostete. Marguerite jedoch war es ganz recht, nicht weiter darüber sprechen zu müssen, auch wenn sie sich sicher war, die richtige Entscheidung getroffen zu haben.

VIER

Marguerite betrachtete sich im Spiegel. Das neue cremefarbene Seidenkleid stand ihr ausgezeichnet. Es war über und über mit Glasperlen bestickt und an Ärmeln und Ausschnitt mit pinkfarbenem Satin verziert. Der Rock fiel leicht und fließend und war aufwändig mit Granatäpfeln, Ranken, Blumen und Eichenblättern aus gekordeltem Seidengarn bestickt. Normalerweise hätte es ihr gefallen, sich so herauszuputzen, doch heute hatte es einen bitteren Beigeschmack. Denn sie fühlte sich wie Ware in der Auslage eines Geschäfts, die möglichst ansprechend präsentiert werden sollte.

Anna hatte ihr die Haare zu einem eleganten Knoten aufgesteckt, um den sie die zu Zöpfen geflochtene untere Partie gewickelt und festgesteckt hatte. Die restlichen Haare hatte sie mit dem Eisen zu Locken gedreht. Sie rahmten Marguerites Gesicht vorteilhaft ein und ließen die Frisur weniger streng erscheinen. Sie sah wirklich hübsch aus. Mama würde keinen Grund zur Klage haben.

Marguerite war hin- und hergerissen. Es gab diese innere Stimme, die sie aufrief, sich zu wehren, ihr Leben selbst in die Hand nehmen, und gegen die Pläne ihrer Eltern aufzubegehren. Allerdings glaubte sie nicht, die Kraft und den Willen zu besitzen, es auf einen Kampf ankommen zu lassen.

Was war sie schon ohne das Erbe ihrer Eltern? Ihr Platz in der Gesellschaft hing davon ab. Vielleicht hätte sie eine Möglichkeit finden können, ihren Lebensunterhalt selbst zu bestreiten. Schließlich war sie nicht dumm und hatte eine umfassende Bildung genossen. Aber sie war es nicht gewohnt, gegen Widerstände zu kämpfen. Bisher hatten ihre Eltern alle Schwierigkeiten aus dem Weg geräumt. Nie hatte sie für sich selbst sorgen müssen. Sie hätte nicht gewusst, was zu tun war, wenn sie sich eine Arbeit hätte suchen müssen. Wer würde sie beschäftigen, ohne den Segen ihrer Eltern? Die Wahrheit war, sie war zu feige und würde sich den Wünschen ihrer Eltern fügen. Zumindest wollte sie sich Lord Peterborough einmal ansehen. Wenn er ihr vollkommen zuwider war, würden ihre Eltern möglicherweise nicht darauf bestehen, dass sie ihn heiratete.

Es klopfte. Anna trat ein. »Die gnädige Frau wünscht, dass Sie herunterkommen, Miss Gillray. Der Besuch wird bald eintreffen.«

»Danke, Anna. Sagen Sie ihr, dass ich gleich komme.«

Noch einmal überprüfte Marguerite ihr Aussehen im Spiegel und rieb die Lippen gegeneinander, um sie zu röten.

Dann lief sie die Treppe hinunter in den Salon, wo ihre Eltern bereits warteten.

»Wunderschön, Marguerite!«, rief Mrs Gillray entzückt. »Das neue Kleid steht dir ausgesprochen gut – und dein Haar! Anna ist Gold wert. Ich bin froh, dass wir sie eingestellt haben.«

Sie trat heran und küsste ihrer Tochter die Stirn. »Ich bin stolz auf dich, Marguerite. Auch dein Klavierspiel hat sich unglaublich verbessert.« Sie nahm ihre Tochter bei den Händen, machte einen Schritt zurück und sah sie noch einmal an. »Du weißt, dass wir nur das Beste für dich wollen, nicht wahr, Marguerite?«

»Ja, Mama. Das weiß ich.« Es klang unfreundlicher, als Marguerite beabsichtigt hatte, aber ihre innere Anspannung war kaum zu ertragen. Sie wollte den Besuch nur schnell hinter sich bringen. Schließlich blieb ihr ohnehin kaum eine Wahl, und es würde ihr schwerfallen, höflich und freundlich zu ihren Gästen zu sein und sich ihnen möglichst vorteilhaft zu präsentieren, wenn ihr eher danach gewesen wäre, sich in ihrem Zimmer zu verkriechen.

Das Geräusch einer Kutsche war auf dem Pflaster vor dem Haus zu hören, und Mr Gillray trat zum Fenster, um nachzusehen.

»Ich glaube, da kommen sie.«

Rasch zog Mrs Gillray ihn am Ärmel vom Fenster weg.

»Christopher! Wenn sie dich sehen! Sie sollen doch nicht denken, wir wären verzweifelt.«

Marguerite atmete tief ein und verdrehte die Augen. Nein, sie sollten bloß nicht denken, dass sie es krampfhaft darauf anlegten, für ihre Tochter mit einer saftigen Mitgift einen Mann mit Titel zu angeln.

Kurze Zeit nachdem Travers die Ankunft der Gäste gemeldet hatte, führte er Lady Peterborough in den Salon. Für eine Frau war sie erstaunlich groß und sehr schlank. Ihre kühlen blauen Augen musterten Marguerite mit Interesse und kritischer Distanz.

Hinter der Countess trat nun ein Mann ein. Marguerite musste sich zusammenreißen, um ihn nicht allzu offensichtlich anzustarren. Lord

Peterborough sah weit jünger aus, als sie vermutet hatte. Wie seine Mutter hatte auch er eine schlanke Statur und überragte die Countess um ein Beträchtliches. Er hatte dunkelbraunes Haar und ebenso dunkle, markante Brauen über wachen, blauen Augen. Auf seinen fein geschwungenen Lippen lag ein leichtes Lächeln, das dem kantigen Gesicht mit der männlichen Kinnpartie etwas angenehm Weiches verlieh. Harmonischere und ansprechendere Gesichtszüge hatte Marguerite selten an einem Mann gesehen. Sie spürte, wie ihr unter den unverhohlen prüfenden Blicken der Gäste das Blut in die Wangen schoss.

»Lady Peterborough, Lord Peterborough! Wie schön, Sie wiederzusehen. Wir sind hocherfreut, Sie in unserem Haus begrüßen zu dürfen. Darf ich Ihnen meinen Mann, Mr Christopher Gillray und meine Tochter, Miss Marguerite Gillray vorstellen?«

»Haben Sie vielen Dank für die freundliche Einladung«, entgegnete die Countess. »Mr Gillray, Miss Gillray, ich bin hocherfreut, Ihre Bekanntschaft zu machen und freue mich, Ihnen meinen Sohn vorstellen zu dürfen, Lord Adam Peterborough.« Ihre Stimme war fest und kühl. Sie klang wie die Stimme einer Frau, die es gewohnt war, dass man ihren Worten Beachtung schenkte.

»Auch ich freue mich außerordentlich, heute bei Ihnen zu Gast sein zu dürfen. Insbesondere ist es mir natürlich eine Freude, Ihren Gatten und Miss Gillray kennenzulernen.«

Lord Adam Peterboroughs Stimme hatte eine angenehm warme Klangfarbe und wirkte wohltuend gegen den bestimmend kühlen Ton der Dowager Countess.

Marguerite hatte mit einigem gerechnet, aber nicht damit, dass ihr Lord Peterborough auf Anhieb sympathisch sein könne. Er war ein ausgesprochen gutaussehender Mann und hatte eine ruhige Gelassenheit an sich, die jedoch in keiner Weise überheblich wirkte.

»Bitte, nehmen Sie doch Platz.« Mr Gillray wies auf das Sofa.

Nachdem sich die Gäste gesetzt hatten, nahmen auch die Gillrays Platz. Marguerite sah verstohlen zu Lord Peterborough herüber und fühlte sich fast ertappt, als dieser ihren Blick auffing. Eben noch war sie der festen Überzeugung gewesen, sich sogar zu elementarer Höflichkeit ihm gegenüber zwingen zu müssen. Doch jetzt brannte sie darauf, mehr über ihn zu erfahren.

»Wir freuen uns so, dass Sie es einrichten konnten. Sicher haben Sie viele gesellschaftliche Verpflichtungen, denen Sie nachkommen müssen.« Mrs Gillray war bemüht, die Konversation in Gang zu bringen.

»Sie haben recht, es ist der Sommer der Feste, liebe Mrs Gillray. Aber nach unserem Gespräch musste ich einfach Ihre reizende Familie kennenlernen. Ich fürchte, ich habe Lord Peterborough ganz närrisch gemacht, so habe ich von Ihnen geschwärmt.« Lady Peterborough wandte sich lachend ihrem Sohn zu. Der lächelte und nickte.

»Allerdings. Meine Mutter hat mir so viel von Ihnen erzählt, dass ich es nicht abwarten konnte, Sie endlich kennenzulernen. Insbesondere Sie, Miss Gillray. Mama sagte, Sie sind eine ausgezeichnete Pianistin. Ich hoffe doch, dass Sie uns später etwas zu Gehör bringen werden?«

Marguerite lächelte und spürte, wie ihre Wangen glühten.

»Selbstverständlich gerne, Mylord. Ich fürchte nur, meine Mutter ist nicht ganz objektiv, was meine Begabung angeht.«

»Stellen Sie Ihr Licht nicht unter den Scheffel, meine Liebe. Ich bin sicher, Sie haben auch eine wundervolle Gesangsstimme. Aber da wir gerade von Festivitäten sprachen«, begann die Dowager Countess, »der Watier's Club, in dem Lord Peterborough Mitglied ist, veranstaltet am Freitag in Burlington House einen großen Maskenball zu Ehren des Duke of Wellington. Insgesamt werden etwa 1700 geladene Gäste erwartet. Wir hatten gehofft, dass Sie uns begleiten, Miss Gillray.«

Marguerites Herz schlug schneller. Ein großer Kostümball, auf dem sich alles tummeln würde, was Rang und Namen hatte. Und sie sollte dabei sein? Was für eine aufregende Aussicht!

»Ich kann Ihnen gar nicht sagen, was für eine große Ehre es für mich wäre, Sie begleiten zu dürfen, Mylady«, sagte sie voll Begeisterung.

»Mit einer so reizenden Begleitung freue ich mich nur umso mehr auf den Ball«, entgegnete Lord Peterborough mit einem Lächeln. »Sie müssen mir jetzt schon versprechen, mir einen Tanz zu reservieren, Miss Gillray.«

»Es wäre mir ein Vergnügen, Mylord.«

Marguerite strahlte. Die Aussicht, Lord Peterborough auf einen Ball zu begleiten und mit ihm zu tanzen, hatte jeglichen Schrecken verloren. Noch heute Morgen war es für sie klar gewesen, dass sie sich nur mit Widerwillen den Wünschen ihrer Eltern beugen würde. Schließlich war sie fest davon überzeugt, dass sie nur einen Mann heiraten wollte, den sie liebte. Jetzt allerdings fragte sie sich, ob sie überhaupt wusste, wie sich Liebe anfühlte. Konnte man tatsächlich bei der ersten Begegnung instinktiv wissen, dass man jemanden liebte? Noch nie hatte sie auf diese Weise für einen Mann empfunden. Diese Art der Liebe kannte sie doch nur aus Romanen und Gedichten. Waren die Empfindungen, die in Lord Peterboroughs Gegenwart auf sie einströmten, bereits erste Vorboten davon? Es verunsicherte sie, dass er so anders war als in ihrer Vorstellung, und ihr vehementer Widerstand erschien ihr rückblickend beinahe lächerlich. Eigentlich hätte sie doch wissen müssen, dass die Mutter ihr Lord Peterborough nicht vorgestellt hätte, wenn er ihr nicht als ein wünschenswerter Schwiegersohn erschienen wäre. Mit ihrem voreiligen Aufbegehren hatte sie Leander Hayward sogar dazu verleitet, ihr aus eilfertiger Ritterlichkeit einen Antrag zu machen, um sie aus den Fängen eines vermeintlichen Unholds zu retten. Damit hätte sie auch ihn auf Jahre hin unglücklich machen können, ihm die Möglichkeit genommen, sein Glück zu finden und eine Frau aus freien Stücken und aufrichtiger Liebe zu heiraten.

Oh, wie dumm war sie gewesen! Emmeline hatte recht behalten. Sie hatte ein Problem herbeigeredet, das sich nun verflüchtigt hatte. Sie hätte Lord

Peterborough zunächst kennenlernen sollen. Stattdessen hatte sie ihre Eltern erzürnt und ihre Freunde in ihren Streit hineingezogen. Sie war so sicher gewesen, dass sie selbst genau wusste, was für sie am besten war. Nun stand sie blamiert da und musste einsehen, dass ihre Eltern mit ihrer Lebenserfahrung offenbar doch bessere Ratgeber waren als ihr stürmisches Herz. Sie fühlte sich an Emmelines Worte erinnert. Daran, dass die glücklichsten Verbindungen wohl die waren, in denen Opportunität und Leidenschaft aufeinandertrafen. Möglicherweise war diese Begegnung der Beginn einer solchen Verbindung. Marguerite war jedenfalls begierig, dies zu überprüfen.

FÜNF

»Was ist mit dir? Nun habe ich schon zum dritten Mal hintereinander gewonnen. Fühlst du dich nicht wohl?« Emmeline nahm den Einsatz an sich und sammelte die Karten ein.

»Entschuldige bitte, Emmy. Ich bin nicht ganz bei der Sache.« Ihr Bruder griff nach dem Kartenstapel und begann zu mischen. »Ich glaube, ich habe bei Marguerite einen großen Fehler gemacht.«

Emmeline runzelte die Stirn.

»Welchen Fehler?«

Leander schwieg und beobachtete seine Hände beim Mischen. Er schien nachzudenken, und Emmeline wusste, dass es wenig Sinn hatte, ihren Bruder zu drängen.

»Als ich am Dienstag um ihre Hand anhielt«, sagte er schließlich.

»Du glaubst, es war ein Fehler, ihr einen Antrag zu machen?«

Leander hörte auf zu mischen und sah seine Schwester an.

»Nein. Es ist mehr die Art und Weise, wie ich ihr den Antrag gemacht habe. Sie musste annehmen, ich hätte es aus Mitgefühl getan, um ihr einen Ausweg aus ihrer schwierigen Lage zu bieten.«

Emmeline sah erstaunt auf.

»Und diese Annahme ist falsch?«

»Ach, ich ärgere mich so über mich selbst!« Leander fuhr sich mit den Fingern durchs Haar. »Aber bis gestern war es mir selbst nicht recht bewusst, fürchte ich. Ich Esel habe es so ungeschickt angestellt, dass sie ablehnen musste. Erst als sie meinen Vorschlag abgelehnt hatte, merkte ich, wie sehr mich das enttäuschte.«

»Du wünschst dir, sie hätte zugestimmt?«

Emmeline war verwundert und erfreut zugleich. Wäre es nicht wundervoll, wenn ihre Freundin auch ihre Schwägerin würde? Sie waren doch ohnehin wie Schwestern.

»Ja. Doch leider habe ich bis gestern Abend gebraucht, um es zu bemerken. Ich kenne sie so lang, dass es mir nicht bewusst war, aber ich liebe sie.«

»O Leander! Das ist doch wundervoll!«, rief Emmeline begeistert.

»Du täuschst dich, Emmy. Marguerite erwidert meine Gefühle nicht. Sie sagte, sie hat mich gern – wie einen Bruder.«

»Natürlich hat sie das gesagt. Ich bin sicher, sie empfindet genau wie du. Gewiss ist es ihr bisher auch noch nicht bewusst geworden. Wenn sie nur wüsste, was du fühlst!« Emmeline legte ihre Hände auf die ihres Bruders. »Du musst es ihr sagen.«

Leander hatte die Augenbrauen zusammengezogen.

»Bist du sicher, dass das klug wäre? Jetzt, wo sie dem Earl of Peterborough vorgestellt wurde?«

»Jetzt gerade! Noch wird er ihr keinen Antrag gemacht haben. So eilig wird es selbst unser finanzschwacher Earl of Peterborough nicht haben.

Aber du musst schnell handeln. Also komm schon, wir wollen gleich zu ihr gehen!«

Da das Haus der Gillrays nicht weit entfernt war, machten sich die Hayward-Geschwister zu Fuß auf den Weg und kamen kurz darauf am Portland Place an, wo sie von Travers, dem Butler, in Empfang genommen wurden.

Als sie in die Halle traten, kam Marguerite ihnen über die Treppe entgegengeflogen. Obwohl es fast Mittag war, war sie noch in ihrem Morgenkleid, und sie strahlte über das ganze Gesicht.

»Emmeline! Leander! Als ob ihr Gedanken lesen könntet. Gerade habe ich daran gedacht, euch zu besuchen. Ich wollte mich soeben umkleiden. Es ist spät geworden gestern Abend, und ich habe lange geschlafen. Wartet doch einstweilen im Salon, dann mache ich mich zurecht. Travers wird euch Tee bringen.«

Kaum hatte sie dies gesagt, lief sie wieder die Treppe hinauf in das obere Stockwerk, in dem sich die Schlafgemächer der Familie befanden.

Verwundert sah Emmeline ihren Bruder an.

»Sie scheint guter Dinge«, bemerkte der mit einem enttäuschten Unterton.

Die Geschwister folgten Travers in den Salon und nahmen Platz, während sie auf ihre Freundin warteten.

»Du glaubst doch nicht, dass er ihr bereits einen Antrag gemacht hat«, flüsterte Emmeline. »Doch nicht direkt am ersten Abend.«

»Nein. Das glaube ich auch nicht. Aber sie wirkte fröhlich und unbekümmert, findest du nicht?« Leander sah ungeduldig zur Tür.

»Vielleicht haben ihre Eltern nachgegeben«, versuchte Emmeline, ihren Bruder zu beruhigen. Doch sie ahnte, dass Marguerites fröhliche Stimmung an diesem Morgen für Leander nichts Gutes zu bedeuten hatte.

»Du musst es ihr sagen«, sagte sie daher mit Bestimmtheit. »Sie muss es erfahren.«

»Du wirst dich zurückhalten!« Ihr Bruder warf ihr einen strengen Blick zu. »Es ist allein meine Entscheidung. Lass mich das übernehmen. Versprich es! Sollte sie ihre Wahl bereits getroffen haben, werde ich mich nicht dazwischendrängen.«

Emmeline schwieg.

»Versprich es!«, wiederholte Leander mit Nachdruck.

»Also gut, ich verspreche es.«

Sie wusste, dass sie ihren Bruder nicht davon würde abhalten können, sich aus Ritterlichkeit selbst unglücklich zu machen. Auch wenn sie überzeugt war, dass Leander und Marguerite ein vorzügliches Paar wären. Möglicherweise ließ sie sich dabei auch von ihrem eigenen Wunsch leiten, die beste Freundin zur Schwägerin haben zu wollen. Sie musste es Leander überlassen, wie er diese Angelegenheit handhaben wollte. Während sie noch darüber nachgrübelte, flog die Tür auf, und Marguerite kam herein.

»Da bin ich nun«, rief sie und nahm auf dem freien Sessel neben Leander Platz. »Oh, ich bin so albern gewesen! Du hattest vollkommen recht, Emmeline. Es wäre klüger gewesen abzuwarten, bevor ich mich derart aufrege. Ich hätte Mama wirklich ein besseres Urteilsvermögen zutrauen müssen. Lord Peterborough ist ein ganz reizender Gentleman. Du kennst mich zu gut und weißt, wie schnell ich mich in Sorgen und Befürchtungen hineinsteigern kann, Emmy.«

Sie hielt inne und sah zuerst Emmeline, dann deren Bruder fragend an.

»Aber ich sehe noch immer in lange Gesichter. Bitte, seid versichert, alles ist gut. Ich könnte zufriedener nicht sein. Ach wie kindisch ich doch war, euch so grundlos in Aufruhr und Sorge zu versetzen. Man stelle sich vor, wir hätten uns am Freitag verlobt, Leander! Das wäre wohl eine schöne Narretei gewesen!«

Marguerite lachte und Emmeline sah voll Mitgefühl zu ihrem Bruder. Sie öffnete den Mund, um ihre Freundin in ihrem Überschwang zu bremsen, doch sie sah, wie Leander kaum merklich den Kopf schüttelte.

»Ja! Was für ein törichter Einfall von mir dieser Antrag war! Nun, ich bin froh, dich so glücklich zu sehen. Das ist doch die Hauptsache, nicht wahr Emmeline? Wir wünschen Marguerite doch nur alles erdenkliche Glück.«

Der Blick ihres Bruders war beinahe flehend, und so verbiss sich Emmeline jede Einlassung, auch wenn sie nach wie vor glaubte, dass Marguerite schlummernde Gefühle für Leander hatte, derer sie sich nur bewusst werden musste.

»Ich kann dir gar nicht genug für deine Ritterlichkeit danken. Aber gewiss bist auch du nun froh, dass wir keinen Fehler begangen haben und die Aufregung überhaupt nicht nötig war. Ich weiß, dass ich bisweilen ein wenig übereilt im Urteil bin. Peterborough ist ganz anders, als ich erwartet habe. Er ist so höflich und gebildet und überaus gutaussehend. Wir sprachen über Literatur, Kunst, Philosophie und so vieles mehr. Und ehe ich mich versah, war es schon Zeit für das Supper. Die Countess hat mich sogar eingeladen, sie zu einem Ball des Watier's Clubs in Burlington House zu begleiten. Über 1700 Gäste sollen kommen! Stellt euch das vor!«

»Das … das sind hervorragende Neuigkeiten«, brachte Leander hervor, und Emmeline staunte, dass es ihm gelang, dabei halbwegs überzeugend zu klingen.

»Wir spielten Bouts-rimés, und er war ja so clever und gewitzt, niemals um einen Vers verlegen. Denkt euch, die Stimmung war so ausgelassen, dass sich sogar Mama ans Pianoforte wagte und wir getanzt haben. Getanzt, Emmeline! In unserem Salon! Stellt euch das nur vor. Papa mit der Dowager Countess und ich mit Lord Peterborough. Er ist ein fantastischer Tänzer. Ich kann kaum abwarten, mit ihm den Ball in Burlington House zu besuchen. O Emmeline! Ich werde ein Kostüm brauchen! Ich muss sofort heute zur Schneiderin, es soll ja bis Freitag fertig sein.«

Emmeline nickte, konnte den begeisterten Überschwang ihrer Freundin aber natürlich nicht teilen. Ihr Bruder tat ihr leid, und sie war immer noch sicher: Hätte Marguerite nur von seiner Liebe gewusst, gewiss hätte sie Peterborough und dessen clevere Verse recht schnell vergessen. Aber welches Recht hatte sie als Schwester und Freundin, sich in die Entscheidungen anderer einzumischen? Auch wenn es sie innerlich quälte. Zudem kannte sie die sprunghafte Begeisterung ihrer Freundin, die sich ebenso schnell auflösen konnte, wie sie entstanden war. Vielleicht war noch nicht alles verloren.

SECHS

Freitag, 1. Juli 1814 – Burlington House, Piccadilly,
London

Marguerite war froh, als sie endlich den Eingang erreichten und aussteigen konnten. Sie waren schon um sechs Uhr aufgebrochen. Als sie jedoch eintrafen, dämmerte es bereits. In Richtung Piccadilly war kein Vorwärtskommen gewesen, und während ihre Kutsche sich quälend langsam dem Ziel entgegengeschoben hatte, war Marguerites Anspannung gewachsen. Sie konnte es kaum erwarten, den Ballsaal zu sehen und die hübsch geschmückten und beleuchteten Gärten. Der Prinzregent selbst würde anwesend sein sowie fast sämtliche Royal Dukes – und natürlich der Duke of Wellington als Ehrengast des Abends. Ein herrliches Spektakel! Farbenfroh und ein wenig verrucht, denn unter den Gästen sollten sich auch zahlreiche Kurtisanen befinden.

Ihr Herz klopfte, als sie die Eingangshalle betraten, in der sich bereits eine Menge Gäste in ausgefallenen Kostümen tummelten. Besonders gut zu erkennen waren die Mitglieder des Watier's Clubs, die – wie auch Lord Peterborough – sämtlich hellblaue Capes ohne Maske trugen. Marguerite fand, dass es das Blau in seinen Augen besonders zur Geltung brachte. An seiner Seite schritt sie voran, vorbei an Harlekins, Schäferinnen, türkischen Sultanen, Seemännern und ägyptischen Königinnen. Lady Peterborough stellte Demeter dar, die griechische Göttin der Fruchtbarkeit.

Dazu hatte sie sich in eine fließende weiße Robe im griechischen Stil gehüllt und das kunstvoll aufgesteckte Haar mit einem Kranz aus Feldblumen und Kornähren geschmückt.

Marguerite fühlte sich in ihren bauschenden und raschelnden Röcken aus dunkelrotem Seidenbatist wie von einer Wolke getragen. Sie hatte das Gewand einer spanischen Maja gewählt. Über ihrem zum Knoten gebundenen Haar steckte ein hoher, fächerförmiger Kamm, der einen Schleier aus feinster schwarzer Spitze hielt, der fast bis zu ihrer Taille herabfiel. Schwarze Spitzenhandschuhe und ein ausladender Fächer aus Seidenpapier sowie einige rote Nelken, von Anna kunstvoll in ihrem Haar drapiert, vervollständigten das Kostüm.

Einen solch großen Ball hatte Marguerite noch nie besucht, erst recht keinen Maskenball, und so kam sie aus dem Staunen kaum heraus.

Die Mitglieder des Watier's Clubs bemühten sich um die Damen, und im Ballsaal wurde bereits getanzt: die Quadrille und deutscher Walzer. Walzer! Was Mama wohl dazu gesagt hätte! Fasziniert sah Marguerite zu, wie sich die Damen im Arm der Herren drehten, so ungehörig nah und doch nicht unelegant, wie sie fand.

Der Champagner, den Marguerite der großen Hitze wegen ein wenig zu schnell trank, stieg ihr zu Kopf, und schon bald fühlte sie sich ein wenig schwindelig.

»Sie hatten mir einen Tanz versprochen«, erinnerte sie Lord Peterborough und bot ihr seine Hand, um sie zur Tanzfläche zu führen. Marguerite kam sich ein wenig verwegen vor. Noch nie hatte sie auf einem Ball einen Walzer getanzt. Mama hätte es für ungehörig gehalten, doch das kümmerte sie nicht, denn es fühlte sich großartig an. Der bauschige Rock wirbelte bei den Drehungen um sie herum, und der Schleier folgte sanft den Bewegungen. Die warme Hand des Earls in ihrem Rücken fühlte sich wundervoll an. Ihm beim Tanz so nahe zu sein, war aufregend und prickelte wie der Champagner.

»Was sagen Sie, Miss Gillray, ein Fest wie dieses hätten wir keinesfalls versäumen dürfen, nicht wahr? Ein Ball, der von den Mitgliedern eines Gentleman's Clubs ausgerichtet wird, ist möglicherweise nicht mit den Bällen zu vergleichen, welche die Damen der noblen Gesellschaft veranstalten. Oder sind Sie etwa schockiert?«

»Ich muss gestehen, dass ich noch nie Walzer getanzt habe, Mylord. Aber schockiert bin ich nicht. Ich finde es herrlich. Alle sind so ausgelassen und fröhlich.«

»Wären Sie schockiert, wenn ich Ihnen verriete, dass die Dame dort drüben neben dem Duke of Leinster Miss Harriette Wilson ist?«

»Sie meinen, die Dame in dem grellroten Seidenrock, der schwarzen Jacke und dem kleinen grünen Hut?«, wisperte Marguerite.

»Dieselbe. Miss Wilson ist die Geliebte vieler hochgestellter Persönlichkeiten. Auch Wellington selbst und sogar der Prinzregent sollen zu ihren *Bekannten* zählen.« Peterborough betonte das Wort auffällig und begleitete es mit einem wissenden Lächeln. Marguerite hätte beinahe losgekichert.

»Mylord! Gehört es sich denn, so einer Dame gegenüber zu sprechen?«

»Skandale und Gerüchte sind doch die Würze, die unser Leben erst interessant macht, stimmen Sie mir nicht zu, Miss Gillray?« Lord Peterborough lachte. »Geben Sie es zu. Auch Sie genießen von Zeit zu Zeit ein saftiges Häppchen aus dem Repertoire der Gerüchteköche. Wie langweilig wäre auch das Leben, wenn alle Welt stets tugendhaft und keusch leben würde!«

»Darin möchte ich Ihnen zumindest insoweit zustimmen, als die meisten Menschen einen natürlichen Drang haben, sich schockieren zu lassen und mit einem gewissen Vergnügen von Verbrechen, Unglück und Unmoral lesen oder hören«, entgegnete Marguerite. »Dennoch sollte dies wohl nicht dazu dienen, Anstand und Moral zu relativieren. In seinem eigenen Leben sollte man doch trotz allem bemüht sein, nach Tugend zu streben, Mylord.«

»Wie Recht Sie haben, Miss Gillray! Sie haben es so treffend formuliert, dass ich darauf später dringend einen Toast ausbringen möchte! Auf unser mühevolles Streben nach Tugend.«

»Empfinden Sie es tatsächlich als so mühevoll?«, neckte ihn Marguerite mit einem koketten Lächeln.

»Bisweilen – es hängt von der Gesellschaft ab, möchte ich meinen. Es mag vorkommen, dass man in Versuchung gerät, die Grenzen des Schicklichen zu übertreten.«

Marguerites Wangen brannten, und sie fühlte sich schwindelig vom Tanz und vom Champagner.

Als sie die Tanzfläche verließen, war sie froh um ihren ausladenden Fächer, von dem sie nun ausgiebig

Gebrauch machte, um sich ein wenig Kühlung zu verschaffen.

Lord Peterborough lächelte und beugte sich zu ihr.

»Wollen wir ein wenig in den Garten gehen? Dort ist es sicher etwas angenehmer.«

»Sehr gern, Mylord. Die Luft wird uns guttun.«

Sie traten hinaus in den Garten, wo hübsch beleuchtete weiße Zelte aufgestellt worden waren, und flanierten den mittleren Weg entlang, der zwischen den Zelten hindurch in den hinteren Teil der Gärten führte. Dort waren nur noch einige vereinzelte Paare zu sehen, die im Schatten der Bäume lustwandelten.

Lord Peterborough verlangsamte seine Schritte.

»Darf ich offen sprechen, Miss Gillray?«

Marguerite blieb stehen und wandte sich ihm zu. Der sachliche Ton verunsicherte sie ein wenig.

»Selbstverständlich, Mylord.«

Ein amüsierter Ausdruck lag in seinen Augen.

»Sehen Sie mich doch nicht so furchtsam an. Ich möchte mit Ihnen lediglich über das sprechen, was wir alle wissen, aber niemand beim Namen zu nennen bereit ist.«

Marguerite runzelte die Stirn.

»Was meinen Sie damit, Mylord?«

Er lachte.

»Mühen Sie sich nicht, die Fassade der Höflichkeit wegen aufrecht zu erhalten, Miss Gillray. Wir wissen doch beide nur zu gut, dass wir Teil eines Handels sind. Ihr Vermögen und Ihre Schönheit für meinen Titel und meine gesellschaftliche Stellung.«

Marguerite wandte verlegen den Blick ab. Sie wusste nicht recht, was sie ihm entgegnen sollte. Sie lachte.

»Wenn man es so betrachten will, finde ich, dass es in diesem Falle vielleicht kein Verlustgeschäft wäre. Mein Vater hat bereits schlechtere Verträge abgeschlossen«, sagte sie schließlich. »Dann halten Sie es für einen Fehler?«

»Nein, nicht für einen Fehler. Das habe ich damit nicht sagen wollen. Lassen Sie mich erklären, Miss Gillray.« Lord Peterborough machte eine Pause, so als müsse er seine Gedanken ordnen. »Nun, zunächst war ich alles andere als angetan, als meine Mutter diese Verbindung vorschlug. Ich bin der Meinung, dass man in einer so wichtigen Angelegenheit selbst entscheiden sollte. Man kann ein Herz nicht zwingen, zu lieben. Darin stimmen Sie mir sicher zu.«

Marguerite senkte den Blick. Offenbar war das eingetreten, was sie sich noch vor kurzer Zeit so sehnlich gewünscht hatte. Lord Peterborough hatte keinen Gefallen an ihr gefunden. Eigentlich hätte sie darüber froh sein können, aber nun enttäuschte es sie.

»In der Tat«, entgegnete sie schließlich. »Auch ich glaube, eine Ehe sollte sich auf mehr gründen als gegenseitigen Nutzen.«

»Das dachte ich mir.« Lord Peterborough suchte ihren Blick. »Sie scheinen mir eine selbstbewusste und kluge junge Frau zu sein. Sie wollen sich keinen Ehemann aufzwingen lassen. Ich will ehrlich sein, Miss Gillray. Ich folgte der Einladung Ihrer Eltern nur aus Pflichtgefühl meiner Mutter gegenüber. Allerdings gebe ich zu, ich bin ein Mensch, der stets den Weg des geringsten Widerstands wählt. Ich hätte mich nur höchst ungern den Wünschen meiner Mutter widersetzt, auch wenn ich fest entschlossen war, Sie nicht zu mögen.«

Marguerite spürte, wie ihr Herz schneller schlug. Sie lächelte.

»Sie sprechen im Präteritum.«

»Sehen Sie? Einer klugen Frau wie Ihnen entgeht nichts.« Ein kurzes Lächeln flog über Lord Peterboroughs Lippen. »In der Tat habe ich in dieser Angelegenheit meine Meinung geändert. Sie haben mich vom ersten Augenblick an mit ihrem Liebreiz und ihrem Charme bezaubert, Miss Gillray. Und nun erscheint es mir weit weniger unangenehm, mich den Vorstellungen meiner Mutter zu beugen.«

Marguerite widerstand dem Drang, den Blick abzuwenden. Sie spürte, wie das Blut in ihre Wangen schoss.

»So gebe ich in diesem Fall nur allzu gern meinen Widerstand auf. Ich brenne darauf, in Zukunft öfter Ihre reizende Gesellschaft zu genießen. Wenn Sie erlauben, möchte ich Sie gern näher kennenlernen, um Ihre Geheimnisse zu ergründen.«

Er trat etwas näher und griff nach ihrer Hand. Im ersten Augenblick wollte Marguerite sie zurückziehen, doch die Wärme seiner Hand, die sie durch den zarten Spitzenstoff spüren konnte, war angenehm und löste ein ungewohntes Unruhegefühl in ihr aus.

»Ich wünsche mir nichts mehr, als dass Sie aus freien Stücken wählen, Miss Gillray. Ich möchte nicht, dass Sie sich zu irgendetwas zwingen müssen.«

»Oh, seien Sie gewiss, Mylord, das muss ich ganz und gar nicht. Noch vor wenigen Tagen hätte ich es nicht für möglich gehalten, aber jetzt möchte ich liebend gern nähere Bekanntschaft mit Ihnen machen.«

»Sie glauben gar nicht, wie glücklich Sie mich damit machen.« Noch immer hielt er sanft ihre Hand in seiner. Nun brachte er sie an die Lippen und hauchte einen Kuss darauf. Marguerites Herz klopfte merklich in ihrer Brust, als er sich schließlich vorbeugte und seine Lippen die ihren fanden.

SIEBEN

Mittwoch, 28. September 1814 – Miss Walters'
Damenschneiderei, Wigmore Street, London

»Wunderschön, Marguerite! Du wirst eine zauberhafte Braut. Peterborough ist zu beneiden.«

Emmeline trat einen Schritt zurück und betrachtete ihre Freundin. Über einem weißen Satinunterrock trug sie eine blassgelbe Robe mit einer kurzen Schleppe aus Sarsenett, die vorne von mit Perlen und Goldberyll verzierten Spangen zusammengehalten wurde, so dass der Satin darunter hervorblitzte. Die Säume waren mit Satinband und feinster Spitze verziert. Dazu gehörten noch eine leichte Stola aus weißer Spitze und lange weiße Glacéhandschuhe.

»Vielleicht sollte es an der Taille noch etwas enger sitzen«, fand Marguerite, und die Näherin fasste den Stoff wie gewünscht enger und steckte ihn fest.

»Etwa so, Miss Gillray?«

Marguerite drehte sich hin und her und betrachtete zufrieden ihr Spiegelbild.

»Ja. So gefällt es mir.«

Die Näherin nahm Maßband und Block zur Hand und machte sich daran, die gewünschten Änderungen zu notieren.

Emmeline lächelte ihrer Freundin zu.

»Du hast recht, so ist es noch schöner.«

»Ich kann kaum glauben, dass ich schon bald eine verheiratete Frau sein werde, noch dazu eine Countess. Und Adam ist der beste Mann, den ich mir nur wünschen könnte. Seine Manieren sind vollendet, und er verwöhnt mich so. Jeden Sonntag lässt er mir einen frischen Blumenstrauß liefern, und immer schreibt er einen Vers dazu. Und ist der Ring, den er mir zur Verlobung geschenkt hat, nicht ein Traum?« Sie streckte Emmeline die Hand entgegen, an der ein wunderhübscher Ring mit einem Saphir steckte.

»Ja, das ist er.« Emmeline lachte. »Du hast ihn mir ja auch erst hundertmal gezeigt.«

Als Baron Segrave mit seiner Familie Anfang September nach Bedford zurückgereist war, war Emmeline als Gast der Gillrays zurückgeblieben, um Marguerite bei den Hochzeitsvorbereitungen zu helfen. Heute waren sie zur ersten Anprobe des Hochzeitskleides in Miss Walters’ Laden gekommen. Emmeline sah ihre Freundin an und seufzte.

»Was werden wir nur ohne dich anfangen?«

»Sei doch nicht traurig, Emmy. Wir sind es gewöhnt, dass wir uns jedes Jahr für ein paar Monate trennen müssen. Es wird sich doch nichts ändern. Im Gegenteil, in Milton Abbey bin ich euch näher als zuvor. Es sind nur etwas über vierzig Meilen von Peterborough nach Bedford. Ich werde euch besuchen, so oft ich kann. Und im April sehen wir uns dann in London.«

Emmeline nickte.

»Ja, du hast recht. Es ist dumm von mir, aber ich habe dennoch das Gefühl, dich zu verlieren. Wenn du mir allerdings versicherst, dass du wirklich und wahrhaftig glücklich bist, so will ich mich für dich freuen und dich nicht mit meinen selbstsüchtigen Gefühlen quälen.«

Marguerite fasste ihre Hände und lächelte. Ihre grünen Augen strahlten wie die eines Kindes angesichts einer begehrten Leckerei.

»Ja, Emmeline. Ich bin glücklich. So glücklich wie ein Mensch nur sein kann.«

»Dann will ich es auch sein.«

Emmeline rang sich ein Lächeln ab. Es schmerzte sie, ihren Bruder unglücklich zu wissen. Nach wie vor grämte Leander sich, dass er seine wahren Gefühle für Marguerite erst so spät entdeckt hatte – zu spät. Das Schicksal vermochte grausame Kapriolen zu schlagen. Nun, wer konnte ahnen, wie sich all dies in Gottes großen Plan fügte? Möglicherweise gab es irgendwo eine Frau, die auch Leander würde glücklich machen können. Die perfekte Ergänzung, ganz so, wie es offenbar Lord Adam Peterborough für ihre Freundin Marguerite war.

ACHT

Sonntag, 23. Juli 1815 – Milton Abbey bei Peterborough, Northamptonshire

Liebste Emmeline! Mein lieber Leander!
Ich hoffe, eure Heimreise nach Bedford war angenehm, und diese Zeilen treffen euch bei guter Gesundheit und frohen Mutes an.

Unsere gemeinsame Zeit in London ist viel zu schnell verflogen, und ich vermisse euch bereits jetzt so sehr, dass ich kaum weiß, wie ich es bis zu unserem Wiedersehen aushalten soll. Dann jedoch denke ich daran, wie schnell die Zeit zu fliegen scheint. Ich kann mir kaum vorstellen, dass Peterborough und ich im Oktober bereits unseren ersten Hochzeitstag feiern. Es kommt mir vor, als sei es erst gestern gewesen, und ich denke noch immer gern an unser gemeinsames Hochzeitsfrühstück zurück. Wie fröhlich wir alle waren und wie stolz Mama und Papa aussahen – ihre kleine Marguerite eine verheiratete Frau und noch dazu eine Countess.

Milton Abbey war bei unserer Rückkehr kaum wiederzuerkennen. In den Monaten der Abwesenheit sind die Umbauarbeiten so weit vorangeschritten, dass es eine Freude ist. Die Fassade hat nun ein korinthisches Säulenportal erhalten, und insbesondere die Gärten sind nun so viel attraktiver als zuvor.

Denkt euch, Peterborough hat eigens für mich einen hübschen Teich anlegen lassen, dazu einen griechischen Pavillon, in dem gut zwölf Personen Platz finden. Im nächsten Sommer wird er von Blauregen und

Schlingknöterich berankt sein und ein herrlich schattiges Plätzchen abgeben. Auch ein kleines Wäldchen haben wir anlegen lassen und einen überrankten Wandelgang, der an duftenden Lavendelbeeten vorbeiführt. Ach, es ist herrlich! Wer hätte das gedacht? Eure Freundin Herrin eines so großen Anwesens! Selbstverständlich fehlen mir die Annehmlichkeiten des großstädtischen Lebens, die Vielzahl der Geschäfte, die Zerstreuungen und die kulturellen Möglichkeiten. Dafür genieße ich die herrliche Ruhe und den Zauber der Natur, die Einfachheit des Landlebens und die Herzlichkeit der Leute. Hier geht es ruhiger und beschaulicher zu als in London, und den Schmutz in den Straßen und die schlechte Luft vermisse ich nicht im Geringsten.

Nach und nach lerne ich unsere Pächter kennen, allesamt einfache, aber herzerfrischend unverstellte und gutmütige Leute. In der weiteren Nachbarschaft hat Peterborough viele Bekannte, und ich muss nicht fürchten, hier einsam zu sein.

Er gibt sich größte Mühe, es mir an nichts mangeln zu lassen. Auch die Dowager Countess, meine Schwiegermutter – noch immer muss ich mich an den Gedanken gewöhnen, dass ich eine verheiratete Frau bin – könnte herzlicher nicht sein. Fast täglich besuchen wir sie zum Tee auf ihrem Witwensitz, der keine Meile entfernt liegt. Es ist ein bequemer und hübscher Fußweg, und so erhalte ich auch ausreichend Bewegung und frische Luft. Oft schließt sich Lady Peterborough unserer abendlichen Whistrunde auf Milton Abbey an.

Ihr seht, eigentlich könnte mein Glück vollkommen sein, wenn mir nicht meine lieben Freunde so sehr fehlten!

Und so lasst mich zum aufregendsten Teil meiner Neuigkeiten kommen: So Gott will, werden Peterborough und ich schon das Weihnachtsfest nicht mehr allein begehen, denn unsere Familie wird Zuwachs erhalten. Oh, ich kann gar nicht sagen, wie sehr ich mich darüber freue, auch wenn ich fürchte, dass die mütterlichen Pflichten meine Aufmerksamkeit noch stärker beanspruchen werden als die einer Ehefrau und Herrin eines so großen Haushalts und ich so noch seltener Gelegenheit haben werde zu reisen. Als ich Lady Peterborough gegenüber gestern beim Dinner meine Betrübnis über die Trennung von meinen Freunden erwähnte, schmiedete sie mit mir ein formidables Komplott, um sicherzustellen, dass ihr uns recht oft besuchen werdet. Darum möchte ich euch bitten, die Patenschaft für unser Kind zu übernehmen. Außerdem schlug Lady Peterborough vor, Emmeline könne doch im Herbst nach Milton Abbey kommen, um mir in der beschwerlichen Zeit vor der Geburt zur Seite zu stehen.

Oh, du musst einfach ja sagen, Emmy! Es wäre für mich so beruhigend, eine gute Freundin an meiner Seite zu wissen.

Nun bin ich gespannt, von euch zu hören und zu erfahren, was euch bewegt und sende die allerherzlichsten Grüße, auch an Lord und Lady Segrave.

Ich trage euch stets in meinen Gedanken und schließe euch in meine Gebete ein.

Herzlichst,

Eure Freundin Marguerite

NEUN

Sonntag, 29. Oktober 1815 – Milton Abbey

Geliebter Bruder!

Lass dir herzlich gedankt sein für deine Zeilen. Es tut mir gut, zu lesen, dass daheim in Bedford alles zum Besten ist. Vor allem freut es mich zu hören, dass ihr angenehme Gesellschaft habt.

(Du kannst übrigens versichert sein, dass ich deinen Brief zunächst für mich gelesen habe, bevor ich Marguerite daraus vorlas. Die vertraulichen Stellen ließ ich dabei aus, wie von dir erbeten.)

Indessen freut es mich, dass du dir vorgenommen hast, dich mit gesellschaftlichem Verkehr abzulenken. Besonders gern erfahre ich, dass Lady Latimers Nichten nach Bedford zurückgekehrt sind und euch Gesellschaft leisten. Möglicherweise vermag ja eine der Misses Bishop dich über deine enttäuschte Hoffnung hinwegzutrösten. Danach zu urteilen, was Mama und du über sie zu berichten habt, scheinen sie sich im Internat zu ihrem Besten entwickelt zu haben und ein recht erfreulicher Umgang zu sein.

Nun sehe ich schon im Geiste, wie du die Stirn in Falten legst, lieber Bruder, und will es genug sein lassen. Zürne mir nicht, denn ich wünsche mir nichts so sehnlich, als dass du das vollkommene Glück finden mögest.

Hier auf Milton Abbey geht es beschaulich zu. Auf Anraten Mr Denmans, ihres Accoucheurs, unternehme ich regelmäßige Spaziergänge mit Marguerite, wobei ich selbstverständlich darauf achte, sie nicht zu überanstrengen. Mäßige Bewegung tut ihr sichtlich gut, und ich habe den Eindruck, dass auch meine Anwesenheit ihr hilft, denn sie wäre sonst zu häufig allein.

Ich möchte dich in keiner Weise beunruhigen, aber es scheint mir, als ziehe sich Peterborough mehr und mehr in seine Privatangelegenheiten zurück. Er besucht Freunde und Bekannte, geht auf Fasanenjagd oder unternimmt lange Ausritte. Oft bleibt er auch über Nacht aus. Ich kann nicht behaupten, dass sein Benehmen mir oder Marguerite gegenüber in irgendeiner Weise unangebracht oder tadelnswert wäre, er ist freundlich und höflich und hat mich in seinem Hause herzlich aufgenommen. Dennoch verwundert es mich, dass ihm nicht daran gelegen scheint, in dieser Zeit so viel wie möglich an der Seite seiner Frau zu sein. Er sollte sich doch gerade jetzt ungern trennen. Indes möchte ich nicht ungerecht sein. Peterborough weiß seine Marguerite bei mir und Mr Denman schließlich in guten Händen. Allerdings meine ich, er könnte ihr gegenüber mehr Verständnis aufbringen. Sie ist nun oft sehr matt, und die Schwangerschaft strengt sie an. Kein Wunder, steht doch die Zeit der gesellschaftlichen Schonung kurz bevor.

Schon Anfang Dezember rechnet Mr Denman mit der Niederkunft. Ich muss gestehen, dass ich fast ebenso aufgeregt bin wie Marguerite selbst und kaum abwarten kann, unser Patenkind in den Armen zu halten. Zur Taufe wirst du sicher auch herkommen. Bis dahin werde ich auf jeden Fall bleiben, möglicherweise auch noch etwas länger, um ihr in der ersten Zeit mit dem Kind zur Hand zu gehen. Lady Peterboroughs Gesundheit bereitet uns derweil leider große Sorgen. Möglicherweise ist auch dies ein Grund, warum Peterborough Ablenkung sucht und sich so oft von zu Hause fernhält. Denk dir, die arme Lady Peterborough

hatte in diesem Herbst bereits zwei schwere Infektionen, die sie geschwächt haben, und nun hat sie sich erneut eine eitrige Halsentzündung zugezogen, die mit hohem Fieber einhergeht. Zudem hält es Mr Denman aus Furcht vor Ansteckung für geboten, dass Marguerite sich in ihrem Zustand von ihr fernhalten sollte, und so fällt die Fürsorge für Lady Peterborough allein dem Personal zu, welches zwar bemüht ist, aber doch nicht die Liebe und Zärtlichkeit einer liebenden Verwandten ersetzen kann. Die Ärmste trägt es mit Haltung und Würde, doch ich fürchte, in ihrem Alter und ihrem ohnehin geschwächten Zustand kann eine solche Krankheit gefährlich werden, und wir sind höchst beunruhigt. Marguerite macht sich deswegen Vorwürfe, doch sie kann nicht riskieren, sich so kurz vor der Geburt noch einen möglicherweise gefährlichen Infekt zuzuziehen. Umso unverständlicher ist es für mich, dass Peterborough so viel unterwegs ist, denn gerade in dieser Zeit bedürfen seine Mutter und Marguerite mehr denn je seiner liebevollen Fürsorge. In dieser Hinsicht ist meine Zuwendung nur ein recht unzulänglicher Ersatz für den Trost und die Zuversicht, die ein liebender Ehemann spenden könnte. Auch wenn Marguerite mir täglich versichert, wie wohltuend meine Anwesenheit für sie sei.
Ich sende dir herzliche Grüße von ihr. Sie gedenkt, selbst noch einige Zeilen an dich zu richten. Grüße auch Papa und Mama recht herzlich und lasse sie wissen, dass es mir hier an nichts mangelt.
Dennoch freue ich mich auf unser Wiedersehen im Frühjahr.
Ich bleibe in liebendem Gedenken,
  Eure Emmeline

ZEHN

Freitag, 17. November 1815 – Milton Abbey, Lady Marguerite Peterboroughs Tagebuch

Kalt ist es geworden! Dennoch bestehen Mr Denman und Emmeline darauf, dass ich täglich Bewegung an der Luft bekomme, also bin ich folgsam und mache jeden Tag einen kleinen Spaziergang. Doch je dunkler und kürzer die Tage werden, je schärfer der Wind und je beißender die Kälte, bemerke ich, dass es auch Emmeline rasch wieder in die Wärme und zum Kaminfeuer zieht. Unsere Kreise um Milton Abbey werden täglich enger, und ich muss zugeben, dass ich darüber nicht traurig bin. Mein Gang ähnelt mehr und mehr dem der Gänse, die der Gutsverwalter hält, und meine Knöchel sind so geschwollen, dass es kein Vergnügen ist, mich in die Stiefel zu zwängen.

Der Sommer war kühl und verregnet, die Ernte schlecht, was vielen der ärmeren Pächter auf dem Besitz zu schaffen macht. Unser Gemeindepfarrer, Mr Sanderson, kümmert sich rührend um die ärmsten seiner Schäfchen. Normalerweise würde ich mich verpflichtet fühlen, ihn darin zu unterstützen, doch meine sozialen Pflichten werde ich wohl erst nach meiner Aussegnung wieder aufnehmen können. Fürs Erste hat Emmeline diese Aufgabe übernommen. Sie besucht heute zwei unserer Pächter, um zu sehen, wo sie unsere Hilfe und Unterstützung gebrauchen können. So habe ich ein wenig Zeit für mich alleine und möchte sie nutzen, indem ich meine Gedanken diesem Büchlein anvertraue.

Mich bewegen derzeit einige Dinge, die ich, aufgrund ihrer delikaten und privaten Natur, noch nicht einmal Emmeline anzuvertrauen wage. Ich mache mir Gedanken, dass Adam sich, seit ich das Kind erwarte, in zunehmendem Maße von mir abzuwenden scheint. Es betrübt mich, denn es sollte doch ein Anlass zur Freude sein, einer Freude, die wir beide teilen. Zugleich ist der Gedanke an die Schmerzen und die Gefahren des Kindbetts beängstigend und vielleicht fürchtet Adam, er könne mir und dem Kind schaden, wenn er sich mir auf die Weise eines Ehemannes nähert. Schon seit drei Monaten hat er keine Nacht mehr das Bett mit mir geteilt.

Ich frage mich, ob ich etwas falsch mache, ob ich möglicherweise zu unerfahren in diesen Dingen bin und ihn langweile. Dann erinnere ich mich an unser Gespräch auf dem Maskenball in Burlington House und seine Erwähnung der Kurtisanen. Ob Adam ebenfalls ihre Zuwendungen genossen hat – und ob ich seinen Ansprüchen in dieser Hinsicht nicht genüge? Ich kann mir nicht erklären, was sonst diese Veränderung bewirkt haben könnte. Er war immer so charmant und aufmerksam, und nun habe ich das Gefühl, er geht mir aus dem Weg. Er erscheint mir auch zunehmend mürrisch und grüblerisch, als ob ihn außer der Krankheit seiner Mutter noch etwas belaste. Jedes Gespräch, das ich in Bezug darauf anstrebe, wischt er beiseite, behauptet, ich sei derzeit aufgrund meines Zustands einfach übermäßig sensibel. Allerdings kann ich dies nicht gelten lassen, denn ich spüre doch deutlich die Veränderung.

Ende Januar, wenn das Parlament eröffnet, wird er nach London reisen, und wir werden noch weiter voneinander entfernt sein, als wir es jetzt schon sind. Mir graut vor den einsamen Monaten, bis ich nach Ostern mit dem Kind nachkommen kann. Ist es albern, dass ich mir Gedanken mache, wenn er ganz allein in London ist? Die gewissen Damen auf dem Maskenball wollen mir dabei nicht aus dem Sinn. Wird Adam Trost in ihren Armen suchen? Selbstverständlich weiß ich um die Andersartigkeit der männlichen Natur, dass der Trieb nach körperlicher Vereinigung bei ihnen schwer zu bezähmen ist. Eine kluge Ehefrau kann es dulden, dass er seinen Appetit gelegentlich anderswo stillt, solange er auf Diskretion bedacht ist und ihr Gefühl nicht verletzt, und doch lässt der Gedanke mich nicht los. Was, wenn meine Liebe nicht genug ist, sein Herz auf Dauer zu fesseln?

Möglicherweise betrübt ihn nur die Sorge um seine Mutter, und er wird meine Nähe wieder suchen, wenn die schwere Zeit ausgestanden ist. Gewiss lässt er sie ungern zurück, denn sie wird zusehends schwächer. Nach der schweren Halsentzündung vor drei Wochen ist sie nicht wieder vollständig genesen, im Gegenteil, sie hustet nun so sehr, dass Dr. Palmer fürchtet, die Lunge könne in Mitleidenschaft gezogen werden. Wir alle machen uns große Sorgen, denn eine Pneumonie würde sie in ihrem geschwächten Zustand nur schwerlich überstehen.

Ich könnte mir vorstellen, dass die Sorge um seine Mutter Adam mehr belastet, als er nach außen zeigt. Er hat noch nicht einmal Lust, mit mir über einen Namen für unser Kind nachzudenken. Er glaubt, es bringe Unglück, doch insgeheim habe ich schon gewählt. Für ein Mädchen würde mir Isabella gefallen, für einen Jungen Jacob. Oh! Ich bete, dass wir beide die Strapazen der Geburt gut überstehen und ich bald schon mein Kind in den Armen halten kann. Gewiss wird es auch Adam fröhlicher machen. Ich möchte zuversichtlich sein, dass wir zu unserem ursprünglichen Glück zurückfinden, wenn erst die Sorgen vorüber sind, es Lady Peterborough wieder besser geht und das Kind da ist.

Nun ist es bereits so dunkel, dass das Licht selbst hier am Fenster nicht mehr ausreicht. Ich werde also die Feder beiseitelegen und im Salon auf Emmelines Rückkehr warten. Ich bin froh, sie an meiner Seite zu haben. Sie ist eine große Hilfe, auch wenn ich ihr nicht alle meine Sorgen anvertrauen kann.

ELF

»Vielleicht hättest du nicht mit dem Kleinen herkommen sollen, Marguerite.« Mit Mühe richtete sich die Dowager Countess auf. Marguerite erschrak, als sie sah, wie mager diese geworden war.

»Ich wollte, dass Sie ihn endlich kennenlernen, und Dr. Palmer hat keine Bedenken.«

Marguerite näherte sich dem Bett und legte ihrer Schwiegermutter den kleinen Jacob in die Arme. Die lächelte und strich vorsichtig mit dem Finger über seine Pausbäckchen.

»Er ist ein hübscher kleiner Kerl und das Ebenbild seines Vaters. Ihn im Arm zu halten, bringt Erinnerungen zurück.« Lady Helene Peterboroughs Stimme klang ungewohnt dünn und rau, und Marguerite bemerkte, dass ihre Hand zitterte, als sie Jacob über das braune Flaumhaar strich. »Willkommen auf dieser Welt, kleiner Liebling. Deine Großmama könnte nicht stolzer und glücklicher sein, dich noch kennenlernen zu dürfen. Viel Zeit werden wir nicht zusammen haben, fürchte ich.«

»So etwas dürfen Sie nicht sagen, Mylady. Wenn erst das Frühjahr kommt und es wärmer wird, werden Sie gewiss wieder zu Kräften kommen.«

Marguerite trat an das Bett und machte sich daran, die Kissen aufzuschütteln. Schon immer war ihre Schwiegermutter sehr schlank gewesen, doch nun wirkte sie ausgezehrt, ihre Haut bleich und durchscheinend. Dr. Palmer hatte gesagt, sie habe ein schwaches Herz. Die fortwährenden Infekte im Winter hatten sie offenbar mehr geschwächt als man befürchtet hatte.

Die Dowager Countess lächelte matt.

»Ich danke dir für deinen Optimismus, und ich will gewiss noch nicht aufhören, für meine Genesung zu beten, aber ich habe dennoch damit begonnen, meine weltlichen Belange in Ordnung zu bringen. Hast du Nachricht von Adam aus London? Ist er wohlauf?«

»Ja. Es geht ihm gut, und er lässt herzlich grüßen. Er schreibt, er muss sich erst an den Zustand als Strohwitwer gewöhnen, und er freut sich, wenn wir im Frühjahr zu ihm kommen.« Marguerite lächelte. »Vielleicht sind Sie bis dahin wieder bei Kräften und können mit uns reisen.«

Die Dowager Countess erwiderte ihr Lächeln und schüttelte den Kopf. »O nein, mein Kind. Daran mag ich nicht mehr glauben.«

»Sie sollten die Hoffnung nicht aufgeben, Mylady. Wenn erst die Kälte ein Ende hat, wird mit der Sonne auch Ihre Gesundheit zurückkehren.«

»Dann glaube du für mich weiter an ein Wunder, es schadet gewiss nicht«, erwiderte ihre Schwiegermutter lächelnd. Dann wandte sie sich an Miss Jones, das Kindermädchen, das in der Tür wartete.

»Nehmen Sie das Baby doch bitte einstweilen mit hinunter. Ich möchte noch eine Weile mit Lady Peterborough sprechen.«

»Sehr wohl, Mylady.«

Marguerite rückte einen Stuhl an das Bett ihrer Schwiegermutter und nahm Platz. Die ältere Lady

Peterborough hatte sich trotz ihrer kühlen, kontrollierten Art als herzlich und ihr zugewandt entpuppt, und es hatte Marguerite bedrückt, dass sie in den vergangenen Monaten von Besuchen hatte absehen müssen.

»Es ist gut, euch beide bei Kräften und gesund zu sehen, mein Kind. Ich habe für euch gebetet.«

»Wir waren bei Mr Denman in besten Händen. Ich hatte glücklicherweise keine sehr schwere Geburt.«

»Dann solltest du strahlen. Gott hat euch einen gesunden Jungen geschenkt, und du machst kein fröhliches Gesicht.«

Marguerite lächelte kurz.

»Sie haben recht, ich sollte glücklich sein, allerdings sorge ich mich um Sie, Mylady, und Peterborough fehlt mir.«

Die blauen Augen der Dowager Countess hatten ihren kühlen Schimmer verloren. Sie blickten Marguerite jetzt mit Wärme und Dankbarkeit an.

»Ich wünsche, dass du mich Helene nennst. Du bist jetzt die Countess, es ist dein Titel, und du sorgst dafür, dass er an die nächste Generation weitergegeben wird.«

Der Gedanke, dass sie nun die Herrin auf Milton Abbey war, erschien Marguerite noch immer so aberwitzig, und sie hatte den höchsten Respekt für Adams Mutter.

»Nun sieh mich nicht an wie ein Huhn, wenn es donnert!« Helene lachte kurz, was jedoch in einem ausgedehnten Hustenanfall endete. Marguerite griff nach dem Krug Wasser, der auf dem Nachttisch stand, und füllte das bereitstehende Glas.

Als der Husten sich beruhigt hatte, nahm die Dowager Countess einen Schluck.

»Vielen Dank. Du siehst, es steht nicht zum Besten mit mir. Dr. Palmer sagt, es sei Wasser in der Lunge, und auch wenn er mir Mut zuspricht, weiß ich, dass das kein gutes Zeichen ist.«

»Aber wenn Dr. Palmer ...«

»Dr. Palmer ist ein guter Arzt und ein guter Mensch. Er möchte mich nicht ängstigen und mir die Hoffnung nehmen. Darum streut er immer ein wenig Zucker über seine Diagnose. Aber du und ich, wir sind klug genug, zu wissen, dass es wahrscheinlich ist, dass ich nicht wieder genese.«

Marguerite presste die Lippen aufeinander und nickte schweigend.

»Ich weiß, du glaubst, Adams Wahl sei nur aufgrund deines Vermögens auf dich gefallen, und ich kann nicht leugnen, dass uns ursprünglich vor allem an einer günstigen Verbindung gelegen war, um die finanzielle Misere abzuwenden, die der selige Lord Peterborough uns leider hinterlassen hat.« Sie seufzte. »Manchmal glaube ich, es wäre weiser, Geldangelegenheiten uns Frauen zu überlassen. Wir sind in vielen Dingen umsichtiger als die Männer.«

Marguerite lachte leise.

»Damit könntest du möglicherweise recht haben.«

»Nun denn, es ist wie es ist: Mein verstorbener Gatte hatte mir eine Menge Schulden hinterlassen, und ich tat, was ich für nötig hielt, um unseren Besitz zusammenzuhalten und für das Fortbestehen der Familie und des Titels zu sorgen, auch wenn das berechnend erscheinen mag.«

Wieder musste sie husten, nahm noch einen Schluck Wasser und reichte Marguerite das Glas.

»Möchtest du dich nicht lieber ausruhen? Das Sprechen strengt dich offenbar sehr an.«

»Danke. Es geht schon wieder. Es ist mir wichtig, dass du hörst, was ich auf dem Herzen habe.« Die Dowager Countess sah Marguerite an und lächelte kurz. »Ich möchte, dass du weißt, wie sehr ich dich schätze. Du bist wie eine weitere Tochter für mich, und ich bin sehr froh, dass Adam sich für dich entschieden hat. Außerdem bin ich sicher, dass er ebenso glücklich ist, dich gefunden zu haben, auch wenn er es vielleicht nicht immer zeigen mag. Ich habe das Gefühl, er kommt in dieser Hinsicht nach seinem Vater. Adam hat auch nie viel Interesse daran gezeigt, jungen Damen den Hof zu machen, und zunächst hat er nur sehr widerwillig zugestimmt, dich kennenzulernen. Aber von Widerstand war schon nach dem ersten gemeinsamen Abend keine Rede mehr. Er schien Gefallen an meinen Plänen zu finden.« Sie lachte. »Auch wenn sie glauben, dass sie die Welt regieren, Männer sind das eigentlich schwächere Geschlecht, und erst unter unserer sanften, geschickten Lenkung können sie ihr volles Potenzial entfalten. Das wirst auch du lernen. Wichtig ist nur, dass du sie niemals wissen lässt, wer die Zügel in der Hand hat. Weißt du, der Herrgott hat den Männern nun einmal keinen so reichen Verstand gegeben.«

Obwohl Marguerite ein wenig schockiert war, ihre Schwiegermutter so reden zu hören, musste sie lachen. Denn sie hielt diese Ansicht, wenn auch deutlich überspitzt, nicht für gänzlich falsch, zumindest was die ältere Lady Peterborough betraf. Sie selbst fühlte sich allerdings noch zu jung und unerfahren, um die Geschicke einer Familie zu lenken.

»Du möchtest sagen, ich solle an deiner Stelle die Zügel übernehmen, nicht wahr? Allerdings weiß ich nicht, ob ich nicht eine eher enttäuschende Wagenlenkerin wäre. Ich habe keine Erfahrung darin, einen Haushalt zu führen, und ich hatte nur wenig Einblick in die Geschäfte meines Vaters.«

»Aber du trägst einen klugen Kopf auf den Schultern und hast eine schnelle Auffassungsgabe. Ich bin gewiss, du wirst in deine Rolle hineinwachsen. Jedenfalls habe ich nicht mehr die geringste Sorge um die Zukunft der Familie, wenn ich meine Augen für immer schließe.« Sie griff nach Marguerites Hand und drückte sie kurz.

»Ich fühle mich geehrt, auch wenn ich nicht weiß, ob ich deinen Erwartungen gerecht werden kann.«

»Es gibt noch eine Sache, die ich in diesem Zusammenhang mit dir besprechen wollte.« Die Dowager Countess setzte sich mühevoll aufrechter. »Zu meinem Witwenteil gehört noch ein Anwesen in Yorkshire, das aus dem Besitz meiner Familie stammt. Es ist derzeit vermietet. Ich rechne nicht damit, noch lange zu leben und glaube, dass es sich auf die Dauer nicht auszahlt, das Anwesen zu halten. Ich bezahle den Verwalter und muss mich darauf verlassen, dass er alles zu meiner Zufriedenheit bestellt, weil ich nicht selbst nach Yorkshire reisen kann, um dort nach dem Rechten zu sehen. Solch ein Besitztum ist nur ein Klotz am Bein, wenn man es weder selbst nutzt, noch nahe genug wohnt, um ein wachsames Auge darauf haben zu können.«

»Ich verstehe.« Marguerite nickte. »Wünschst du, dass das Anwesen verkauft wird?«

»Richtig. Ich denke, es wird das Beste sein. Adam könnte versucht sein, es aus sentimentalen Gründen halten zu wollen. Als er mich vor seiner Abreise nach London besuchte, hat er so etwas angedeutet. Er ist praktisch auf Kestrel Hall aufgewachsen. Als Kind war er oft krank und das Seeklima tat ihm gut. Also beschlossen wir, ihn dort in der Obhut seiner Großeltern zu lassen, anstatt ihn auf ein Internat zu schicken. Er ist von einem Hauslehrer erzogen worden und hat also einen Großteil seiner Kindheit und Jugend dort verbracht. Insbesondere seine Großmama hat er sehr geliebt. Ich weiß, dass es keinen Sinn hätte, wenn ich versuchte, es ihm auszureden.«

»Und du glaubst, er würde eher auf mich hören?«

Marguerite runzelte die Stirn.

»Möglich. Er liebt dich – und den Kleinen. Es war ihm anzusehen, wie stolz er ist, Vater zu sein. Du wirst Adam schon zu überzeugen wissen, da bin ich ganz sicher. Jedoch sage ihm nicht, dass wir darüber gesprochen haben. Er mag es nicht, wenn man ihn drängt. Du musst subtiler vorgehen. Ich fürchte, er wird versucht sein, viel Geld in die Erhaltung des Anwesens zu stecken, auch wenn es klüger wäre, es zu verkaufen. Es ist alt und gewiss nicht mehr im besten Zustand. Außerdem wurde gemunkelt, es spuke dort. Das ist natürlich Unsinn, dennoch muss ich zugeben, dass mir das unheimliche alte Haus nie recht geheuer war.«

Die Dowager Countess lächelte.

»Ich setze darauf, dass du ihm den Kopf schon zurechtrücken wirst, mein Kind.«

»Ich werde mein Bestes tun«, versprach Marguerite.

ZWÖLF

Mittwoch, 28. Februar 1816 – Milton Abbey

Liebste Emmeline! Mein lieber Leander!

Ich schreibe euch heute mit traurigen Nachrichten. Nach langer Krankheit ist vorgestern meine liebe Schwiegermama von uns gegangen. Der sich zunehmend verschlechternde Zustand seiner Mutter veranlasste mich, nach London zu schicken, um Peterborough heimzuholen. Ich bin froh, dass ich es getan habe, denn er kam gerade noch rechtzeitig, um Abschied nehmen zu können. Es tröstet mich, dass er in ihren letzten Augenblicken bei ihr sein konnte. Seine Anwesenheit hat ihr gutgetan und sie beruhigt, das war zu spüren. Wir waren beide an ihrer Seite, als sie schließlich starb. Es war ein recht friedliches Ende. Sie ist einfach eingeschlafen. Peterborough ist untröstlich. Er hat sehr an seiner Mutter gehangen. Mich tröstet das Gefühl, dass Jacob und ich ihm in dieser schweren Zeit eine Stütze sind.

Erst heute Morgen sagte er, wie glücklich er darüber sei, dass Lady Peterborough ihren Enkel noch kennenlernen durfte und wie glücklich sie das Wissen gemacht habe, dass uns ein Erbe geschenkt wurde. Die Trauer um Lady Peterborough hat uns einander wieder nähergebracht, und ich sehe trotz der betrüblichen Umstände nun etwas optimistischer in die Zukunft.

Es war für uns alle eine schwere Zeit, und ein jeder hat seine eigene Art, mit dem Kummer zurechtzukommen. Während ich die Nähe und den

Trost geliebter Menschen suche, zieht Peterborough sich zurück und braucht die Distanz. Wir haben oft und lange miteinander gesprochen in diesen Tagen, und ich konnte vieles offen aussprechen, das mir seit längerem auf der Seele lag. So haben denn auch betrübliche Ereignisse oft noch etwas Gutes. Peterborough wird noch bleiben, um sich um das Begräbnis zu kümmern, und erst danach wieder nach London abreisen.

Ich sehe mit Ungeduld dem Frühjahr entgegen, wenn wir in London wieder vereint sein werden, und ich auch euch endlich wiedersehe, meine geschätzten Freunde. Doch die Zeit wird mir nicht lang werden. Es gibt so vieles, das mich in diesen Tagen beschäftigt hält. Der kleine Jacob macht mir Freude, denn er wird mit jedem Tag kräftiger und sieht so rosig und frisch aus, dass es eine Wonne ist. Gewiss hat Emmy dir bereits alles auf das Genaueste berichtet, was es über den kleinen Kerl zu wissen gibt, lieber Leander. Ich bin so froh, dass sie in der schweren Zeit der Geburt an meiner Seite sein konnte. Nun, in London wirst du ihn dann endlich auch kennenlernen. Wie freue ich mich darauf!

Einstweilen werden wir aber unsere geliebte Lady Peterborough zu Grabe tragen, und ich muss Gott für die gemeinsame Zeit dankbar sein , die uns vergönnt war, für ihre Zuneigung und die Vertrautheit zwischen uns. Es ist ein großes Glück, eine solche Schwiegermutter gehabt zu haben, und ich bin glücklich, dass sie Jacob noch kennenlernen durfte.

Ich sende euch die herzlichsten Grüße und verbleibe in tiefer Trauer,

Eure Freundin Marguerite

DREIZEHN

Zufrieden sah er aus, ihr hübscher kleiner Junge, das runde Gesichtchen glatt und rosig, die winzigen Fäustchen ruhten entspannt auf dem Kissen. Und kräftig war er geworden, längst nicht mehr der verschrumpelte Winzling, den man ihr am Tage seiner Geburt in die Arme gelegt hatte. Vier Monate war das nun her. Marguerite hätte ihren Jacob stundenlang betrachten können.

Sein Anblick entschädigte sie immer wieder aufs Neue für die Anstrengungen und Schmerzen der Geburt. Mit Inbrunst hatte sie die Worte der Aussegnung gesprochen, in denen sie Gott dankte, dass er ihr beigestanden und sie geschützt hatte. Denn es war ein großes Geschenk, dass sie einem gesunden Knaben das Leben geschenkt hatte. Sie hatte sich zuvor ausgemalt, wie es sein würde, ihr Kind zu halten, doch nichts, was sie sich in ihrer Fantasie vorgestellt hatte, kam an die Empfindungen heran, die sie in jenem Augenblick bewegt hatten. Während der Geburt hatte sie immer wieder gemeint, keine Kraft mehr zu haben, hatte geglaubt, sie könne unmöglich auch nur eine weitere Sekunde durchstehen. Doch in dem Moment, als Jacob den ersten Atemzug getan hatte, um mit kräftiger Stimme seine Empörung in die Welt hinauszuschreien, wusste sie, dass sie für dieses kleine Wesen alles und mehr würde ertragen können.

Nie hätte sie es über sich gebracht, ihn einer Amme anzuvertrauen, und Mr Denman hatte sie darin bestärkt, das Kind zumindest in den ersten Monaten selbst zu stillen. Es sei seiner Ansicht nach der Gesundheit von Mutter und Kind besonders zuträglich und ein wirksamer Schutz gegen das Kindbettfieber.

Auch wenn Marguerite hochzufrieden mit ihrem Kindermädchen war, wollte sie die Sorge für Jacob nicht vollständig aus der Hand geben. Ende Januar war Adam dann nach London aufgebrochen, und Emmeline hatte ihn ein Stück des Weges bis nach Bedford begleitet. Doch mit Jacob war es nie einsam gewesen. Und nun waren sie endlich alle wieder vereint. Marguerite genoss es, in ihre alte Heimat London zurückzukehren, ihre Eltern wiederzusehen, alte Freundschaften und Bekanntschaften aufzufrischen und natürlich auf die Bälle und Feste, zu Theatervorstellungen und Gesellschaften zu gehen.

Das Parlament hatte nach der Osterpause die Arbeit noch nicht wieder aufgenommen, und so freute sich Marguerite, ihren Gatten beim Frühstück im privaten Salon anzutreffen. Er schien auf sie gewartet zu haben, denn die Speisen standen noch unberührt auf dem Tisch. Lediglich eine Tasse Tee hatte er sich eingeschenkt und die Zeitung zur Hand genommen.

»Guten Morgen! Ich sehe, du nimmst das Frühstück heute nicht im Arbeitszimmer ein?«

Peterborough sah von der Lektüre auf, und zu ihrer Freude bemerkte Marguerite ein Lächeln auf seinem Gesicht. Er legte die Zeitung beiseite, stand auf und zog ihren Stuhl zurück. Diese Geste der Aufmerksamkeit freute Marguerite immens.

»Es gibt einiges, das ich gern mit dir besprechen würde. Daher hielt ich es für angebracht, wenn wir uns Zeit für ein gemeinsames Frühstück nehmen. Was macht Jacob?«

»Nach dem Trinken war er müde. Miss Jones hat ihn eben hingelegt. Ich habe nach ihm gesehen, bevor ich herunterkam.«

Wieder zeigte sich ein Lächeln auf Peterboroughs Gesicht.

»Er ist ein prächtiger kleiner Bursche, nicht wahr?«

»Natürlich ist er das. Er ist seinem Vater wie aus dem Gesicht geschnitten.«

Adam beugte sich über den Tisch und drückte kurz ihre Hand, bevor er sich daran machte, seinen Teller zu füllen.

»Ich habe damit begonnen, mich mit den Erbangelegenheiten auseinanderzusetzen. Mamas Besitz ist überschaubar, aber dazu gehören auch ein Haus und Ländereien in Yorkshire.«

»In Yorkshire?« Marguerite tat überrascht, schließlich hatte die selige Lady Peterborough sie darum gebeten, über ihr Gespräch Stillschweigen zu bewahren.

»Es handelt sich um Kestrel Hall, das Anwesen meiner verstorbenen Großmutter, etwa zwanzig Meilen von Scarborough entfernt an der Küste gelegen.«

»Ich nehme an, du möchtest es verkaufen?«

»Es ist derzeit vermietet.« Adam spießte ein Stück Bückling auf seine Gabel. »An einen reichen Kaufmann aus Bristol, der es hauptsächlich während der

Jagdsaison nutzt. Das Haus ist wahrscheinlich in einem recht bedauerlichen Zustand.«

»Du denkst daran, es ihm zum Kauf anzubieten, nicht wahr? Das ist kein schlechter Gedanke. Er könnte es nach seinem Geschmack renovieren.«

»Ehrlich gesagt, denke ich daran, es für uns instand zu setzen und dort zu wohnen.«

»Dort wohnen, Adam? In Yorkshire?«

Marguerite ließ das Besteck sinken. Die selige Lady Peterborough hatte offenbar mit ihrer Ahnung recht behalten.

»Als Knabe war ich lange Zeit dort, als Großmama und Großpapa noch lebten. Ich habe mich dort immer zu Hause gefühlt. Es ist eine atemberaubend schöne Gegend, und das Meeresklima ist der Gesundheit sehr zuträglich.«

»Ich verstehe, dass du daran hängst«, räumte Marguerite ein. »Aber was soll aus Milton Abbey werden?«

»Charles und seine Familie könnten dort wohnen und die Verwaltung übernehmen.«

Adam wirkte, als stünde sein Beschluss bereits fest, und Marguerite wusste nicht recht, wie sie ihn von dem Gedanken abbringen sollte.

»Du glaubst, dein Bruder würde das wollen?«

»Ich weiß, dass sein Herz schon immer mehr an unserem elterlichen Anwesen hing. Er würde es nicht zugeben, doch ich glaube, er hat es nie überwunden, der Zweite in der Erbfolge zu sein. Ich bin mir sicher, es würde ihm gefallen, Herr auf Milton Abbey zu sein.«

Sie hoffte, dass er sich in Bezug auf Charles irrte, denn im Augenblick fiel ihr nichts Besseres ein, als an sein

Verantwortungsgefühl gegenüber dem elterlichen Besitz zu appellieren.

»Denkst du, es wäre im Sinne deiner Mutter, wenn Charles Milton Abbey übernähme? Mir schien, ihr war daran gelegen, dass das Anwesen eines Tages an Jacob geht.«

Adam nahm einen Schluck Ale.

»Ich werde ihm den Besitz nicht überschreiben. Schließlich würde Cosgrove weiter in seinem Besitz verbleiben und nach seinem Tod an Joseph gehen. Ich würde Charles einen Teil der Pachteinnahmen für Milton Abbey auszahlen, wenn er die Verwaltung des Anwesens übernimmt. Er hätte also nichts verloren und wir ebenso wenig.«

»Schon, aber wäre Joseph nicht enttäuscht, sich mit dem weit kleineren Anwesen begnügen zu müssen, wenn er den Großteil seiner Jugend auf Milton Abbey zugebracht hat?«, gab Marguerite zu bedenken.

»Die Gefahr besteht, aber ich halte sie für gering. Jedoch schmerzt mich der Gedanke, Kestrel Hall zu verkaufen weit mehr. Ich kann kaum erwarten, es wieder in seinen ursprünglichen Zustand zu bringen. Ein Verkauf mag eine hübsche Summe einbringen – die Pacht hingegen wäre eine beständige Einnahmequelle. Wir sollten auch an die Zukunft unserer Kinder denken.«

Marguerite ahnte, dass sie Adam nicht würde umstimmen können. Ihre Schwiegermutter hatte sie offenbar überschätzt. Blieb nur die Hoffnung, Charles könne das Angebot seines Bruders ablehnen. Der Gedanke, nach Yorkshire zu ziehen, über hundertfünfzig Meilen weiter entfernt von ihren Freunden, behagte ihr überhaupt nicht.

VIERZEHN

»Da sind wir! Nun wirst du sehen, warum ich so an dem Anwesen hänge.«

Adam lächelte. Er beugte sich vor und strich Marguerite mit den Fingerspitzen über die Wange.

»Nun, ich bin sehr gespannt«, entgegnete sie, was eine Untertreibung war. Schließlich war sie nicht erpicht darauf gewesen, fortan hier zu leben, und sah ihrem zukünftigen Zuhause mit Skepsis entgegen. Der Schlag wurde geöffnet, und Adam sprang aus der Kutsche, um ihr die Hand zu reichen. Miss Jones folgte, den schlafenden Jacob im Arm.

»Das ist es. Das ist Kestrel Hall. Ist es nicht majestätisch?«

Marguerite wandte sich um und betrachtete das Gebäude mit Staunen.

»Majestätisch ist wohl der richtige Ausdruck. Ich hatte es mir wesentlich kleiner vorgestellt.«

Kestrel Hall war im elisabethanischen Stil aus rotem Backstein mit Zierblenden aus hellem Sandstein gebaut. Die asymmetrische Frontfassade, deren drei spitze Giebel sich in den wolkenverhangenen Himmel reckten, war beeindruckend. Mit den zwei halbrunden und zwei eckigen Erkern, den zahlreichen Fenstern und den zwei fünfeckigen Türmchen mit Zinnen, die das Gebäude flankierten, wirkte es beinahe wie eine mittelalterliche Burg. Auch die breite Zufahrt, die von kegelförmig geschnittenen Buchsbäumen gesäumt war, ließ Marguerite an ein Schloss denken.

»Siehst du nun, warum ich es unmöglich einfach aufgeben kann?«

Adam drückte ihre Hand und zog sie kurz an seine Lippen. Marguerite lächelte. Sie hatte ihn schon lange nicht mehr in so heiterer Stimmung erlebt. Je konkreter die Pläne für ihren Umzug nach Kestrel Hall geworden waren, desto fröhlicher wurde Adam. Die Aussicht, das großmütterliche Erbe mit neuem Leben zu füllen und zu neuem Glanz zu führen, hatte ihn beflügelt, und er hatte von kaum etwas mehr gesprochen als von seinen Plänen für die Renovierung. Möglicherweise würde sich nun alles zum Guten wenden. Wenn der Umzug nach Kestrel Hall bedeutete, dass sie einander wieder näherkamen, so wollte Marguerite gern ihren inneren Widerstand aufgeben.

Schon in den vergangenen Monaten hatte sie den Eindruck gewonnen, er sei bemüht, die Nähe wiederherzustellen. Auch wenn die ursprüngliche Leichtigkeit und Vertrautheit zwischen ihnen sich noch nicht wieder eingestellt hatte, so war sie nun doch zuversichtlich.

Das Wetter allerdings war scheußlich. Marguerite konnte sich nicht erinnern, je einen so kalten und verregneten Sommer erlebt zu haben. Sie schauerte und zog den Mantel fester um den Körper, als sie an der Fassade hochblickte. Auch wenn das alte Gemäuer mit seinem dunklen Backstein, den Erkern und Türmchen etwas Unheimliches hatte, so war es doch ein imposanter Bau. Marguerite konnte sich vorstellen, dass ein so geschichtsträchtiges Anwesen, das über

Generationen in der Familie war, durchaus seinen Reiz hatte, vor allem, wenn man dort aufgewachsen war.

Die Nähe zum Meer auf der einen Seite und zu den North York Moors im Norden bot gewiss eine Reihe von Vorteilen, insbesondere für einen Mann, der die Jagd liebte. Die malerische Steilküste war keine zwei Meilen entfernt, und es gab kleine Strände mit Gezeitentümpeln und Höhlen, die ideale Umgebung für einen abenteuerlustigen Knaben. Sicher würde Jacob auf Kestrel Hall eine glückliche Kindheit verleben können. Wenn es doch nur nicht so elend weit entfernt von der Hauptstadt und ihren Freunden in Bedford gewesen wäre! Adam hatte den Kopf schief gelegt und betrachtete ihren skeptischen Ausdruck mit einer gewissen Belustigung.

»Ich sehe dir genau an, was du denkst. Es ist zu weit entfernt von allem. Bedenke jedoch, dass wir nicht das ganze Jahr über hier sein werden. Pünktlich zu Beginn der Saison werden wir selbstverständlich nach London reisen, mein Herz. Du musst also nichts missen. Gefällt es dir denn überhaupt nicht?«

Marguerite lachte leise.

»Doch, doch. Und da ich weiß, wie viel dir daran gelegen ist und wie glücklich dich die Aussicht macht, in das Heim deiner Jugendzeit zurückzukehren, so will ich mich schon noch daran gewöhnen.«

Adam lächelte.

»Ich danke dir. Du weißt, dass du mich sehr glücklich machst.«

Sie nickte. Auch wenn sie ihren Gatten bereits gut genug kannte, um zu wissen, dass er sich durch sie nicht von etwas abhalten ließe, das ihm am Herzen lag, wollte sie guten Willen zeigen.

Inzwischen war das Dienstpersonal aus dem Haus gekommen und stellte sich auf, um sie zu begrüßen. Bis auf das Kindermädchen hatten sie das gesamte Personal in Milton Abbey bei Charles und Augusta zurückgelassen und hatten dafür den Großteil der Angestellten vom bisherigen Bewohner von Kestrel Hall übernommen.

Mit einer Mischung aus wachsamem Misstrauen und neugierigem Hoffen beäugten die Dienstboten die neue Herrschaft. Den Verwalter, Mr Crossley, kannte sie bereits. Er hatte sie in London aufgesucht, um mit Adam über dessen Pläne für das Anwesen und seine Renovierung zu sprechen.

Er kam nun lächelnd auf sie zu und, nachdem er sie begrüßt und sich nach ihrem Befinden und ihrer Reise erkundigt hatte, stellte er ihnen die wichtigsten Mitglieder des Personalstabs vor.

Sturgess, der Butler, sah mit seiner steifen Haltung, der würdigen Miene und den ergrauten Schläfen aus, als sei er selbst der Hausherr. Die Hausdame, Mrs Thompson, die mit ihrer kerzengeraden Haltung, der strengen Frisur und der unbewegten Miene etwas von einer Puppe hatte, machte den Eindruck, als führe sie im Haushalt ein eisernes Regiment, und Marguerite war sich beinahe sicher, dass sie mit ihr nicht warm werden würde. Es fiel ihr schwer, Thompsons Alter einzuschätzen. Wahrscheinlich war die Hausdame gar nicht viel älter als Adam, auch wenn ihr strenges Äußeres sie wie eine würdige alte Dame erscheinen ließ. Des Weiteren waren da Marguerites Zofe, Miss

Nichols, Lord Peterboroughs Kammerdiener, Mr Armitage, Roberts, die Köchin, und Chapman, der Wildhüter.

Im Kontrast zu Mrs Thompson wirkten diese auf den ersten Blick freundlich und umgänglich, fand Marguerite, doch es musste sich zeigen, ob sich dies bestätigen würde.

Adam wandte sich an die Hausdame.

»Thompson. Wie schön, Sie wiederzusehen. Es ist lange her, doch ich erinnere mich noch genau. Damals waren Sie noch Dienstmädchen und haben mir heiße Schokolade serviert.«

Ein Lächeln erhellte für einen Augenblick die steinerne Miene der Haushälterin und ließ erahnen, dass sie, anders zurechtgemacht, eine durchaus attraktive Erscheinung hätte sein können.

»Danke, Mylord. Ich denke auch noch gern und oft an Ihre Ladyschaft und die alten Zeiten zurück und freue mich, Ihnen zu Diensten sein zu dürfen.«

»Ich werde mich redlich bemühen, die guten Zeiten zurückzubringen und Kestrel Hall wieder zu altem Glanz zu verhelfen. Wenn Sie einstweilen Miss Jones das Kinderzimmer und ihre Räumlichkeiten zeigen würden, damit sie das Kind zu Bett bringen kann?«

»Sehr gerne, Mylord.«

Nachdem Thompson die übrige Dienerschaft zurück an ihre Arbeit geschickt hatte, nahm sie das Kindermädchen, das den noch immer schlafenden Knaben auf dem Arm trug, mit sich ins Haus.

»Komm, ich werde dir alles zeigen.« Adam bedeutete Marguerite, ihm zu folgen. »Du wirst es gewiss genauso lieben wie ich.«

Der Eingang lag in einem der Erker und führte durch einen kleinen Vorraum in die große Halle, die von einem mit steinernen Säulen eingefassten Kamin dominiert wurde. Ein riesiger giebelartiger Aufbau aus Alabaster reichte bis fast an die Decke und war mit einer Reihe Figuren und Wappen verziert. Ähnliche steinerne Reliefs befanden sich an der Wand über dem Eingang zur Halle. Mit den Säulen, den dunklen geschnitzten Holzvertäfelungen und steinernen Figuren und dem langen Tisch aus dunklem Holz hatte der Raum etwas Sakrales und erinnerte Marguerite an das Chorgestühl einer gotischen Kathedrale. Sie fühlte sich ein wenig erschlagen von der Wucht der Bildhauerarbeiten, und sie mochte das Gefühl nicht, von etlichen leblosen Augenpaaren beobachtet zu werden.

»Dort geht es zum weißen Salon. Ich bin sicher, er wird dir gefallen.«

Sie folgte Adam durch einen der hölzernen Torbögen am Ende der Halle, der auf einen kurzen Flur hinausführte, von dem aus es auf einer Seite zum Treppenhaus, auf der anderen in den Salon ging. Hier fühlte sich Marguerite gleich wesentlich wohler. Mit seinen grazilen Chippendale-Möbeln, den zwei zierlichen Kristalllüstern, der weißen Holzvertäfelung an den Wänden und hübschen orientalischen Teppichen wirkte der Raum wesentlich heller und freundlicher. Licht fiel durch die Fenster in den beiden Erkern ein. Der fünfeckige war mit einem Rundbogen vom restlichen Raum getrennt, was dort einen hübschen Sitzplatz schaffte. Hier würde sie gern sitzen und lesen, dachte Marguerite, die dieser Raum wieder ein wenig mit der Architektur des Herrenhauses aussöhnte.

»Du hast recht. Hier sieht es schon freundlicher aus. Die große Halle ist ja reichlich düster.«

Adam lachte.

»Ja, man merkt, dass das Gebäude aus einer anderen Zeit stammt. Vor über zweihundert Jahren war der Geschmack eben ein anderer. Aber ich finde gerade das schön. Du nicht? Diese Räume atmen Geschichte. Jeder Stein kann eine Geschichte erzählen, das Anwesen hat schon so viel gesehen und erlebt. Ich finde es spannend.«

»Der Reiz verschließt sich mir nicht«, entgegnete Marguerite, »doch ich fühle mich in diesem Raum wesentlich wohler. In der Halle bekommt man das Gefühl, beobachtet zu werden.«

»Die Schnitzereien und Figuren sind zugegeben etwas gewöhnungsbedürftig, jedoch haben sie mich schon als Knabe fasziniert. Wenn man sie länger betrachtet, entdeckt man immer neue Details, die einem zuvor nie aufgefallen sind.«

Im Erdgeschoss befanden sich des Weiteren noch der rote Salon, die Räumlichkeiten des Butlers und der Hausdame, Küche, Vorratskammern und Gesinderaum sowie der Speiseraum, in den Adam sie nun führte und der nach ihrem Geschmack renoviert worden war. Marguerite hatte zwar in London die Entwürfe und Zeichnungen gesehen, doch es war etwas anderes, nun in dem fertig eingerichteten Zimmer zu stehen.

Die Wände waren in einem kräftigen Rotton gestrichen, der gut mit den hellen, halbhohen

Holzvertäfelungen harmonierte, wie auch mit den Möbeln und den geschnitzten Verzierungen um den Kamin, die beide aus dunklem Holz waren. Kleine goldgerahmte Gemälde, die Landschaften und Ahnen aus der Familie der seligen Lady Peterborough zeigten, zierten die Wände, und über dem Esstisch, an dem gut sechzehn Personen Platz fanden, hing ein hübscher Kristallleuchter.

»Und? Bist du zufrieden mit der Renovierung?«

Adam sah sie erwartungsvoll an.

»Sehr. Es ist wunderschön geworden.« Marguerite lächelte. Sie war nun wesentlich zuversichtlicher, dass sie sich hier rasch heimisch fühlen würde.

Durch das mit kunstvoll geschnitzten Kolonnaden aus dunklem Eichenholz verzierte Treppenhaus gelangten sie in das obere Geschoss, wo sich das Kinderzimmer, Miss Jones' Räumlichkeiten, die Schlafzimmer der Familie sowie die Gästezimmer befanden.

»Hier ist dein Schlafzimmer.« Adam deutete auf eine Tür, und Marguerite trat gespannt ein. Sie hatte es ja bereits auf den Zeichnungen gesehen, doch in der Realität war es noch beeindruckender. Ein echtes Himmelbett mit vier dicken Bettpfosten aus dunklem Holz stand in der Mitte des Raumes. Der Betthimmel war mit dem hübschen hellblauen Brokatstoff bespannt, den sie ausgesucht hatte und aus dem auch Bettspreite und Bettvorhänge bestanden. Der hölzerne Überbau des Betthimmels war in einem passenden Blauton gestrichen worden. Die aufwändigen Stuckarbeiten mit den verschnörkelten Blumenranken stammten aus der Gründungszeit des Gebäudes und hatten nur einen frischen, leuchtend weißen Anstrich erhalten.

»Gefällt es dir?«, wollte Adam wissen.

»Ja, das Bett ist wundervoll.« Tatsächlich hatte sie sich schon als kleines Mädchen immer ein solches Himmelbett gewünscht. Allerdings empfand sie die Atmosphäre in dem Raum mit der niedrigen Decke und den dunklen Holzvertäfelungen an den Wänden doch etwas beklemmend. Diese Tatsache wollte sie Adam jedoch lieber verschweigen. Ihr Unbehagen erschien ihr recht albern, denn das Zimmer war wirklich geschmackvoll und gemütlich eingerichtet. Direkt neben ihrem lag, durch eine Tür verbunden, Adams Schlafzimmer, ebenfalls im Tudor-Stil, mit geschnitzten Holzvertäfelungen an den Wänden, Stuckarbeiten an der Decke und einem wuchtigen Himmelbett.

Adam führte sie noch durch eine Reihe anderer Räume, darunter die Bibliothek und das Billardzimmer. Einige Zimmer hingegen waren zugesperrt, da die Renovierungen noch nicht vollständig abgeschlossen waren.

Schließlich stiegen sie die Treppe zur langen Galerie hinauf, die sich mit ihrem Tonnengewölbe im dritten Stock über die gesamte Länge des Gebäudes erstreckte.

»Solche Galerien waren in der elisabethanischen und jakobinischen Zeit sehr beliebt«, kommentierte Adam, während er Marguerite durch den langgezogenen Raum führte.

Die Decke zeigte dieselbe verschnörkelte Stuckarbeit wie in ihrem Schlafzimmer und große Gemälde, zumeist Porträts lang verstorbener

Familienmitglieder, zierten die Wände. Am Ende wiesen drei bogenförmige Fenster zum Garten hinaus.

In der Mitte der Galerie, in der Nähe des Kamins, fiel Marguerite das Porträt einer Dame in einem weißen Kleid nach der Mode des jakobinischen Zeitalters auf. Der hohe Stuartkragen ließ den weißen Hals unnatürlich schmal und lang erscheinen, und aus dem übertrieben blassen Gesicht mit der hohen Stirn und dem streng zurückgekämmten Haar starrten dunkle, knopfartige Augen. Ein wenig erinnerte die weiße Dame mit ihrer straffen Frisur und dem gebieterischen Blick an Thompson, die Haushälterin. Sie schienen die Eindringlinge mit hochmütiger Herablassung bei ihrem Gang durch die Galerie zu verfolgen. Marguerite lief ein Schauer über den Rücken. Sie blieb stehen und wandte sich dem Gemälde zu, um es genauer zu betrachten.

»Machst du dich mit Lady Sybil bekannt?«

Adam war neben sie getreten und betrachtete ebenfalls das Gemälde.

»Sie sieht unheimlich aus, findest du nicht?«

»Das ist sie auch. Man nennt sie auch die Weiße Frau von Kestrel Hall. Sie ist unser Hausgeist. Sie soll nachts aus dem Gemälde steigen und durch das Haus irren. Großmama hat mir diese Legende immer wieder erzählt. Lady Sybil hatte sich mit einem Mann eingelassen, mit dem sie ein heimliches Verhältnis führte. Doch der Mann war ein Hexer, und sie wurde ihm vollkommen hörig. Er schlug Lady Sybil derart in seinen Bann, dass sie eines Tages ihren Mann im Schlaf enthauptete. Man fand sie vor dem Bett sitzend, blutüberströmt, den abgetrennten Kopf in ihrem

Schoß wiegend, während sie Scarborough Fair sang. Du kennst das alte Volkslied?«

Marguerite nickte.

»Was geschah mit ihr?«

»Sie wurde hingerichtet und geht seither als Geist um, als Warnung an alle Unehrlichen mit unlauteren oder unkeuschen Gedanken.«

»Wie grauenhaft!«, stieß Marguerite hervor, doch Adam lachte.

»Ach was! Kein Haus, das auf eine so lange Geschichte zurückblicken kann wie Kestrel Hall, kann auf einen eigenen Geist verzichten. Außerdem glaube ich, dass Großmama mir diese Geschichte nur erzählt hat, um mich vom Flunkern und anderem Unsinn abzuhalten.«

Er lachte wieder und zwinkerte ihr zu, doch Marguerite konnte das beklemmende Gefühl, das sie beim Betrachten des Porträts befiel, nicht abschütteln. Immer wieder kehrten ihre Gedanken zu der grausamen Geschichte zurück. In dieser Nacht hätte sie sich gewünscht, dass Adam zu ihr ins Zimmer gekommen wäre, doch er hatte Kopfweh und sich direkt nach dem Dinner zu Bett begeben.

Nachdem sie Jacob gestillt und dem Kindermädchen übergeben hatte, lag sie mit klopfendem Herzen unter dem wuchtigen Betthimmel und lauschte auf die ungewohnten nächtlichen Geräusche, das Knacken und Knarren der Holzdielen, das Pfeifen des Windes in den Schornsteinen und das Peitschen des Regens gegen die Fenster. Erst nach einer gefühlten Ewigkeit dämmerte sie langsam ein.

FÜNFZEHN

Als Marguerite am nächsten Tag erwachte, drangen Sonnenstrahlen durch die Lücke in den Vorhängen und tauchten das Zimmer in ein freundliches Dämmerlicht. Die Beklommenheit des Vorabends war verflogen, und es erschien ihr im Nachhinein recht töricht, dass sie sich von einer kindischen Schauergeschichte so hatte ängstigen lassen. Sie läutete und kurz darauf erschien Miss Nichols, eine apfelbäckige junge Frau, die mit dem leicht genuschelten, erdigen Singsang der Region sprach, was es Marguerite schwermachte, sie zu verstehen.

»Haben Sie gut geschlafen, Mylady? War eine mächtig ungemütliche Nacht, möcht' ich meinen, nicht wahr? Und das mitten im August. Da möcht man keinen Hund vor die Tür jagen. Da ist man froh, dass man im Warmen und Trockenen sitzt.«

»Das kann man wohl sagen, Nichols. Ich hatte schon gedacht, der letzte Sommer war außergewöhnlich schlecht, doch in diesem Jahr ist es, als hätten wir ihn gleich ganz übersprungen.«

»Aber heute sieht es freundlich aus, finden Sie nicht?«

Sie hatte die Vorhänge aufgezogen und sah hinaus. Marguerite trat neben sie.

»Zumindest ist es trocken.« Sie lachte. »Wir sollten die Gelegenheit für einen Spaziergang nutzen, dann kann ich die Gegend ein wenig erkunden. Gewiss lässt der nächste Regen nicht lange auf sich warten.«

»Eine hervorragende Idee, Mylady. Sie sollten die Steilküste anschauen, solang' es nicht so windet, dass man ins Meer geblasen wird. Es ist wunderschön dort. Ganz weit übers Meer kann man sehen. Als ob man am Rand der Welt steht.«

»Das hört sich wundervoll an, Nichols. Sehen Sie, kaum haben Sie es ausgesprochen, schon kommt die Sonne wieder hervor. Ich werde es seiner Lordschaft gleich beim Frühstück vorschlagen.«

»Sie könnten doch ein Picknick machen. Wer weiß, wie oft Sie dazu in diesem vertrackten Sommer noch Gelegenheit haben?«

»O Nichols! Sie sind eine veritable Goldgrube der fantastischen Ideen«, rief Marguerite aus. »Ein Picknick mit Blick auf das Meer klingt herrlich.«

Am frühen Nachmittag brachen sie auf, und als ob die Sonne es heute besonders gut mit ihnen meinte, klarte es zunehmend auf. Der Weg führte zunächst in den Ort hinunter und dann an der steinernen Kirche mit dem eckigen Turm vorbei aus dem Dorf wieder hinaus in Richtung Küste. Unweit der Kirche entdeckte Marguerite ein Cottage, das sich in einem traurigen Zustand befand. Die Läden hingen schief und hätten dringend einen neuen Anstrich benötigt, und der von einer niedrigen Steinmauer eingefriedete Garten war verwildert und mit Efeu und Brombeergestrüpp überrankt. Trotz seines desolaten Zustands war es ein hübsches Häuschen, und die Anlage der Beete und die Blumen, die zwischen dem wuchernden Grün leuchteten, ließen ahnen, dass es in seinem ursprünglichen Zustand ein idyllisches Gärtchen gewesen sein musste.

»Oh, was für ein entzückendes kleines Cottage. Schade, dass es offenbar nicht bewohnt ist«, stellte Marguerite fest.

»Das ist das Pfarrhaus des Ortes. Seit dem Tod des alten Pfarrers ist die Pfründe nicht neu besetzt worden. Mama hatte nie die Muße, sich darum zu kümmern. Der Pfarrer aus dem Nachbarort liest die Messe und hat die Seelsorge übernommen«, erklärte Adam.

»Findest du es nicht ein wenig schade, dass es leer steht und die Gemeinde keinen eigenen Geistlichen hat?«

Marguerite blieb kurz am Gartentor stehen und spähte hinein. »Es ist ein reizendes Fleckchen und brauchte nur ein wenig frische Farbe und ein wenig Arbeit hier und da. Auch der Garten wäre mit ein wenig Pflege sicher bezaubernd.«

»Du hast recht, als neuer Herr auf Kestrel Hall sollte ich mich darum bemühen, dass der Ort bald einen neuen Pfarrer bekommt.« Adam pflückte eine der verwilderten Rosen und reichte sie Marguerite mit einem Lächeln. »Es wird wirklich Zeit, dass wieder neues Leben in das Pfarrhaus kommt.«

Er bot ihr den Arm, und sie schlenderten langsam weiter. Hinter ihnen folgte Miss Jones, die den Leiterwagen zog, in dem, auf Kissen gebettet, der kleine Jacob lag und fröhlich vor sich hin gurrend mit neugierigen Äuglein die Umgebung betrachtete. Bei schönstem Sonnenschein und einer angenehmen Brise ging es den von Hecken und niedrigen Bäumen gesäumten Sandweg entlang, vorbei an Feldern und Wiesen, in Richtung Küste.

»Was ist das für ein Turm?« Marguerite beschattete ihr Gesicht mit der Handfläche und deutete nach vorn, wo sich ein weißer sechseckiger Turm über das Grün der Wiesen erhob.

»Das ist der alte Leuchtturm. Er stammt noch aus dem siebzehnten Jahrhundert. Der neue Leuchtturm wurde erst vor etwa zehn Jahren gebaut. Du wirst ihn auch noch sehen. Wir kommen auf dem Weg noch daran vorbei.«

»Ein Leuchtturm hat etwas Romantisches, findest du nicht?«

»Ich weiß nicht, ich denke, es lebt sich recht einsam dort.« Adam lächelte. »Da ziehe ich Kestrel Hall vor.«

Marguerite sog tief die Luft ein. Sie konnte das Meer bereits riechen, den Tang und das Salz. Mit ihren Eltern war sie einige Male nach Southend gereist, und dieser würzige Geruch, den sie liebte, war ihr immer stark in Erinnerung geblieben. Ihre Aufenthalte in dem Küstenort mit seinen langen Kiesstränden, den Booten und Badekarren hatte sie immer genossen, und sie freute sich darauf, das Meer zu sehen. Möwen segelten über ihren Köpfen und ließen wie ein Versprechen von Zeit zu Zeit ihr heiseres Rufen hören.

Nach etwa einer halben Stunde erreichten sie schließlich die Steilküste mit ihren schroff zum Wasser abfallenden Kreidefelsen, die in der Sonne leuchteten. Die Küste hier war wilder, rauer als Southend und hatte etwas Urgewaltiges, Erhabenes, das Marguerite mit einer stillen Ehrfurcht erfüllte. Von seinem Platz über den Klippen aus überblickte der neue Leuchtturm die Bucht, um Schiffe von der schroffen, felsigen Küste fernzuhalten.

Als sie auf der Klippe ankamen, trafen sie dort auf Sturgess und zwei weitere Bedienstete, die vorausgeritten waren und bereits alles für das Picknick vorbereitet hatten.

Auf dem Gras waren Decken und Kissen ausgebreitet worden und auf einer niedrigen Bank daneben lockten köstlich aussehende Speisen: Käse, frische Früchte, kalter Braten, Pasteten und Kuchen.

»Du lässt nichts unversucht, um mich von Kestrel Hall zu überzeugen, nicht wahr?« Marguerite lächelte Adam zu, als sie sich setzten.

»So ist es. Schließlich möchte ich, dass ihr hier einmal so glücklich werdet, wie ich es war. Für einen Knaben gibt es keinen besseren Ort, an dem er aufwachsen könnte.«

Marguerite blickte zu ihrem kleinen Jacob hinüber, den Miss Jones auf der Decke abgesetzt hatte und der fasziniert einer Hummel zusah, die zwischen gelbem Tannenklee und violetten Flockenblumen von Blüte zu Blüte taumelte.

»Ich muss zugeben, dass dies in der Tat ein wunderschönes Fleckchen Erde ist.« Marguerite ließ ihren Blick über das glitzernde Wasser gleiten, das sich tief unter ihnen bis zum Horizont erstreckte. Adam lächelte.

»Dann wirst du dich hier zu Hause fühlen?«

»Ich denke, Jacob und ich werden uns hier bald eingewöhnen. Allerdings werde ich meine Freunde und meine Eltern vermissen.«

»Du wirst sie jedes Jahr für einige Monate in London sehen«, warf Adam ein.

»Ich weiß. Du hast ja recht. Höchstwahrscheinlich macht es tatsächlich keinen Unterschied, ob wir auf Milton Abbey wohnen oder hier. Jacob scheint es jedenfalls zu gefallen.«

Sie lachte und deutete auf ihren kleinen Sohn, der fröhlich glucksend einem tanzenden Schmetterlingspärchen zusah. Er versuchte, von der Decke zu krabbeln, wurde jedoch gleich von Miss Jones am Wickel gepackt und zurückgeholt.

»Ich freue mich schon auf das Essen. Die Seeluft macht hungrig, und es sieht alles so appetitlich aus«, befand Marguerite. »Es war ein geschickter Schachzug von dir, dem Vorschlag mit dem Picknick zuzustimmen. Mit einem guten Essen hat man mich noch immer für sich gewinnen können.«

Der Tee wurde serviert, und Marguerite sah Jacob zu, der zufrieden mit seinem geschnitzten Hündchen spielte. Wenn er größer war, würde er unten am Strand Steine, Muscheln und Treibholz sammeln. Er würde mit seinem Vater in den Mooren zur Jagd gehen oder zum Fischen.

Adam hatte recht, es war ein wundervoller Ort für einen kleinen Knaben, voller Geheimnisse und Abenteuer, die es zu erkunden gab. Und von Ostern bis in den Sommer hinein würden sie in London sein. Und gewiss würde sie hier oben neue Bekanntschaften machen – vielleicht auch neue Freunde gewinnen.

»Wir sollten vielleicht eine Gesellschaft geben, um uns mit den anderen Landbesitzern in der Gegend bekanntzumachen«, überlegte sie laut und nahm einen Bissen von ihrer Pastete.

Adam nickte. »Ich hatte denselben Gedanken. Es gibt nur wenige respektable Familien in der näheren Umgebung. Für einige der Gäste ist es eine Tagesreise, so dass wir ihnen nicht zumuten können, am selben Abend noch heimzufahren. Sobald die Gästezimmer alle renoviert sind, werde ich die Einladungen verschicken.«

SECHZEHN

Freitag, 16. August 1816 – Flamborough Head, Yorkshire

Das Wetter hielt sich, und obwohl es für Mitte August noch immer ungewöhnlich kühl war, genossen sie einen vergnüglichen und angenehmen Tag bei Windstille und Sonnenschein. Es war so mild, dass Marguerite und Adam beschlossen, noch einen kleinen Spaziergang zu unternehmen. Und so stiegen sie, nachdem Miss Jones sich mit den übrigen Bediensteten und dem kleinen Jacob auf den Heimweg gemacht hatte, den steilen Pfad zum Strand hinunter, wo Adam ihr die Höhlen zeigen wollte, die er als Knabe so gern erkundet hatte.

»Hier bin ich oft herumgestromert und habe Hexensteine gesucht«, verkündete Adam. Die kindliche Begeisterung war ihm auch heute, so viele Jahre später, noch anzumerken.

»Hexensteine?«

»Ja, das sind Steine mit einem natürlich entstandenen Loch. Man findet sie hier oft, denn die Löcher entstehen durch Kreideeinlagerungen im Gestein, die mit der Zeit herausgewittert sind.«

»Warum nennt man sie Hexensteine?«, wollte Marguerite wissen.

»Ein alter Aberglaube. Diese Steine wurden oft als Schutzamulett gegen Hexen und alle möglichen anderen bösen Mächte verwendet. Noch heute hängen viele der Fischer sich solche Steine über den Türstock, und die Bauern hängen sie zum Schutz an den Hühnerstall.« Er lachte. »Doch ich glaube, den Fuchs werden sie damit kaum beeindrucken. Das hier ist eine urwüchsige Gegend. Aberglaube ist unter den einfachen Menschen noch weit verbreitet. Es gibt kaum ein Fleckchen, von dem es nicht irgendeine Spukgeschichte oder Schauermär zu erzählen gäbe, wenn man in der dunklen Jahreszeit am Herdfeuer sitzt und der Seewind um das Haus heult. Als Junge habe ich diese Geschichten geliebt.«

Marguerite fand, dass solche Legenden hervorragend zu der rauen, von Wind, Zeit und Gezeiten geformten Küstenlandschaft passten. Sie hob einen interessant gemusterten Stein auf und betrachtete ihn.

»Man kann sich vorstellen, dass sich Feen, Elfen, Trolle und Geister hier wohlfühlen. In London hat man dafür anderes Gelichter.« Sie lachte. »Ich kann es beinahe vor mir sehen, wie du als kleiner Junge hier herumgestromert bist, mit schmutzigem Gesicht und aufgeschlagenen Knien, wie ein Räuberkind. Und in einigen Jahren wird Jacob hier eigene Abenteuer erleben.«

»Dann hast du deinen Frieden mit meiner Entscheidung gemacht?« Adam sah sie an. »Du brauchst gar nichts zu sagen, ich weiß, dass du nicht ganz glücklich damit warst. Ich habe gehofft, dass du mir verzeihen wirst.«

Er war näher an sie herangetreten und legte seine Hand an ihre Wange.

»Das habe ich schon längst.«

Adam lächelte und hauchte einen Kuss auf ihre Lippen. Dann warf er einen Blick zum Himmel, an dem sich nun wieder vermehrt Wolken vor die Sonne schoben.

»Wir sollten uns auf den Rückweg machen, solange das Wetter sich hält.«

Sie hatten den Fußweg erreicht, der am alten Leuchtturm vorbei zum Dorf führte, als sie den Hufschlag und das Schnauben eines Pferdes hinter sich hörten. Bald wurde der Reiter langsamer. Als er sie überholte, grüßte er kurz, indem er nickte und sich an den Hut tippte. Nach einigen Metern blieb er plötzlich stehen, wendete, sah zu ihnen herüber und nahm den Hut ab.

Kleidung und Haltung verrieten, dass es sich um einen Gentleman handelte. Zu dunkelbraunen Reithosen trug er eine schwarze Jacke und Stiefel und darüber einen leichten braunen Mantel, was ihm eine sportliche Eleganz verlieh. Die Krawatte, die er zu einem lässigen Wasserfallknoten gebunden hatte, unterstrich diesen Eindruck. Auf den ersten Blick mochte die Kleidung fast nachlässig erscheinen, doch bei genauerem Hinsehen stellte man fest, dass der Fremde sehr wohl einigen Wert auf sein Erscheinungsbild und kleine Details legen musste.

»Peterborough?«, rief der Reiter, der nun abgestiegen war. »Allmächtiger! Du bist es tatsächlich.«

Das Pferd am Zügel führend, kam er auf sie zu. Er war groß, schlank und hatte blondes, gelocktes Haar, das er ein wenig länger trug, was ihm etwas bestrickend Jungenhaftes gab. Dabei schätzte Marguerite, dass er etwa im selben Alter war wie Adam, eher noch etwas jünger, also mit einiger Sicherheit zwischen fünfundzwanzig und dreißig. In dem jugendlich wirkenden Gesicht leuchteten wache, graugrüne Augen.

»Beauchamp.«

Adam machte eine knappe Verbeugung und Marguerite hatte den Eindruck, als sei ihm die Begegnung unangenehm.

»Warum so frostig, Peterborough? Ist das eine Art, nach so langer Zeit einen alten Freund zu begrüßen? Du zürnst mir doch wohl nicht immer noch wegen dieser alten Sache! Wie lange ist es her, seit wir uns zuletzt trafen? Zehn Jahre? Gewiss, damals lebte Lady Mulgrave noch. Willst du mir nicht die Hand geben?«

Der Blick des Fremden, den Adam als Beauchamp angesprochen hatte, wandte sich Marguerite zu und musterte sie für einen Augenblick neugierig. Sie spürte, wie sie errötete und wandte unwillkürlich den Blick ab. Da Adam bisher keine Anstalten gemacht hatte, sie miteinander bekannt zu machen, schwieg sie, eine Situation, die sie als äußerst unangenehm empfand. Schließlich ergriff Adam doch die Hand des Mannes und schüttelte sie kurz.

»Beauchamp. Ich hatte nicht damit gerechnet, dich hier anzutreffen. Solltest du nicht in London sein?«

»Sollte ich. Doch offenbar hat mein Vater andere Pläne. Er möchte mit mir über meine Zukunft sprechen.«

»Zu Recht, nehme ich an«, murmelte Peterborough und setzte dann etwas freundlicher hinzu: »Darf ich dich mit meiner Frau bekannt machen? Lady Marguerite Peterborough. Marguerite, darf ich dir Mr Timothy Beauchamp vorstellen, einen alten Bekannten aus meiner Zeit hier in Yorkshire.«

Beauchamp machte eine kleine Verbeugung und lächelte.

»Mylady. Es ist mir eine große Freude, Sie kennenzulernen.«

»Die Freude ist ganz meinerseits, Mr Beauchamp«, entgegnete Marguerite mit einem Kopfnicken.

»Und nachträglich die herzlichsten Glückwünsche zur Vermählung.« Er schenkte Marguerite ein schwer zu deutendes Lächeln und wandte sich dann an Adam. »Ich habe gar nicht gewusst, dass du geheiratet hast. Bist du auf Besuch in der Gegend?«

»Nein. Meine Mutter hat mir Kestrel Hall hinterlassen, und wir haben beschlossen, künftig dort zu wohnen. Wir sind erst gestern angereist.« Marguerite fand, dass ihr Mann noch immer reichlich reserviert klang.

»Es tut mir sehr leid, vom Tod deiner Mutter zu hören.« Beauchamp wirkte aufrichtig betrübt, und Marguerite bedauerte ihn ein wenig, da Adam so unterkühlt auf dieses Wiedersehen reagierte. Beauchamp hatte etwas an sich, das ihn auf Anhieb sympathisch erscheinen ließ.

»Aber ich freue mich, dass du auch wieder in der Gegend bist. Noch dazu mit deiner reizenden Gattin. Ich bin für einige Monate bei meinen Eltern auf Southhill. Wir sollten bei Gelegenheit unbedingt zusammenkommen und ein wenig über alte Zeiten plaudern und Neuigkeiten austauschen, findest du nicht? Es ist so viel Zeit vergangen, da gibt es gewiss viel zu erzählen.«

Marguerite sah zu Adam herüber. Jetzt wäre die perfekte Gelegenheit, die Gesellschaft zu erwähnen, die sie planten, doch Adam machte keine Anstalten, ihre Pläne anzusprechen. Sie runzelte die Stirn.

»Ja, ja, das sollten wir bei Gelegenheit tun«, entgegnete Adam unverbindlich, ohne auch nur einen Termin vorzuschlagen oder eine konkrete Einladung auszusprechen. Im Grunde ein beachtlicher Affront.

Marguerite begann sich zu fragen, was in der Vergangenheit zwischen den beiden vorgefallen war und warum ihr Mann offenbar noch immer einen Groll gegen Timothy Beauchamp hegte.

Dieser warf Marguerite einen beinahe entschuldigenden Blick zu.

»Nun denn, ich wollte mich nicht aufdrängen, gewiss gibt es noch viel zu tun, wenn ihr erst gestern angekommen seid. Es war mir eine große Freude, Sie kennenzulernen, Lady Peterborough.« Er sah zum Himmel auf. »Wir sollten uns sputen, um noch trockenen Fußes nach Hause zu kommen. Ein scheußlicher Sommer ist das, der den Namen kaum verdient. Ich wünsche Ihnen noch einen angenehmen Abend und hoffe, dass wir uns bald wiedersehen.«

»Das hoffe ich auch, Mr Beauchamp. Es war wirklich nett, Sie kennenzulernen.« Marguerite lächelte.

»Peterborough. Gehab dich wohl, alter Freund.« Beauchamp tippte sich an den Hut, schwang sich in den Sattel und ritt davon. Marguerite sah ihm verwundert nach.

»Ein reizender Gentleman. Warum hast du ihn nicht gleich nach Kestrel Hall eingeladen? Ihr scheint euch doch noch von früher zu kennen. Gewiss hättet ihr eine Menge zu bereden.«

»Du kennst Beauchamp nicht. Er kann zweifellos sehr charmant sein, aber er spielt sich gern in den Vordergrund und versucht seit jeher, mich bei jeder Gelegenheit auszustechen. Vermutlich ist er neidisch. Sein Vater ist Baron Brentford und er der jüngste von drei Söhnen. Er hat weder Titel noch Landbesitz zu erwarten.«

Adam machte ausladende Schritte und traktierte den Boden mit seinem Gehstock. Offenbar war er sehr ungehalten.

»Mir erschien er sehr freundlich, obwohl du nicht gerade höflich zu ihm warst. Mir scheint, es ist ihm daran gelegen, eure Freundschaft wieder aufleben zu lassen. Von Neid oder Missgunst habe ich nichts gespürt. Bedenke, dass es lange her ist, seit ihr euch zuletzt gesehen habt. Ihr wart noch jung, und Menschen verändern sich.«

Sie hatte sich gefreut, eine neue Bekanntschaft zu machen, schließlich würde sie die Einsamkeit nicht so fürchten müssen, wenn es in der Nachbarschaft angenehme Gesellschaft gäbe. Die Aussicht auf gegenseitige Besuche jedenfalls beflügelte sie.

»Beauchamp ist ein eitler Stutzer. Hast du bemerkt, wie er dich angesehen hat?« Adam trat mit dem Fuß energisch einen Stein zur Seite.

Marguerite musste lachen.

»Gütiger Himmel, Peterborough! Bist du etwa eifersüchtig? So kenne ich dich ja gar nicht.«

»Eifersüchtig? Auf Beauchamp?« Adam schnaubte. »Das hätte er wohl gern.«

»Nun sei nicht so griesgrämig, Peterborough. Du weißt, ich habe nur Augen für dich. Deine Reaktion jedoch lässt mich vermuten, dass es bei der *alten Sache*, die Beauchamp erwähnte, um ein weibliches Wesen ging.« Marguerite setzte ein herausforderndes Lächeln auf und hakte sich bei ihrem Mann unter. Adam schwieg.

»Ich habe recht«, sagte Marguerite in neckendem Tonfall.

»Das habe ich nicht gesagt«, erwiderte Peterborough. Seine Stimme klang allerdings wieder freundlicher.

»Dein Schweigen spricht Bände. Es ging also um eine Frau. Wer war sie, war sie hübsch?«

»Zu deinen impertinenten Mutmaßungen werde ich mich nicht äußern. Denke also, was du willst. Aber du hast recht, es ist lange her, und ich sollte Beauchamp möglicherweise eine Chance geben. Ich sollte ihn doch einladen.«

SIEBZEHN

Samstag, 24. August 1816 – Kestrel Hall, Lady
Marguerite Peterboroughs Tagebuch

Ich beginne, mich auf Kestrel Hall einzuleben und lerne nach und nach unsere Pächter kennen. Die Gegend hat eine raue Schönheit und etwas Urwüchsiges. Die Menschen hier folgen den uralten Rhythmen der Natur, und alles geht langsamer als daheim in London. In Abwesenheit mondäner Geschäfte und vielfältiger Zerstreuungen müssen sie sich auf das Einfache zurückbesinnen.

Peterborough hat endlich den Tag für unsere Gesellschaft festgelegt. Sie soll am Samstag in vierzehn Tagen stattfinden, und wir hoffen, dass wir bis dahin alle benötigten Räume renoviert haben.

Der Garten nimmt mehr und mehr Gestalt an. Der nach hinten hinaus gelegene Teil mutet mit seinen weiten Rasenflächen, den in Form geschnittenen Buchsbaumhecken, dem großen, flachen Wasserbecken mit der Fontäne und den steinernen Statuen wie ein Barockgarten an. Doch mein liebstes Fleckchen ist der am Ostflügel gelegene Garten, eine hinter hohen Mauern versteckte Oase voll duftender Kräuter und bunter Blüten – ein wenig verwildert vielleicht, doch gerade das verleiht ihm meiner Meinung nach seinen Charme. Es gibt Gemüsebeete und Gewächshäuser zwischen üppig blühenden Rabatten mit Lupinen, Spieren und Felberich, Erbsen und Bohnen klettern an langen Stangen empor und kleine mit Efeu und Knöterich berankte Bögen bilden einen hübschen grünen Arkadengang.

Ich freue mich darauf, Gäste durch den Garten führen zu können, nicht mehr so isoliert zu sein und Bekanntschaften zu schließen. Leider mangelt es in der Gegend an reputablen Familien, so dass es kein einfaches Unterfangen ist, soziale Kontakte zu unterhalten. Besuche wollen im Voraus gut geplant sein, da die Wege weiter sind und das Wetter kapriziöser ist als in Northamptonshire. Ich habe Peterborough gebeten, doch eine regelmäßige Whistrunde einzurichten wie seinerzeit in Milton Abbey, und er versprach, sich recht bald darum zu kümmern. Ich brenne darauf, dass er die nötigen Kontakte herstellt, damit ich Besuche machen und Einladungen aussprechen kann.

Mit den Angestellten komme ich gut zurecht, lediglich mit Mrs Thompson habe ich meine Schwierigkeiten. In ihren dunklen, steifen Kleidern wirkt sie wie eine Krähe und wie leise und unauffällig sie sich bewegt, ist ebenso unheimlich, wie ihre Angewohnheit, wie aus dem Nichts aufzutauchen. In ihrer Gegenwart fühle ich mich unwohl. Vielleicht liegt es an ihrem Blick, der stets wie eine stumme Anklage wirkt. Ich fürchte, ich bin ihr gegenüber voreingenommen, allerdings kann ich mich auch des Eindrucks nicht erwehren, dass sie mich nicht besonders mag. Schließlich wird sie nie müde zu betonen, wie anders Lady Mulgrave den Haushalt zu pflegen führte und mich darauf hinzuweisen, wie es »unter Ihrer Ladyschaft« üblich war. Am liebsten würde ich sie entlassen, aber es wäre schäbig, eine langgediente Angestellte, die sich nie etwas zuschulden hat kommen lassen, um persönlicher Ressentiments willen um Lohn und Brot zu bringen. Zumal sie bereits zu Lady Mulgraves Zeiten ihren Dienst auf Kestrel Hall verrichtet hat. Adam, der sie noch aus seiner Zeit bei seiner Großmutter kennt und sehr schätzt, würde es nie zulassen, *dass ich mir eine andere Haushälterin suche und wenn ich ehrlich bin, gibt es tatsächlich niemanden, der sich besser auf Kestrel Hall auskennt und geeigneter wäre.*

Nun, ich werde ihre subtilen Sticheleien gelassen ertragen. Vielleicht wird sie sich mit der Zeit an den Gedanken gewöhnen, dass ich nicht Lady Mulgrave bin und neue Sitten nicht notwendigerweise schlecht sein müssen.

Derweil vertreibe ich mir die Zeit damit, Miss Jones und Jacob auf ihren täglichen Spaziergängen zu begleiten, doch das Wetter lässt es nicht zu, sich weiter vom Anwesen zu entfernen. Und, so schön die Umgebung auch ist, hat sie für mich etwas Schwermütiges und Unheimliches. Nebel, der ebenso plötzlich verweht, wie er aufgezogen ist, eine raue, wind- und wettergegerbte Landschaft und ihre Menschen, die mir oft schroff und schweigsam erscheinen.

Auch das Alleinsein macht mir zu schaffen. Drei Tage sind nun schon vergangen, in denen ich kaum ein Wort mit einem erwachsenen Menschen gewechselt habe – von Miss Jones und dem übrigen Personal abgesehen. Seit unserem gemeinsamen Picknick habe ich Adam kaum zu Gesicht bekommen. Wenn er nicht damit beschäftigt ist, sich um die Renovierung der restlichen Räume zu kümmern, reitet er aus oder vergräbt sich in seinem Arbeitszimmer oder der Bibliothek. Ich beginne, mich zu fragen, ob es ein Fehler war, ihn wegen seines zurückliegenden Zwists mit Beauchamp aufzuziehen. Ob er mir die Neckerei übelgenommen hat?

Oder ist es einfach so, dass Adam meine Nähe und Aufmerksamkeit nicht so nötig braucht wie ich die seine oder zumindest nicht zu jeder Zeit? Möglicherweise werde ich mich an diesen Zustand gewöhnen müssen.

An und für sich ist es nicht ungewöhnlich, dass Eheleute sich größtenteils in ihren eigenen Kreisen bewegen. Wann habe ich meine Eltern je Zärtlichkeiten austauschen sehen? Papa ist in seine geschäftlichen Unternehmungen eingespannt und Mama hat ihre sozialen Verpflichtungen. Auch sie verbringen bisweilen nur wenig Zeit miteinander und lieben und schätzen einander doch sehr. Höchstwahrscheinlich ist es wohl der Lauf der Dinge, dass die Leidenschaft nachlässt, wenn man erst einmal verheiratet ist und Kinder hat. Allerdings hatte ich geglaubt, die Vertrautheit der ersten Zeit hielte länger an. Es enttäuscht mich, weil ich große Hoffnungen in unseren Umzug nach Kestrel Hall gesetzt hatte. Ich ertappe mich öfter dabei, dass ich mich frage, ob es voreilig war, seinen Antrag anzunehmen. Vielleicht hätten wir uns mehr Zeit nehmen müssen. Schließlich kenne ich doch meine spontane Begeisterungsfähigkeit. Manchmal denke ich dann, dass ich vielleicht glücklicher geworden wäre, wenn ich einen anderen Mann geheiratet hätte. Ich hätte Leanders Antrag annehmen können. Wir haben uns stets sehr nahe gestanden, und ich denke oft an ihn. Und dann möchte ich mich für diese Gedanken und meinen Wankelmut schelten. Es ist nicht nur müßig, sondern auch undankbar, über andere Männer nachzudenken. Adam ist kein schlechter Ehemann, und eigentlich sollte ich glücklich sein. Mir geht es doch gut, und Gott hat uns ein gesundes Kind geschenkt, das mir viel Freude macht. Es gibt keinen legitimen Grund zur Klage.

Allerdings wünschte ich mir, Adam würde wenigstens nachts meine Nähe suchen. Doch bisher habe ich den weit größeren Teil der Nächte allein in meinem Zimmer verbracht. Oft wache ich nachts auf und finde nicht zurück in den Schlaf, weil die Gedanken in meinem Kopf kreisen. Vielleicht ist es auch dieses Haus, mit dem ich mich noch immer nicht recht angefreundet habe. Mit seinen Giebeln und Erkern steckt es voller verborgener Winkel. Ich weiß, es ist albern, und ich sollte auf Geschichten und Aberglauben nichts geben, jedoch gibt es Nächte, in denen ich erwache und beinahe erwarte, mich Lady Sybil gegenüberzusehen, und mir ist, als hörte ich Schritte von der Galerie über mir. Die Schlafräume der Dienstboten liegen jedoch auf der anderen Seite, und ich glaube nicht, dass sie mitten in der Nacht durch die verlassene Galerie geistern. Natürlich weiß ich, dass es gewiss nicht Lady Sybil ist, die nachts aus ihrem Gemälde steigt, und doch muss ich mich an die nächtlichen Geräusche in diesem Haus erst gewöhnen. Die Balken und Dielen sind alt. Sie knarzen, ächzen und stöhnen, und Mäuschen huschen nachts hinter den Täfelungen hin und her. Es ist, als atme das Gemäuer, denn ist man selbst ganz still, gibt es doch stets regelmäßige Geräusche: in den Wänden, in den Decken, in den Kaminen und Erkern, in denen sich der Wind verfängt.

Gestern am Nachmittag bin ich zur Galerie hinaufgestiegen, um Lady Sybils Gemälde noch einmal zu betrachten. An und für sich ist daran nichts Ungewöhnliches und doch befällt mich beim Betrachten jedes Mal ein ungutes Gefühl. Seltsam unwirklich erscheint sie durch die strenge, hohe Stirn, das bleiche Gesicht über dem überlangen Hals und die schwarzen, mausartigen Augen, die den Betrachter zu verfolgen scheinen. Menschen auf historischen Gemälden wirken oft eher wie Statuen denn wie menschliche Wesen, doch Lady Sybils Porträt finde ich besonders unheimlich. Fast ist einem, als ginge ein kalter Hauch von ihr aus. Und dann möchte ich wieder über mich lachen, dass ich mich von einem Schauermärchen ins Bockshorn jagen lasse, das die selige Lady Mulgrave ihrem abenteuerlustigen Enkel erzählte, um ihn zur Tugend zu ermahnen. Und wenn sie nur den Scheinheiligen und Untugendhaften erscheint, habe ich von Lady Sybil ja auch nichts zu befürchten. So mag sie in Frieden in ihrem Rahmen stehen und vor sich hinstarren. Nun wird es Zeit, dass ich aufhöre. Miss Jones wird jeden Augenblick Jacob bringen, und danach sollte ich mich zum Frühstück in den kleinen Salon begeben. Mit etwas Glück treffe ich Peterborough noch vor seinem morgendlichen Ausritt an und kann ihn noch einmal an sein Versprechen erinnern. Mir fehlt definitiv die Gesellschaft anderer vernunftbegabter Wesen und anregende Unterhaltung. Kein Wunder, dass ich beginne, an Gespenster zu glauben. Ich hoffe, bald Bekanntschaften zu machen, bevor ich aus schierer Verzweiflung Lady Sybil zum Tee bitte.

ACHTZEHN

Montag, 26. August 1816 – Bedford

Meine liebe Marguerite!

Wie habe ich mich über deine Zeilen gefreut. Es war gut zu hören, dass ihr wohlauf seid und du beginnst, dich in deiner neuen Umgebung einzuleben. So lebhaft waren deine Schilderungen, dass ich beinahe mit dir auf der windgepeitschten Klippe stand und auf das Meer hinausblickte. Ich konnte das Salz schmecken, den würzigen Duft der See riechen. Wie gern wäre ich bei dir. Wir würden lange Spaziergänge unternehmen und einander alle Neuigkeiten erzählen – denn derer gibt es einige –, doch davon will ich später schreiben. Du musst dich gedulden. Ich vermisse unsere Gespräche und die lustige Zeit, die wir miteinander verlebt haben. Noch keine zwei Monate ist es her, dass wir zusammen in London waren, und doch kommt es mir wie eine Ewigkeit vor.

Was du über Kestrel Hall und die Küste berichtest, klingt so wildromantisch, dass ich beinahe glaubte, Emily St. Aubert auf ihren Reisen durch die Pyrenäen zu begleiten. Dazu passt auch die schauerliche Legende um Lady Sybil. Ich kann kaum abwarten, dich einmal in deinem neuen Zuhause zu besuchen.

Der Vorfall mit Mr Beauchamp erscheint mir auch rätselhaft. Was mag zwischen ihm und Peterborough seinerzeit vorgefallen sein? Dessen Schweigen nach zu urteilen, bin ich geneigt, dir zuzustimmen. Gewiss ging es bei ihrem Disput um eine Frau. Mach dir darüber keine Gedanken. Es ist lange her, und Männerherzen sind unstet.

Wenn es vor all der Zeit eine Liebe gab, um die Beauchamp und er in Streit geraten sind, so hat er sie längst vergessen. Geheiratet hat er jedenfalls dich, und euch verbindet euer wonniger kleiner Knabe. Lasse dich davon nicht beunruhigen.

Losgelöst davon klingt Beauchamp übrigens in der Tat ganz reizend. Und ich bin sicher, du wirst noch viele angenehme Bekanntschaften in deiner neuen Heimat machen. Ich bin gespannt, was du mir von der Gesellschaft berichtest, die ihr geben werdet.

Nun, ich habe dir allerdings Neuigkeiten versprochen und möchte dich nicht länger auf die Folter spannen. Du erinnerst dich möglicherweise an Mr Comerford, den ich dir im Frühjahr auf Lady Haddingtons Ball vorstellte. Über die Saison traf ich ihn auf verschiedenen Veranstaltungen und hatte Gelegenheit, ihn näher kennenzulernen. Zunächst habe ich sie für Begegnungen rein zufälliger Natur gehalten, unsere Eltern sind miteinander gut bekannt, und wir bewegen uns in denselben gesellschaftlichen Kreisen. Doch wie sich herausstellen sollte, waren einige dieser scheinbar willkürlichen Zusammentreffen Ergebnis seines dringenden Wunsches, mich wiederzusehen. Das jedenfalls gestand er mir, als er mit seiner Schwester Camille auf der Durchreise zu Verwandten in Nottingham bei uns in Bedford Station machte.

Sag mir bitte, dass er dir auch gefällt, Marguerite! Du weißt, ich gebe viel auf dein Urteil, und wenn du ihn magst, bin ich sicher, dass er der Richtige ist.

Noch hat er nicht um meine Hand angehalten, doch ich mache mir Hoffnung, dass er es bald tun könnte.

Der Onkel, den Camille und er in Nottingham besuchen, ist sehr alt und kränklich und hat mangels eigener Nachkommen Comerford zu seinem Erben bestimmt. Ich denke mir, diesen Umstand wird er nicht rein zufällig erwähnt haben und rechne damit, dass er mir einen Antrag machen wird, sobald das Erbe ihm die nötige finanzielle Sicherheit verschafft. Er ist der mittlere von drei Söhnen und wird befürchten, seine finanzielle Situation könne mir zu bescheiden sein. Jedoch will ich dir verraten, ich nähme ihn auch, wenn er kein Vermögen hätte.

Auf den ersten Blick wirkt er still, bescheiden und höflich, doch nun, da ich ihn besser kenne, weiß ich, wie witzig und unterhaltsam er sein kann, wie charmant und liebevoll. Und diese seelenvollen braunen Augen! Wenn er mich ansieht, ist mir, als blickte er direkt in mein geheimstes Inneres. Wir haben so vieles gemeinsam, zum Beispiel teilt er meine Liebe zur Musik und zum Theater. Noch nie habe ich jemanden besser Shakespeare rezitieren hören. Es ist, als gehe er vollkommen auf in den Zeilen, die er spricht. So überzeugend und bewegend, dass mir beinahe die Tränen kamen.

Überhaupt hatten wir einige vergnügliche Abende, bis Camille und er weiterreisen mussten.

Auch Camille ist mir ans Herz gewachsen. Schon jetzt waren wir wie Schwestern. Du bist mir deswegen hoffentlich nicht böse, denn du bist und bleibst meine liebste Freundin und wirst es sein, bis wir dereinst ins Grab sinken. Dessen sei gewiss, meine liebe, gute Marguerite, und ich hoffe, dass wir einander bald wiedersehen. Wenn nicht zu einem Besuch, dann wenigstens im Frühjahr in London. Herzlichst,

Deine Freundin Emmeline

NEUNZEHN

Peterborough sah von seiner Lektüre auf.

»Suchst du etwas?«

»Ja, meine Handarbeit. Das Täschchen für Miss Hayward, an dem ich gerade häkle. Hast du es gesehen? Ich war sicher, dass ich es hier neben mir auf dem Tisch abgelegt habe, als ich ins Kinderzimmer hinaufging.« Marguerite tastete hinter dem Sitzkissen, fand jedoch nichts.

»Es wird sich gewiss wieder anfinden. Möglicherweise hast du es in Gedanken mit hinaufgenommen, und es liegt im Kinderzimmer.« Ihr Gatte warf einen Blick auf die Uhr auf dem Kaminsims. »Außerdem wird es ohnehin Zeit, dass wir uns für das Dinner umkleiden. Komm, wir wollen hinaufgehen.«

Er legte das Buch beiseite und erhob sich, um hinauszugehen. Plötzlich blieb er stehen und begann zu lachen.

»Was ist denn?« Marguerite runzelte die Stirn.

»Du wirst immer zerstreuter, meine Liebe. Dort auf der kleinen Kommode hast du es abgelegt, direkt neben der Vase mit den Vögeln.«

Marguerite sah zweifelnd zu der genannten Stelle hinüber. Tatsächlich, dort lag ihr halb fertiges Werkstück.

»Aber ich kann mich nicht erinnern, es dort hingelegt zu haben. Ich hätte schwören können, dass ich ...« Sie schüttelte den Kopf. Wie konnte man sich so sicher sein, etwas getan zu haben, nur um später festzustellen, dass man sich getäuscht hatte?

Peterborough sah sie mit besorgtem Ausdruck an.

»Bedrückt dich irgendetwas? Du scheinst in der letzten Zeit oft nicht mit den Gedanken bei der Sache zu sein. Es ist in dieser Woche bereits das dritte Mal, dass du etwas verlegst und dich nicht daran erinnerst.«

»Zugegebenermaßen schlafe ich nicht besonders gut. Ich weiß, es ist albern, aber ich finde das Haus noch immer etwas unheimlich. Gestern Nacht war da wieder dieses Kratzen. Es hat mich geweckt, und dann konnte ich nur schwer wieder in den Schlaf finden«, entgegnete Marguerite.

»Das Kratzen? In der Wand? Du meinst das Geräusch, das du vorgestern beim Frühstück erwähnt hast?«

»Ja, genau. Es scheint aus der Wand zwischen unseren Zimmern zu kommen.« Marguerite nahm ihr Handarbeitszeug von der Kommode und räumte es weg.

»Ich habe nichts gehört, aber ich habe auch fest geschlafen. Gewiss sind es bloß Mäuse. Ich werde Sturgess bitten, ein Auge darauf zu haben.« Adam wandte sich zum Gehen.

»Es hörte sich aber nicht an wie eine Maus. Es klang, als ob … als ob jemand mit den Fingernägeln über das Holz kratzt.« Marguerite kam sich kindisch vor, als sie es aussprach.

Adam kam zu ihr und legte die Hand zärtlich auf ihren Oberarm. Sein Gesichtsausdruck erinnerte an das nachsichtige Lächeln einer Mutter, die ihr aus einem Albtraum aufgeschrecktes Kind zu beruhigen versucht.

»Du bist es nicht gewöhnt, in einem so alten Haus zu leben. So ein altes Gebäude ist voller Geräusche. Nach einer Weile wirst du sie nicht mehr wahrnehmen. Wäre es dir lieber, wenn ich heute Nacht bei dir bliebe?«

Marguerite lächelte.

»Ja, ich glaube, ich wäre ruhiger, wenn du an meiner Seite wärst.«

Adam legte die Arme um sie und zog sie an sich.

»Du hattest einige große Veränderungen zu verkraften. Jacobs Geburt, den Tod meiner Mutter und den Umzug. Vielleicht habe ich dir zu viel auf einmal zugemutet.«

Marguerite schmiegte sich in seine Arme. Auch wenn sie das Gefühl hatte, dass Adam ihre Ängste nicht ernst nahm, war sie doch froh über seine Zuwendung und die Aussicht, in dieser Nacht nicht allein schlafen zu müssen. Vielleicht hatte er recht, und es war einfach zu viel, was in den vergangenen Monaten auf sie eingestürzt war, zu vieles, an das sie sich erst wieder gewöhnen musste. Womöglich war sie tatsächlich nur überreizt.

Als sie am Abend neben Peterborough im Bett lag, kam sie sich kindisch vor. Warum hatte sie sich von ein paar ungewohnten Geräuschen so beunruhigen lassen? Sie lauschte in das Dunkel, konnte jedoch nur Adams tiefe, regelmäßige Atemzüge hören. Sie musste lächeln. Während sie selbst immer eine Weile brauchte, um die Erlebnisse des Tages in Gedanken vorbeiziehen zu lassen und gemächlich in den Schlaf zu finden, konnte Adam von einem Moment auf den nächsten einschlafen, kaum dass sein Kopf das

Kopfkissen berührt hatte. Marguerite streckte die kalten Füße unter seine Beine. Sie genoss die Wärme, die sein Körper ausstrahlte und dämmerte schließlich ein.

Sie wusste nicht, wie lange sie geschlafen hatte, als sie hochschreckte. Da war es wieder! Dieses Kratzen oder Schleifen und ein leises Pochen. Sie wusste, wie sich die huschenden, krallenbewehrten Pfötchen kleiner Nager auf dem Holz anhörten. Auch in London hatte sie bisweilen Mäuse über die Dielen huschen hören. Dieses Geräusch, das aus der Täfelung zu kommen schien, war anders. Nur wenn es keine Mäuse waren, wer oder was war dann der Verursacher?

Neben ihr gab Adam einen grunzenden Laut von sich und drehte sich auf die andere Seite. Das Geräusch schien seinen Schlaf nicht weiter zu beeinträchtigen.

»Adam!« Marguerite schüttelte Peterborough leicht an der Schulter. »Adam! Das Kratzen! Es ist wieder da. Hörst du es denn nicht?«

»Lass mich. Muss ... schlafen«, murmelte er und bewegte sich unruhig in den Kissen.

»Bitte, Adam! Wach auf! Ich möchte, dass du es auch hörst.« Sie rüttelte ihn nun etwas vehementer, bis sie schließlich spürte, dass er sich aufsetzte.

»Was ... was ist denn?«, murmelte er schlaftrunken.

»Das Geräusch. Dieses Kratzen. Da ist es wieder«, flüsterte Marguerite.

»Ich kann nichts hören«, knurrte Adam missmutig und schien sich wieder hinzulegen.

»Da! Da war es wieder! Hörst du es denn nicht?«

Es klang, als ziehe jemand langsam mit den Fingernägeln eine Spur über das Holz. Marguerite schauerte.

»Es klingt unheimlich! Als sei es nicht von dieser Welt.«

Adam stieß einen Seufzer aus. Wieder richtete er sich auf. Beide lauschten. Abermals ertönte das Kratzen und Schaben, dann folgte etwas, das wie leises Klopfen klang.

»Bitte beruhige dich, mein Herz. Es sind nur Mäuse oder anderes Ungeziefer«, brummte Adam. »Ich werde morgen Sturgess auf die Suche schicken. Er wird ihnen schon den Garaus machen.«

»Was sollen das für Mäuse sein, die derartige Geräusche machen?«, zischte Marguerite. Sie fühlte sich nicht ernst genommen. »Ich bilde mir das doch nicht nur ein! Mäuse trippeln, manchmal fiepen sie, aber sie kratzen nicht an der Wand.«

»Möglicherweise sind es Ratten. Das Gebäude ist alt, das Holz arbeitet, es gibt Hohlräume in den Wänden – der Schall setzt sich durch die Wände und die Holzböden fort. Es gibt nichts, das dich beunruhigen müsste. Deine Fantasie malt sich alles Mögliche aus, weil du an die Geräusche nicht gewöhnt bist. Das ist alles. Als Knabe hatte ich auch manches Mal Angst, wenn es im Gebälk knackte oder knarrte. Leg dich wieder hin, Liebes.« Sie hörte Adam das Kissen aufschütteln und spürte, wie er sich neben ihr ausstreckte. Einen Augenblick hörte sie nur das Rascheln der Federn und das Knarzen des Bettrahmens.

Zögerlich ließ sie sich auch wieder ins Kissen sinken, lauschte aber mit klopfendem Herzen ins Dunkel des Zimmers. Da! Ein Pochen! Als klopfe jemand ganz zart mit dem Fingerknöchel gegen das Holz.

»Es klopft!«, wisperte sie. »Hörst du das denn nicht?«

»Nein«, murmelte Adam. Es klang, als schliefe er bereits fast wieder. » … kann nichts hören.« Er gab ein Schmatzen von sich, das Marguerite an die zufriedenen Töne erinnerte, die Jacob beim Einschlafen machte.

Es machte sie wütend, dass Adam so gelassen blieb. Von ihrem Ärger ermutigt, schlüpfte sie in Hausschuhe und Morgenrock, nahm einen Fidibus aus dem Behälter auf dem Kaminsims und entzündete ihre Lampe. Vorsichtig öffnete sie die Tür und spähte in das dunkle Zimmer nebenan. Sie streckte die Hand vor, in der sie die Lampe trug, doch auch im schwachen Schein der Lichtquelle war nichts zu sehen. Mit klopfendem Herzen machte sie zwei Schritte vorwärts. Es knarzte kurz, und Marguerite war sich nicht sicher, woher das Geräusch kam. Möglicherweise waren es die hölzernen Dielen unter ihren Füßen. Sie verharrte mit angehaltenem Atem und ließ das Licht über Möbel und Wände wandern. Doch da war nichts.

Langsam tastete sie sich weiter in den Raum. Abermals blieb sie stehen und lauschte. Die Geräusche schienen verstummt zu sein. In ihrem Zimmer hatte es so geklungen, als kämen sie von nebenan, aber möglicherweise kamen sie aus dem oberen Geschoss. Adam hatte recht, dass die Quelle eines solchen Geräusches wegen der Art, wie sich der Schall in Wänden und Decken verbreitete, oft nicht ganz leicht auszumachen war.

Noch einmal ließ sie den Lichtschein durch das Zimmer wandern und zuckte kurz zusammen, als sie ein Licht und dahinter die Umrisse einer Person erkannte. Ihr Herz jagte, doch beinahe im selben Augenblick hätte sie über sich selbst lachen mögen. Jetzt hatte ihr eigenes Spiegelbild ihr einen solchen Schrecken versetzt!

Sie schüttelte den Kopf und beschloss, sich wieder ins Bett zu legen. Das Haus knackte und knarrte, der Wind pfiff in den Kaminen, aber das deutliche Kratzen und Klopfen, das sie geweckt hatte, war verstummt. Müde und frierend kroch sie in die wohlige Wärme und schmiegte sich an Adams Rücken. Langsam dämmerte sie wieder ein.

ZWANZIG

Mittwoch, 4. September 1816 – Bedford

Wütend kratzte die Feder über das Papier. Leander nahm den Bogen und zerknüllte ihn in der Faust zu einem Ball. Warum wollte es ihm nicht gelingen, diesen Brief zu schreiben? Er wusste, dass Miss Bishop dringlich auf ein Zeichen seinerseits wartete.

Katherine Bishop war ein hübsches Geschöpf von neunzehn Jahren mit nussbraunem Haar, blauen Augen und einem fröhlichen Wesen. Sie hatte gute Manieren, war bescheiden, aber doch nicht gänzlich ohne Esprit. Eigentlich wäre sie ein guter Fang gewesen, und es gab sicherlich einige junge Männer, die gern an seiner Stelle gewesen wären. Gewiss würde sie eine liebevolle Ehefrau abgeben, was also hielt ihn davon ab, ihr endlich eindeutig seine Absichten zu erklären? Warum fand er nicht die richtigen Worte?

Die Antwort auf diese Fragen konnte natürlich klarer nicht sein und doch wusste Leander, dass es absolut keinen Sinn hatte, ändern zu wollen, was nicht zu ändern war. Er hatte die Gelegenheit gehabt und sie verpasst. Was geschehen war, war geschehen. Es gab in dieser Sache kein Zurück und doch kehrte sein Geist stets zu dem Brief, den er so oft in Gedanken formuliert hatte zurück, dass er ihn blind hätte schreiben können. Den Brief, von dem er wusste, dass er ihn nicht schreiben durfte. Sie war eine verheiratete Frau. Er hatte kein Recht, auch nur zu versuchen, sich zwischen Marguerite und ihren Mann zu drängen. Es wäre selbstsüchtig und dumm, ihr sein Herz zu öffnen und sie damit in Bedrängnis zu bringen.

Was wäre dadurch auch gewonnen? Er riskierte nur, sie gegen sich aufzubringen und auch noch ihre Freundschaft zu verlieren. Außer natürlich, sie empfände ähnlich für ihn, aber das konnte sie beide nur in die Verzweiflung oder in die Sünde führen. Nein, er durfte sich nicht hinreißen lassen! Er musste einsehen, dass es besser war, die Tür zu schließen, die er im Geiste noch immer offenhielt. Und doch schöpfte er jedes Mal Hoffnung. Wenn Nachricht von ihr kam, glaubte er, aus ihren Zeilen herauszulesen, dass sie unglücklich war. Gleichzeitig wusste er doch, dass er sich diesen geheimen Wunsch verbieten musste. Ein aufrichtig liebendes Herz konnte ihr doch nichts anderes wünschen als die höchste Glückseligkeit.

Er sollte Katherine Bishop nun endlich den Antrag machen, auf den sie so sehnlich wartete. Die Zeit würde den Schmerz betäuben, ihn fortschleifen wie der stete Fluss des Wassers die Kiesel in einem Bachbett glatt und rund schliff. Irgendwann würde er zurückblicken und die Qual nicht mehr erinnern. Vielleicht würde er mit einem Lächeln an seine große Jugendliebe zurückdenken, während er seinen Enkeln beim Spiel zusähe. Die Zeit, das wusste er sicher, würde irgendwann das Wunder vollbringen und ihr Bild in seinem Herzen zusammen mit der Traurigkeit verblassen lassen. Dazu bedurfte es nur einen mutigen Schritt nach vorn. Einen, der ihn in ein neues Leben trug.

Doch er konnte es nicht – noch nicht. Er legte Feder und Papier beiseite und stand auf. Nicht jetzt.

EINUNDZWANZIG

Donnerstag, 5. September 1816 – zwischen Kestrel Hall und Flamborough

»Wir sollten umkehren, es zieht sich immer mehr zu.« Marguerite sah zum grauen Himmel auf, an dem sich bedrohliche Wolken zusammenballten. »Ein ganz und gar verhextes Wetter!«

»Sie haben recht, Mylady. Man möchte meinen, es sei November.« Miss Jones zog das Tuch etwas höher über Jacobs Köpfchen.

Als sie durch den Ort kamen, bemerkte Marguerite wieder die skeptischen Blicke der Dorfbewohner, die ihren Weg verfolgten. Insbesondere Mrs Thompson, die Hausdame, aber auch einige der übrigen Bediensteten schienen deren Argwohn zu teilen. Marguerite wusste, dass Thompson noch immer nicht müde wurde, über die neumodischen Unsitten den Kopf zu schütteln, welche die neue Herrin auf Kestrel Hall einführte. Dass es der Gesundheit eines kleinen Kindes zuträglich sein konnte, mit ihm in der Gegend herumzuspazieren und es den Elementen auszusetzen, wollte ihr genauso wenig einleuchten wie den Leuten im Dorf. Auch Peterborough hatte sich anfangs kritisch gezeigt, sich allerdings von Mr Denman überzeugen lassen, der die Spaziergänge empfohlen hatte.

Marguerite vertraute seinem Rat. Sie hatte sehr wohl den Eindruck, dass Sonne und frische Luft ihrem Knaben wohl taten und er die Spaziergänge genoss. Doch das unstete Wetter hatte sie vorsichtig werden lassen. Sie hatten die wenigen Sonnenstunden abgewartet und sich selten weiter vom Haus entfernt.

Kaum war die Sonne hinter den Wolken verschwunden, spürte man die empfindliche Kälte, die sich durch den aufziehenden Wind und beginnenden Regen noch verstärkte. Sie fröstelte und beschleunigte ihre Schritte, als sich der Regen mehr und mehr mit weißen Flocken durchmischte.

»Allmächtiger! Das gibt es doch gar nicht. Es schneit. Im September! Wir sollten rasch ins Warme kommen, Jones.«

»Schneller kann ich nicht, Mylady«, keuchte das Kindermädchen, das Mühe hatte, mit Jacob auf der Hüfte Schritt zu halten.

Marguerite rieb die Hände gegeneinander, während immer mehr weiße Flöckchen um sie herumtanzten. Am Boden tauten sie gleich zu einem schmierigen Film, auf dem man auszugleiten drohte.

Sie vernahm das Geräusch eines herannahenden Fuhrwerks und wandte sich um. Im wirbelnden Weiß der Flocken konnte sie eine von zwei kräftigen braunen Ponys gezogene Chaise ausmachen, die kurz darauf neben ihnen zum Stehen kam. Der Schlag wurde geöffnet, und sie erkannte Timothy Beauchamps blonden Lockenkopf, der daraus hervorlugte.

»Lady Peterborough! Um Himmels willen, was machen Sie denn bei diesem Wetter hier draußen?«

»Als wir aufbrachen, war es noch sonnig«, entgegnete sie ein wenig zornig, weil seine Frage ihr, wie die Blicke der Dorfbewohner, das Gefühl gab, sich rechtfertigen zu müssen.

»Darf ich Sie mitnehmen? Ich war gerade auf dem Weg zurück aus Bridlington.«

Marguerite bedeutete Miss Jones, ihr zu folgen und trat an die Kutsche heran.

»Sehr gern, Mr Beauchamp. Das Wetter hat uns gänzlich überrascht. Darf ich Ihnen meinen kleinen Jacob vorstellen? Und dies ist sein Kindermädchen. Miss Jones – Mr Beauchamp, ein alter Freund von Lord Peterborough.«

»Sehr angenehm. Sie sind unsere Rettung, Sir.« Das Kindermädchen lächelte. »Es ist für Sie hoffentlich kein Umweg.«

»Nein. Keine Sorge, Miss Jones. Ich fahre ohnehin beinahe an Kestrel Hall vorbei. Ich wohne etwa sieben Meilen entfernt in Southhill. Vielleicht kennen Sie es.«

»Ja, ich kenne es. Es liegt etwas nordwestlich von Kestrel Hall hinter Bempton, nicht wahr?«

»Richtig. Nun, genau genommen lebe ich derzeit in London. Ich bin nur zu Besuch bei meiner Familie. Mein Vater ist sehr krank und möchte uns in seiner Nähe haben.«

»Oh, es tut mir leid, das zu hören. Es wird ihm sicher ein Trost sein, seine Kinder um sich zu haben«, sagte Marguerite.

»Das ist es, Mylady. Und er möchte wohl die Gunst der Stunde nutzen, seinen Söhnen ob ihres Lebenswandels ins Gewissen zu reden.«

Sie lächelte. »Eltern bleiben Eltern, auch wenn die Kinder ihrer Erziehung eigentlich nicht mehr bedürften, nicht wahr?«

Sie überlegte, ob sie es wagen konnte, ihn auf die Streitigkeit mit Peterborough anzusprechen. Direkt danach zu fragen, erschien ihr jedoch unangebracht. Wenn sie allerdings das Gespräch geschickt steuerte, war dies möglicherweise eine Gelegenheit, der Angelegenheit auf den Grund zu gehen.

»Gibt ihr Lebenswandel denn Anlass zum Tadel, Mr Beauchamp?« Marguerite lächelte.

»Wenn Sie meinen Vater fragen, gewiss. Nun, da ich mein Studium beendet habe, sehe ich meine Zukunft in der Kirche – mein Vater jedoch beim Militär. Seine Pläne für mich sehen vor, eine Kommission zu erwerben. Ich denke, ihm gefällt die Vorstellung, wenigstens einen seiner Söhne in Uniform zu sehen. Und ich hätte ein gutes Auskommen. Southhill wird an meinen ältesten Bruder gehen, der zweitälteste wird das Anwesen unserer Tante erben, und ich werde in erster Linie meines eigenen Glückes Schmied sein müssen.«

»Ihr Vater hat also eine andere Auffassung davon, welche berufliche Laufbahn für Sie wünschenswert wäre. Ich verstehe. Was ist gegen die Kirche einzuwenden?«

Beauchamp lachte.

»Ich fürchte, meinem Vater erscheint das Amt eines Pfarrers nicht mannhaft genug. Es würde ihm einfach mehr gefallen, wenn ich für Ehre und Vaterland kämpfte, als um die Seelen verirrter Schäfchen.« Er beugte sich vor und senkte die Stimme.

»Mein Vater hält nicht besonders viel von Landpfarrern. Er behauptet, sie seien einfältige Gockel, die sich allesamt für zu wichtig nähmen und in Gesellschaft stets eine lächerliche Figur abgäben.«

Marguerite konnte nicht umhin zu bemerken, dass sich ihre Knie berührten. Für einen kurzen Augenblick war sie verunsichert darüber, wie intensiv sie diese flüchtige Berührung spürte. Sie räusperte sich.

»Ein wenig schmeichelhaftes Bild, dem Sie doch wohl keineswegs entsprechen würden, Mr Beauchamp. Ihr Vater sollte größeres Zutrauen zu Ihnen haben.«

Als er lächelte, wirkte er noch attraktiver. Marguerite zwang sich, ihm nicht in die Augen zu sehen. So charmant und ansehnlich er auch sein mochte, sie konnte dies wohl zur Kenntnis nehmen, doch darüber hinaus sollte es sie nicht interessieren. Schließlich war sie eine verheiratete Frau.

»Danke, Lady Peterborough. Ihr Vertrauen in meinen Charakter ehrt mich.«

»Halten Sie es etwa für ungerechtfertigt?« Sie bereute die Frage bereits, als sie ihr über die Lippen kam.

Beauchamp lachte.

»Sie meinen, ob ich glaube, die nötige moralische Überlegenheit zu besitzen? Ich denke, wie jeder Mensch bin ich empfänglich für Versuchungen. Doch die wahre Kunst besteht nicht darin, der Versuchung aus dem Wege zu gehen, sondern ihr bewusst zu widerstehen.«

Marguerite glaubte den Anflug eines Lächelns in seinem Gesicht zu bemerken, als er sich wieder zurücklehnte und sie ansah.

»Das haben Sie sehr schön gesagt, Sir«, fand Miss Jones. »Im Übrigen könnte die Gemeinde gut einen neuen Pfarrer gebrauchen. Das Pfarrhaus steht schon so lange leer, und der Pfarrer muss aus Bridlington herkommen. Vielleicht gelingt es Ihnen, Ihren Vater umzustimmen.«

»Das zu sagen, ist sehr freundlich von Ihnen. Ich gebe die Hoffnung noch nicht auf. Obwohl –« Er unterbrach sich. »Nun, es liegt nicht in meiner Hand, nicht wahr?«

Marguerite ahnte, warum er vage geblieben war. Sie erinnerte sich an das Gespräch mit Peterborough auf dem Spaziergang zur Steilküste. Das Pfarrhaus und die dazu gehörenden Ländereien gehörten zu Kestrel Hall, und es wäre an Lady Mulgraves Erben gewesen, die Pfarrstelle zu vergeben. Ob sie Peterborough darauf ansprechen sollte?

»Da sind wir. Kestrel Hall.« Beauchamp öffnete den Schlag und sprang heraus, um den Damen beim Aussteigen zu helfen. »Ich verabschiede mich. Es war mir ein Vergnügen.« Er verneigte sich leicht, schien es sich dann anders zu überlegen und reichte Marguerite die Hand, die sie etwas zögerlich ergriff und schüttelte.

»Vielen Dank, dass Sie für uns den Umweg in Kauf genommen haben, Mr Beauchamp. Ich freue mich darauf, Sie sehr bald wiederzusehen.«

»Mylady, nun haben Sie mich ertappt. Wie unhöflich von mir! Ich habe mich noch gar nicht für die freundliche Einladung bedankt. Ich war zu sehr in unser Gespräch vertieft.« Beauchamp zog die Augenbrauen zusammen. »Können Sie mir verzeihen?«

»Aber gewiss. Wie könnte ich Ihnen böse sein? Sie waren schließlich heute unsere Rettung in der Not.« Sie lächelte. »Ich darf annehmen, dass Sie kommen?«

»Um nichts in der Welt würde ich es mir nehmen lassen.« Beauchamp lächelte, und Marguerite spürte das Blut in ihre Wangen schießen.

»Nun, ich freue mich. Bis Samstag dann. Leben Sie wohl.«

Beauchamp verneigte sich abermals.

»Mylady. Miss Jones. Es war mir eine Ehre.«

Dann setzte er den Hut wieder auf und kletterte in die Kutsche, während die Damen ins Haus liefen.

ZWEIUNDZWANZIG

Im großen Kamin in der Eingangshalle prasselte ein Feuer, und Marguerite blieb davor stehen, um sich einen Augenblick aufzuwärmen. Sie streckte die klammen Finger aus und fühlte, wie langsam das Gespür wiederkam und die Wärme auch ihre Zehen erreichte. Trotz der behaglichen Wärme war ihr der Kamin in der großen Halle mit seinen steinernen Figuren noch immer nicht recht geheuer. Was mochte die damaligen Herren auf Kestrel Hall dazu veranlasst haben, eine derartige Scheußlichkeit in Auftrag zu geben? Sie hatten offenbar ein Faible dafür gehabt, denn auch im roten Salon und im Speisezimmer befanden sich über den Kaminen solche Aufsatztafeln mit geschnitzten Figuren. Jene waren aus Holz und weit weniger pompös als die in der Eingangshalle. Dennoch mochte Marguerite sie nicht besonders. Denn sie erinnerten an die Darstellungen biblischer Szenen in Kirchen, die vielfach Menschen mit erstarrt und gequält wirkenden Gesichtern in grausamen oder apokalyptischen Szenarien abbildeten. Für Marguerite hatten sie stets etwas Unheimliches, wenn sie in der Kirche von ihren Sockeln und Triptychen auf die Kirchenbesucher in den Bänken herabstarrten. Ein unpassender Schmuck für den Kamin, wie sie fand. Doch man konnte zweihundert Jahre alte Kunstwerke schließlich nicht einfach abnehmen.

»Was hast du mit Beauchamp zu schaffen gehabt?«

Marguerite zuckte zusammen und fuhr herum.

Adam stand unter dem hölzernen Türbogen, der zum weißen Salon führte. Zwischen seinen Augenbrauen hatte sich eine steile Falte gebildet, und seine Lippen waren zu einem schmalen Strich zusammengepresst.

»Gar nichts habe ich mit ihm zu schaffen gehabt«, entgegnete sie irritiert. Warum reagierte Adam so zornig? Es war schließlich nichts dabei gewesen.

»Miss Jones und ich waren mit Jacob unterwegs auf einem Spaziergang. Als wir uns gerade auf den Heimweg machen wollten, begann es plötzlich zu schneien, und wie es der Zufall wollte, kam Beauchamp gerade in seiner Chaise vorbei und hat uns ein Stück mitgenommen.«

»Der Zufall also«, murmelte Peterborough. Kurz zuckte sein Mundwinkel.

»Ja. Wenn ich es doch sage!« Ihre Überraschung schlug in Wut um. »Beauchamp war offenbar auf dem Weg zurück aus Bridlington und bot an, uns mitzunehmen. Daran kann ich nichts Verwerfliches finden. Oder möchtest du mir etwa unterstellen, dass ...«

»Nein. Nein, ich möchte gar nichts unterstellen.« Adams Gesichtszüge entspannten sich etwas. »Verzeih mir. Aber ich traue Beauchamp nun einmal nicht.«

Marguerite zog die Schultern zurück, hob den Kopf und sah ihm direkt in die Augen.

»Aber mir – deiner Frau – wirst du wohl vertrauen.« Sie war noch immer verärgert und ließ es bewusst nicht wie eine Frage klingen. Peterborough machte einen Schritt auf sie zu und legte sanft eine Hand an ihre Taille.

»Natürlich vertraue ich dir. Entschuldige bitte.« Er drückte einen sanften Kuss auf ihre Lippen. »Aber als ich sah, wie du mit ihm aus der Kutsche stiegst und du ihm so herzlich die Hand gabst ...«

»Ich habe ihm für seine ritterliche Hilfe gedankt. Ich war in Begleitung von Miss Jones. Darüber hinaus war er höflich und zurückhaltend und machte in keiner Weise den Anschein, als sei er darauf aus und imstande, die Grenzen des Schicklichen zu übertreten.«

»Ich weiß. Ich habe wohl etwas zu viel hineingelesen. Es ist nur ... Beauchamp hat es immer darauf angelegt, mit mir zu konkurrieren und mir meinen gesellschaftlichen Status geneidet.«

»Er scheint mir kein besonders missgünstiger Mensch zu sein. Er erzählte, dass er gern Pfarrer würde.«

»Pfarrer? Beauchamp?« Adam lachte auf. »Nun, vielleicht ist auch er reifer geworden.«

»Das wirst du am Samstag überprüfen können.«

DREIUNDZWANZIG

Draußen konnte man die erste Kutsche vorfahren hören. Marguerite strich noch einmal ihren Rock glatt und überprüfte den Sitz ihrer Frisur. Auch wenn es nur eine kleine Dinnergesellschaft war, so freute sie sich doch sehr auf diesen Abend. Sie hatte sich für das weiße Musselinkleid mit den Goldstickereien und den gepufften Verzierungen am unteren Teil des Rocks entschieden. Es war schlicht und doch raffiniert. Dazu trug sie lange weiße Satinhandschuhe und hatte die Haare im römischen Stil frisieren lassen. Sie wollte elegant, aber nicht affektiert wirken, eine angenehme und sympathische Gastgeberin. Schließlich hoffte sie in Zukunft auf häufigere Besuche.

Kurze Zeit später meldete Sturgess Sir Thomas Sutcliffe und seine Frau Lady Eleanor, alte Freunde der Familie aus dem etwas über dreißig Meilen entfernten Kirkham Abbey. Wegen der längeren Anreise würden sie, wie auch Lord und Lady Gordimer, die aus Beverley anreisten, über Nacht bleiben.

Sir Thomas war ein fröhlich dreinblickender, leicht untersetzter Gentleman von etwa fünfunddreißig Jahren. Seine Gattin Eleanor, ein zartes Geschöpf mit großen braunen Rehaugen und blondem Haar, hatte sich offenbar ein leichtes, kindliches Lispeln angewöhnt, das viele – insbesondere jüngere – Damen für chic und reizvoll hielten, Marguerite allerdings reichlich enervierend fand. Warum es als attraktiv gelten sollte, wie ein dümmliches kleines Mädchen zu klingen, hatte ihr niemals einleuchten wollen. Sie konnte nicht umhin, ein wenig enttäuscht zu sein. Weder Sir Thomas noch Lady Eleanor machten den Eindruck, als könnten sie ihr besonders ans Herz wachsen, dennoch gab sie sich redlich Mühe, eine gute Gastgeberin zu sein.

Als nächstes trafen Mr und Mrs Obadiah Feenley aus Bridlington ein. Mr Feenley war der örtliche Pfarrer in Bridlington, der mangels eines eigenen Gemeindepfarrers auch die Gottesdienste in Flamborough abhielt. Seine Gattin, Mrs Henrietta Feenley, war eine rundliche Frau mit roten Wangen, die aussah wie das blühende Leben und Marguerite auf Anhieb gefiel. Sie sah aus, als lache sie gern, denn um ihre Augen kräuselten sich fröhliche kleine Fältchen. Der Pfarrer selbst sah genau so aus, wie Mr Beauchamps Vater sich einen Landpfarrer vorgestellt hätte. Er war etwas zu modisch gekleidet und wirkte in seiner überaus höflichen Art leicht maniriert.

Fast zeitgleich trafen Lord und Lady Gordimer sowie Sir Conrad Hastings, seine Frau Lydia und deren Nichte, Miss Fanny Watts ein. Von den zuletzt Eingetroffenen war Marguerite besonders Miss Watts auf Anhieb sympathisch. Sie tat ihr ein wenig leid, denn, wie sie von Adam erfahren hatte, lebte diese offenbar bei Tante und Onkel, da die Familie in finanzielle Schwierigkeiten geraten war und sich bisher noch kein potenzieller Ehemann gefunden hatte, der sie aus der wirtschaftlichen Misere hätte befreien können. Mr Beauchamp kam ihr in den Sinn. Er wäre keine schlechte Partie für eine mittellose junge

Frau wie Miss Watts. Bildung und Charme schien sie zu besitzen, ebenso wie ein attraktives Äußeres. Sie schalt sich innerlich, weil der Gedanke ihr zunächst einen kleinen Stich versetzt hatte. Diese aufblitzende Eifersucht war kindisch. Miss Watts war ein reizvolles Geschöpf, und das anzuerkennen bedeutete doch nicht, dass sie selbst den Vergleich scheuen oder sich gar in ihrer Eitelkeit gekränkt fühlen musste. Natürlich sehnte sie sich nach Aufmerksamkeit und Gesellschaft, doch warum sollte sie Miss Watts die ihr gebührende Bewunderung neiden? Eine vorteilhafte Verbindung war der Unglücklichen doch nur von Herzen zu gönnen. Möglicherweise würde sie selbst sich als Ehestifterin betätigen können. Beauchamp allerdings ließ auf sich warten.

Erst als sich Marguerite ans Klavier gesetzt hatte, um die Gäste vor dem Dinner mit etwas Musik zu unterhalten, erschien er schließlich und blieb hinter den Gästen stehen, die auf Stühlen sitzend ihrer Darbietung lauschten. Offenbar wollte er nicht stören. Es machte sie ein wenig nervös, wie er dastand und ihr über die Köpfe der Sitzenden hinweg lächelnd zusah. Adam schien ihren Blick bemerkt zu haben und wandte sich um.

»Ah! Beauchamp«, sagte er und stand auf, um ihn zu begrüßen. Erst als Marguerite ihr Stück beendet hatte und die Gäste applaudierten, stellte Adam den Nachzügler vor und bat ihn, Platz zu nehmen.

Marguerite spielte noch ein Stück und wurde dann von Miss Watts abgelöst, die eine wunderschöne, warme Gesangsstimme hatte und ausgezeichnet spielte. Neugierig wandte sie den Blick Beauchamp zu, um zu sehen, wie ihm der Vortrag und Fanny Watts gefielen. Doch Beauchamp sah nicht etwa zum Pianoforte. Sein Blick war ihr gefolgt und fing den ihren nun auf. Er lächelte kurz und neigte kaum merklich den Kopf. Marguerite spürte, wie die Spitzen ihrer Ohren warm wurden, und sie senkte den Blick. Sie fühlte sich ertappt, da sie zu ihm hinübergesehen hatte. Nervös schaute sie auf Adam, doch der schien glücklicherweise diesen Blickwechsel nicht bemerkt zu haben. Emmy hatte ihr so oft vorgeworfen, dass sie zur Schwärmerei und zum Überdramatisieren neigte und, so vehement sie es stets abgestritten hatte, so deutlich stand ihr in diesem Augenblick vor Augen, dass ihre Freundin wohl recht hatte. Sollte sie wirklich so unreif und labil sein, dass es nur eines Mannes mit Charme und einem hübschen Gesicht bedurfte, um sie ins Wanken zu bringen? Wenn eine zufällige Berührung am Knie und ein freundlicher Blick sie derart verunsicherten und ein paar harmlose nächtliche Geräusche und eine alberne Spukgeschichte ihr den Schlaf zu rauben vermochten, bedeutete das nicht, dass sie emotional labil war? Ihr Herz pochte und sie musste gegen eine aufkeimende Welle der Übelkeit ankämpfen. Der Gedanke, möglicherweise nicht Herrin ihrer Sinne und Empfindungen zu sein, war beklemmend und gleichermaßen eine Bestätigung ihrer Befürchtungen. Ja, sie war einfach viel zu leicht aus dem Gleichgewicht zu bringen und musste achtgeben, dass ihre Empfindungen nicht mit ihr davongaloppierten. Es war Zeit, derartige Kindereien hinter sich zu lassen und sich endlich wie eine erwachsene Frau aufzuführen. Sie war nicht länger das verwöhnte einzige Töchterchen eines wohlhabenden Kaufmanns. Sie war nun eine Countess, Herrin eines großen Anwesens und verantwortlich für eine kleine Familie. Sie straffte die Schultern, setzte sich noch etwas aufrechter und schenkte Beauchamp noch ein Lächeln, das unverbindliche Lächeln einer höflichen Gastgeberin, einer ergebenen Ehefrau und Mutter.

VIERUNDZWANZIG

Nach dem Dinner führte Marguerite die Damen in den Salon, um den vergnüglichen Teil des Abends zu beginnen. Sie hatten reichlich Wein getrunken, und sie fühlte sich leicht und ein wenig schwindelig, doch durchaus angenehm. Die bloße Erkenntnis, dass sie selbst es in der Hand hatte, ihren spontanen Gefühlen nachzugeben oder sie zu zügeln, hatte eine erstaunliche Wirkung entfaltet. Eine trotzige Entschlossenheit war in ihr erwacht, und sie fühlte sich zum ersten Mal wirklich wohl in der ihr zugedachten Rolle. Je öfter sie es in ihrem Inneren wiederholte, je mehr durchdrang es sie: Sie war Countess Peterborough, die Herrin auf Kestrel Hall und eine Person, die Achtung und Respekt verdiente.

»Wenn die Damen nichts dagegen haben, schlage ich vor, eine Partie Karten zu spielen. Sie würden mir einen großen Gefallen tun, denn ich spiele leidenschaftlich gern.« Marguerite freute sich, dass ihr Vorschlag offenkundig Beifall fand. »In Milton Abbey hatten wir eine regelmäßige Whistrunde. Ich hatte gehofft, etwas Ähnliches hier wieder aufleben zu lassen.«

»Oh, ein hervorragender Vorschlag, Lady Peterborough«, pflichtete ihr Lady Gordimer begeistert bei. »Es kann recht einsam und eintönig werden auf dem Land. Sie, die in der Hauptstadt groß geworden sind, müssen die ländliche Monotonie noch viel stärker empfinden als unsereins.«

Marguerite lachte.

»Nun, ich muss zugeben, dass ich mich daran erst gewöhnen muss. Doch Landschaft und Leute beginnen mir ans Herz zu wachsen. Ich mag den kernigen Dialekt der Region, auch wenn ich bisweilen Schwierigkeiten habe, ihn zu verstehen.«

»Daran haben Sie sich im Handumdrehen gewöhnt, Mylady.« Mrs Feenley, die Pfarrersgattin, nahm ihre Karten vom Tisch auf.

»Jedenfalls bin ich froh, dass das Anwesen wieder zu neuem Leben erwacht. Ich erinnere mich noch daran, wie es zu Lady Mulgraves Zeiten ausgesehen hat. Es war doch arg heruntergekommen, und dieser Kaufmann aus Bristol hatte es lediglich für seine Jagdgesellschaften genutzt.«

Marguerite fand es schwierig, Lady Gordimers Alter zu schätzen. Ihre aufrechte Haltung und das noch immer blonde Haar ließen sie jünger erscheinen als sie es vermutlich war.

»Wir werden noch eine Menge Arbeit hineinstecken müssen, aber es wird nach und nach wohnlicher.«

»Ich erinnere mich noch gut an die Gesellschaften, die Lady Mulgrave seinerzeit gegeben hat«, schwärmte Lady Gordimer und lächelte Marguerite an. »Und an Ihren Gatten als schlaksigen Springinsfeld, der kaum zu bändigen war. Er hat sehr an seiner Großmutter und an diesem Haus gehangen. Und nun wird Ihr Junge selbst hier herumtollen. So schließt sich der Kreis, nicht wahr?«

»Ich finde diese alten Herrenhäuser immer etwas unheimlich«, lispelte Lady Eleanor und sah mit ihren großen, braunen Kulleraugen ein wenig aus wie ein verschrecktes Reh. Marguerite hatte das Gefühl, in einen Spiegel zu sehen. Wie albern ihr ihre Furcht nun vorkam. »Wenn man daran denkt, was ein so altes Gemäuer bereits alles erlebt hat, kann es einen schauern, finden Sie nicht, Lady Peterborough?«

»Das Anwesen stammt aus der jakobinischen Zeit. Ich möchte meinen, es hat einen guten Teil grausamer Ereignisse gesehen. Aber ich glaube nicht, dass uns das heute noch beunruhigen sollte.« Marguerite schob eine Münze über den Tisch, um eine Karte vom Stapel zu kaufen.

»Aber hat nicht auch Kestrel Hall einen Geist? Jedes alte Anwesen, das etwas auf sich hält, braucht doch einen Geist, finden Sie nicht?« Lady Hastings lachte und schob Mrs Feenley eine Karte zum Tausch zu.

»Selbstverständlich haben wir einen«, entgegnete Marguerite gut gelaunt. Sie war selbst erstaunt, wie munter sie darüber plaudern konnte, wenn es sie doch vor kurzem noch so geängstigt hatte. »Lady Sybil, die weiße Frau von Kestrel Hall. Die Legende besagt, sie sei einem anderen Mann verfallen, einem Hexer, und ihm vollkommen hörig geworden. Sie ist wahnsinnig geworden und eines nachts hat sie ihren Gatten enthauptet.«

»Scheußlich!«, piepste Lady Eleanor und rutschte unruhig auf ihrem Stuhl herum. Offenbar behagte ihr das Thema ganz und gar nicht.

In diesem Moment war draußen ein Grollen zu hören.

»Ein Gewitter?« Lady Hastings sah zum Fenster hinüber. »Ich muss schon sagen, das Wetter spielt in diesem Jahr vollkommen verrückt. Gestern noch sagte ich zu Hastings, dass es mir vorkommt, als habe jemand den Sommer gestohlen.«

»Wo bereits der letzte Sommer so kalt und feucht war. Die Ernte ist vielerorts kläglich. Ich fürchte, das wird Unruhen nach sich ziehen. Die Bauern sind nicht zu beneiden«, fand Lady Gordimer.

Marguerite dachte mit einem etwas schlechten Gewissen an das köstliche und reichhaltige Dinner zurück und daran, dass sie sich über die Preise geärgert hatte. Dabei musste sie selbst, trotz der schlechten Ernten des vergangenen und diesen Jahres, doch keinesfalls Verzicht üben.

Das Grollen war näher gekommen und hatte einen scharfen Wind mitgebracht, der nun um das Haus peitschte und dicke Regentropfen gegen die Fenster prasseln ließ.

Lady Eleanor fuhr zusammen, als ein greller Blitz den tintenschwarzen Himmel für einen Augenblick erhellte und kurz darauf ein ohrenbetäubendes Krachen zu hören war.

»Herrje! Was für ein grauenerregendes Unwetter. Ich kann niemanden guten Gewissens heute noch nach Hause fahren lassen«, verkündete Marguerite. »Auch wenn sich das Gewitter legt, wird der Regen die Wege in den dicksten Morast verwandeln.«

Sie läutete, um Anweisung zu geben, noch weitere Gästezimmer herzurichten, als wie zur Bekräftigung noch ein tüchtiger Hagelschauer einsetzte.

»Ich fürchte, einige der Gästezimmer sind noch nicht im besten Zustand, aber warm und trocken sind sie.«

»Machen wir das Beste daraus.« Mrs Feenley lächelte. Es hat doch auch etwas Gemütliches, in gastlicher Runde im Warmen zu sitzen, während draußen ein Unwetter tobt.

»Da gebe ich Ihnen vollkommen recht«, entgegnete Lady Gordimer. »Wir werden es uns schon recht behaglich zu machen wissen.«

»Die Herren wärmen sich gewiss bereits ihrerseits mit einem guten Brandy.« Mrs Feenley lachte. Dann klopfte sie mit den Fingerknöcheln auf die Tischplatte. »Und ich möchte sehen.«

Tatsächlich hatten die Herren offenbar in der Zwischenzeit großzügig dem Brandy zugesprochen und waren in heiterer Stimmung, als sie sich zu den Damen in den Salon gesellten.

»Ein Spiel!«, rief Beauchamp, dessen Wangen eine verräterische Röte zeigten. »Wir wollen dem scheußlichen Wetter mit Lustbarkeit trotzen.«

»Ein ausgezeichneter Vorschlag, werter Freund.« Peterborough, dessen Blick bereits ebenfalls ein wenig glasig wirkte, klopfte Beauchamp vertraulich auf die Schulter. Offenbar hatten sie ihre Streitigkeiten ausräumen können und zeigten sich in herrlichster weinseliger Kameradschaft.

Lady Hastings schlug ein Pfänderspiel vor und alle stimmten zu, da diese immer lustig zu werden versprachen.

Fanny Watts als jüngste der Anwesenden wurde zur Spielleiterin bestimmt, während sich alle anderen im Kreis um sie aufstellten und jeweils das Ende eines

Bandes in die Hand bekamen. Die jeweils anderen Enden band Miss Watts zusammen und hielt sie fest. Nun war es an ihr, in schneller Folge Befehle zu geben. Rief sie »Loslassen!«, mussten alle Spieler an ihrem jeweiligen Band ziehen, wohingegen sie es loslassen mussten, wenn Miss Watts »Ziehen!« rief. Es erforderte einige Konzentration, immer genau das Gegenteil von dem zu tun, was gerufen wurde, was gerade im nicht mehr ganz nüchternen Zustand dazu führte, dass die Spieler Fehler machten. Dafür mussten sie ein Pfand abgeben, und bereits nach kurzer Zeit war ein ansehnlicher Haufen Pfänder zusammengekommen, die nun gegen Auflage einer »Strafe« ausgelöst werden konnten.

Diese Strafen sorgten immer für große Heiterkeit und bewegten sich oftmals am Rande des Schicklichen und darüber hinaus, doch in derart fröhlicher Runde konnte man dies auch in Anwesenheit des Pfarrers hingehen lassen.

Lady Gordimer als Älteste der Runde, begann damit, die Strafen zu verteilen, indem sie das erste Pfand aus dem Kissenbezug holte, in den man es gesteckt hatte.

»Eine hübsche silberne Taschenuhr!«, rief sie aus und drehte das Schmuckstück, um einen Hinweis auf den Besitzer zu erhaschen. »Die Gravur lässt mich auf Hastings schließen, habe ich recht?«

Sir Conrad nickte.

»So sagen Sie mir, was ich tun muss, um mein Pfand auszulösen. Ich zähle auf Ihre Gewogenheit, Mylady.«

Alle lachten, während Lady Gordimer ein gespielt ernstes Gesicht machte und angestrengt nachzudenken schien.

»Nun, Sie sollen den Lastesel machen«, bestimmte diese schließlich. »Rasch! Auf alle Viere!«, kommandierte sie. »Ich bestimme unsere reizende Gastgeberin zur Reiterin. Unser Esel wird sie einmal im Kreis herumtragen und bei jedem der Gentlemen anhalten, der sie küsst und ihr eine gute Reise wünscht.«

»Herrlich! Was für ein Spaß!«, kiekste Lady Eleanor und klatschte vor Begeisterung in die Hände.

Hastings seufzte ergeben, ließ sich auf alle Viere hinunter und gab einen Eselsschrei von sich, was große Heiterkeit auslöste.

»Sitzen Sie auf, Mylady, die Reise kann beginnen!«, rief Lady Gordimer, und schon ging es los. Der »Lastesel« machte vor Mr Feenley halt, der unter dem glucksenden Gelächter seiner Gattin sichtlich verlegen einen angedeuteten Kuss auf Marguerites Wange hauchte.

»Einen angenehmen Ausritt, Mylady. Geben Sie acht, dass Sie nicht stürzen.«

Tatsächlich hatte Marguerite einige Mühe, nicht herunterzufallen, während Hastings auf Händen und Knien weiterkroch. Nun war Beauchamp an der Reihe. Aus den Augenwinkeln bemerkte Marguerite Adam, der die Szene mit grimmiger Miene beobachtete. Für einen Augenblick war sie irritiert, so dass sie just in dem Moment, als Beauchamp sich vorbeugte, um sie auf die Wange zu küssen, den Kopf ein Stück drehte und der Kuss knapp ihre Lippen streifte.

»Verzeihung, Mylady«, murmelte er und Marguerites Blick huschte zu Adam, dessen Ausdruck sich noch mehr verfinstert hatte. Die übrigen allerdings schienen von dem Malheur keine Notiz genommen zu haben, und so war Marguerite froh, dass Beauchamp es überspielte, indem er nun ausrief: »Adieu, Mylady. Ich wünsche eine gute Reise und grüßen Sie Ihren Gatten recht herzlich von mir.«

Peterborough, der die subtile Provokation, die in diesen Worten lag, wohl bemerkt hatte, warf ihm einen vernichtenden Blick zu. Marguerite wäre am liebsten aufgesprungen und hätte das Spiel abgebrochen, doch das hätte nur noch mehr Aufmerksamkeit auf das Missgeschick gelenkt und ihm mehr Bedeutung verliehen als angemessen. Trotz regte sich in ihr, und sie sah Adam direkt an, während Hastings sich wieder in Bewegung setzte und nun vor ihm Halt machte. Als sich die Blicke der Mitspieler auf ihn richteten, entspannten sich Peterboroughs Züge ein wenig, offenbar war ihm nicht daran gelegen, einen Eklat auszulösen. Seine Mundwinkel hoben sich zu einem leichten Lächeln, und er beugte sich vor, um Marguerite zu küssen. Dabei fasste er ihr Kinn mit Daumen und Zeigefinger und presste seine Lippen fest auf ihre. Marguerite gefiel diese besitzergreifende Geste nicht, und sie schenkte ihm einen tadelnden Blick.

»Eine gute Reise und kehren Sie recht bald wieder zu mir zurück, Mylady«, sagte er und sah dabei zu Beauchamp hinüber. Mussten die zwei sich wie zwei eifersüchtige Gockel gebärden? Dies war schließlich ein vergnügliches Spiel und hatte nichts zu bedeuten.

Als Nächster war Sir Thomas Sutcliffe an der Reihe, und als Sir Conrad schließlich bei Lord Gordimer angekommen und auch dieser Marguerite auf die

Wange geküsst hatte, waren sie endlich erlöst, und es war nun an ihr, das nächste Pfand zu ziehen. Sie griff in den Beutel und zog einen silbernen Armreif hervor, den sie recht eindeutig Fanny Watts zuordnen konnte, und sie beschloss, ihrem Plan, sich als Cupido zu betätigen, ein wenig Schub zu geben. Möglicherweise würde dies auch der albernen Rivalität zwischen Adam und Timothy Beauchamp ein Ende bereiten.

»Wir spielen *Küss' die Nonne*«, verkündete sie und beorderte Miss Watts in die Mitte, wo sie sich auf einen Stuhl setzen musste. Lady Eleanor spielte das Gitter. Sie musste sich hinter die Lehne stellen und die Hände so vor Miss Watts' Gesicht halten, dass sie eine Lücke ließ. Nun bestimmte Marguerite Mr Beauchamp zu dem Herrn, der versuchen musste, die Nonne auf die Wange zu küssen.

»Dieses scheußliche Gitter, es ist so schmal!«, rief Beauchamp entsprechend der Spielregeln, und Fanny Watts antwortete: »So schmal ist es nicht, mein Herr. Bitte gebt mir nur einen letzten Kuss.«

Auf das Stichwort beugte Beauchamp sich vor, um Miss Watts zu küssen, doch Lady Eleanor war schneller und hatte das Gitter geschlossen, so dass er deren Hand erwischte, was für allgemeine Belustigung sorgte.

»Sie wagen es, Ihre Küsse zu verschwenden?«, lispelte Lady Eleanor. »Sie sollen eine gerechte Strafe erhalten, mein Herr.« Dann zog sie Beauchamp zur Freude der Mitspieler am Ohr.

Abermals rief dieser nun seinen Spruch. Dieses Mal war er schneller und es gelang ihm, einen Kuss auf Fanny Watts Wange zu platzieren, wofür er aus der Runde Beifall erntete.

Während Marguerite ihren Platz wieder einnahm, sah sie zu Adam hinüber, der nun etwas weniger verbissen dreinblickte.

So wurde noch in munterer Runde weitergespielt, bis alle Pfänder ausgelöst und die Gäste rechtschaffen müde waren. Noch immer tobte draußen der Sturm, den sie darüber beinahe vergessen hatten.

»Einen so vergnüglichen Abend haben wir lange nicht mehr gehabt, nicht wahr, Gordimer? Aber nun sollten wir uns langsam zurückziehen. Unsereins ist nicht mehr so jung und braucht einen gesunden Schlaf«, verkündete Lady Gordimer. Nach und nach löste die Runde sich auf, und die Gäste zogen sich zurück, bis nur noch die Gastgeber zurückblieben.

Adam hatte sich noch ein Glas Port eingeschenkt, sich in den Sessel vor dem Kamin gesetzt und starrte in die Flammen.

»Kommst du nicht zu Bett?« Marguerite trat hinter ihn und legte leicht ihre Hand auf die Lehne.

»Ich wusste es! Er kann es einfach nicht lassen«, brummte Adam missmutig. »Beauchamp weiß einfach nie, wann es genug ist.«

»Beauchamp? Ich dachte, ihr hättet eure Differenzen beigelegt.« Marguerite legte ihre Hand nun auf Adams Schulter.

»Das dachte ich auch.« An der Bewegung seiner Schläfe konnte sie erkennen, wie seine Kiefer mahlten. »Ich dachte, wir hätten alles geklärt. Aber er kann es nicht lassen, er versucht dich zu verführen.«

»O Peterborough, sei nicht albern. Es war ein Spiel, er hat mich geküsst, wie es die Regeln besagten. Er hat auch Fanny Watts geküsst. Es ist doch nichts dabei.«

»Auf die Lippen, Marguerite! Er hat dich auf die Lippen geküsst. Denke nicht, ich hätte es nicht bemerkt.« Die Worte rollten schwerfällig von seiner Zunge und verrieten, dass er zu viel getrunken hatte.

»Nicht auf die Lippen, Adam, sondern daneben. Es war ein Missgeschick, ich habe den Kopf gedreht.«

»Ich weiß genau, was er vorhat. Wenn er etwas will, dann bekommt er es. Und es wirkt schon, nicht wahr? Er gefällt dir.« Adam nahm den Schürhaken und stocherte in der Glut herum, dass die Funken aufwärts stoben.

»Du bist betrunken. Du redest wirr.« Marguerite wollte die Hand von seiner Schulter nehmen, doch Peterborough wandte sich um und packte ihr Handgelenk.

»Er geht zu weit, hörst du? Du kennst ihn nicht. Er weiß, dass er immer bekommt, was er will. Aber das will und kann ich nicht zulassen!«

Wütend riss sie den Arm zurück und entzog ihm ihre Hand.

»Wenn jemand zu weit geht, dann du mit deinen Unterstellungen und deiner Eifersucht!« Sie spürte, wie ihr die Tränen in die Augen schossen, doch die Blöße wollte sie sich nicht geben, also wandte sie sich um und lief hinaus.

FÜNFUNDZWANZIG

Mit tränenverschleiertem Blick lief sie durch das Halbdunkel des Korridors in Richtung Treppenhaus und erschrak, als sie unerwartet gegen ein Hindernis prallte.

»Lady Peterborough!«

Marguerite erkannte Timothy Beauchamps Stimme. Eilig wischte sie sich mit dem Handrücken die Tränen aus dem Gesicht.

»O Verzeihung, Mr Beauchamp, ich habe Sie nicht gesehen.«

»Das macht doch nichts. Ich wollte nur eben meine Schnupftabakdose holen. Ich muss sie im Speisezimmer liegen gelassen haben. Himmel, weinen Sie etwa?« Im Dämmerlicht konnte sie sehen, wie seine Augenbrauen sich zusammenzogen. Sie wandte den Blick ab.

»Es … es ist nichts. Schon gut. Es geht mir gut, vielen Dank.«

Sie wollte sich an Beauchamp vorbeidrängen, doch der hielt sie mit einem sanften Griff am Arm fest.

»Peterborough. Es ist meine Schuld, nicht wahr? Er hat Ihnen gesagt, dass mir nicht zu trauen ist, und ich Sie für mich vereinnahmen möchte.«

»In etwa.« Marguerite schluchzte noch einmal auf, fing sich dann aber wieder. »Er ist ziemlich betrunken und redete wirres Zeug, ich bin nicht einmal sicher, ob ich verstanden habe, was er meinte.«

»Es tut mir leid, Mylady. Ich wollte Sie nicht in Schwierigkeiten bringen. Es ist wohl besser, ich gehe. Ich habe wohl, ohne es zu wollen, schon genug Unfrieden gestiftet.«

»Bei diesem Wetter?«, protestierte sie. »Ich kann Sie unmöglich bei einem solchen Sturm in die Nacht hinausreiten lassen.«

»Es sind nur sieben Meilen bis Southhill, Mylady.«

»Unsinn, Beauchamp. Spielen Sie nicht den Helden. Sie bleiben. Ich würde es mir nicht verzeihen, wenn Ihnen etwas geschähe.«

»Gut, wenn Sie darauf bestehen. Aber ich möchte auf keinen Fall, dass Sie meinetwegen Schwierigkeiten bekommen.« Noch immer ruhte seine Hand auf ihrem Oberarm, und sie wurde sich der unangebrachten Nähe bewusst. Marguerite räusperte sich. »Nun, ich sollte mich zurückziehen. Gute Nacht, Mr Beauchamp.«

»Gute Nacht, Mylady.«

Marguerite setzte ihren Weg Richtung Treppenhaus fort, zögerte jedoch einen Augenblick und wandte sich nach Beauchamp um. Hatte er nicht gesagt, er wolle ins Speisezimmer, um seine Schnupftabakdose zu holen? Ein beklemmendes Gefühl ergriff sie, als sie beobachtete, wie er stattdessen den Weg Richtung Salon einschlug. Himmel! Diese Männer waren wie kleine Kinder. Sie würden sich doch wohl hoffentlich nicht schlagen – oder Schlimmeres?

Rasch machte sie kehrt und lief zurück zum Salon. Gedämpft drangen die Stimmen durch die geschlossene Tür zu ihr hinaus in den Flur.

»… genau wie damals. Du weißt einfach nicht, wann es zu viel ist«, hörte sie Adam sagen.

»Ist es deswegen? Geht es dir immer noch um diese alte Geschichte? Ich dachte, wir wären uns einig gewesen, dass wir das vergessen wollen.«

»Du meinst, du hast beschlossen, dass wir es vergessen. Ich werde nicht zulassen, dass sich die Vergangenheit wiederholt. Marguerite ist meine Frau.«

»Warum vertraust du mir nicht?«, rief Beauchamp.

»Weil ich eben nicht vergessen habe, was damals geschehen ist.«

»Du warst immer schnell dabei, mir die Verantwortung dafür zu geben. Hast du dich vielleicht einmal gefragt, welche Rolle sie in der Sache gespielt hat? Für dich stand immer fest, dass ich allein der Schuldige bin. Aber es ist nicht alles schwarz und weiß. Vielleicht würdest du es besser verstehen, wenn ich …«

Marguerite hörte ein Räuspern hinter sich und fuhr herum. »Mylady! Fehlt Ihnen etwas? Soll ich Ihnen noch einen Schlaftrunk bringen lassen?«

»Thompson! Himmelherrgott, haben Sie mich erschreckt!«, flüsterte Marguerite.

Sie fühlte sich ertappt. Wie lange mochte Thompson schon dort im Durchgang gestanden haben? Warum tauchte diese Frau auch immer so urplötzlich auf, als sei sie aus dem Boden gewachsen?

»Verzeihung, Mylady.« Die steinerne Miene der Hausdame verriet nicht, was hinter ihrer Stirn vor sich ging. »Ich hörte Stimmen und wollte nachsehen, ob die Herrschaften noch etwas benötigen. Wenn Sie mich nicht mehr brauchen, würde ich mich gern zurückziehen.«

»Ja ja, tun Sie das, Thompson. Vielen Dank. Ich … ähm … werde wohl auch zu Bett gehen.«

Sie machte kehrt und lenkte ihre Schritte abermals Richtung Treppe. Verflixt! Zu gern hätte sie weiter gelauscht, doch sie wollte nicht riskieren, sich noch einmal dabei erwischen zu lassen.

Hinter ihr im Flur blieb es ruhig. Wenigstens schienen die beiden Männer sich noch nicht an die Gurgel zu gehen. Was hatte es nur mit dieser *alten Geschichte* auf sich? Verflucht! Wenn nur Thompson nicht so plötzlich aufgetaucht wäre ...

Marguerite wälzte sich von einer Seite auf die andere. Sie fand keinen Schlaf. Unten jedoch blieb alles still. Vielleicht machte sie sich ganz unnötig Sorgen. Männer konnten in dieser Hinsicht wechselhafter sein als das Wetter, insbesondere wenn sie getrunken hatten. Im einen Augenblick flogen beinahe die Fäuste, im nächsten saßen sie in schönster Eintracht beieinander und scherzten, als sei nie etwas gewesen. Und doch hätte sie zu gern erfahren, worum es bei diesem Streit eigentlich ging. Hatte Beauchamp Adam seinerzeit ein Mädchen abspenstig gemacht? Doch Beauchamp war Junggeselle. Sein Bemühen konnte also nicht von Erfolg gekrönt gewesen sein. Es sei denn ... es sei denn, es hatte sich bei dem geteilten Objekt der Begierde um eine nicht standesgemäße Liebschaft gehandelt. Natürlich wusste Marguerite, dass es nicht unüblich war, dass sich die jungen Herren mit Mädchen außerhalb ihres Standes die sprichwörtlichen Hörner abstießen.

Marguerite gähnte. Es war müßig, darüber nachzudenken. Wenn sie mehr erfahren wollte, musste sie wohl Adam fragen, doch das erschien ihr wenig aussichtsreich. Langsam siegte doch die Müdigkeit und sie schlief ein.

Als sie aufwachte, war es noch immer dunkel. Sie wusste nicht, wie lange sie geschlafen hatte und glaubte, sich nur vage zu erinnern, dass ein Knarren sie geweckt hatte. Sie rieb sich die Augen und blinzelte in das Dunkel. Der Sturm draußen hatte sich etwas gelegt, doch noch immer peitschten starke Windböen Regen gegen die Scheiben. Die Dielen vor dem Bett knarzten und Marguerite richtete sich auf. Ihr Herz raste, und sie schrie auf, als sie einen schwarzen Schatten hinter dem Bettvorhang entdeckte, eine schemenhafte menschliche Gestalt, die am Fußende stand und sie zu beobachten schien.

»Schhhh! Ich bin es nur«, wisperte es aus der Dunkelheit.

»Adam! Bist du verrückt? Du hast mich zu Tode erschreckt!«

»Es tut mir leid, Liebes, ich wollte dich nicht wecken.« Sie spürte, wie die Matratze neben ihr einsank, als er sich setzte. Er beugte sich vor und berührte mit den Lippen zart ihre Stirn.

»Ich habe mich dir gegenüber scheußlich benommen. Kannst du mir verzeihen?«

»Du bist betrunken, Adam. Reden wir morgen darüber, ja?«

»Darf ich bei dir bleiben?« Adam vergrub seine Nase in ihrer Halsbeuge und küsste ihre Schulter.

»Ja.« Marguerite schlug die Decke zurück und ließ Adam darunterschlüpfen.

»Ich werde aber schnarchen.«

Marguerite musste lachen.

»Gute Nacht, Peterborough.« Sie rollte sich auf die Seite. Zu schnell wollte sie ihm nicht vergeben, doch es fühlte sich gut an, als Adam sich an ihren Rücken schmiegte.

SECHSUNDZWANZIG

Sonntag, 8. September 1816 – Kestrel Hall

Tageslicht fiel zwischen den Vorhängen hindurch und erhellte den Raum, als Marguerite erwachte. Neben ihr regte sich Adam in den Kissen und schlug die Augen auf. Mit Daumen und Mittelfinger rieb er sich die Schläfen.

»Mein Kopf! Ich habe es wohl gestern ein wenig übertrieben.«

»Das könnte man so sagen. Ich hoffe, du erwartest kein Mitleid.« Marguerite setzte sich auf und betrachtete ihn.

Er lächelte gequält.

»Ich hätte es auch nicht verdient. Es tut mir leid. Ich habe mich gestern wie ein Idiot benommen. Nachdem du gestern zu Bett gegangen bist, hat Beauchamp mir den Kopf zurechtgerückt.« Adam setzte sich auf. »Kannst du mir verzeihen?«

»Natürlich kann ich das. Wenn du nur endlich glaubst, dass ich nicht im Geringsten an Beauchamp interessiert bin.«

»Ja, ich weiß. Ich glaube dir. Es war dumm von mir«, gab Adam zerknirscht zu.

»Im Übrigen habe ich ganz andere Pläne für Mr Beauchamp«, sagte Marguerite, zog die Augenbrauen hoch und schenkte Peterborough ein verschwörerisches Lächeln.

»Du willst dich doch wohl nicht als Kupplerin betätigen?« Adam lachte. »Nun, es fällt mir nicht schwer zu raten, schließlich kommt dafür nur eine junge Dame in Frage.«

»Mr Beauchamp wäre wie geschaffen für Miss Watts, findest du nicht?«

»Ich denke, da hat Beauchamp selbst noch ein Wörtchen mitzureden. Miss Watts hat keinerlei Vermögen und Beauchamp hat auch nicht viel zu erwarten. Sein Vater dringt darauf, ihm eine Kommission in der Armee zu verschaffen. Wenn er andere Pläne hat, täte er besser daran, sich eine Frau zu suchen, die Vermögen mit in die Ehe bringt.«

»Siehst du? Und genau da irrst du.« Marguerite setzte ein triumphierendes Lächeln auf. »Mr Beauchamp verriet mir, dass er seine Zukunft in der Kirche sieht. Und hast du je eine junge Frau gesehen, die vollkommener alle Tugenden auf sich vereint, die eine Pfarrersfrau nur mit sich bringen könnte? Noch dazu ist sie schön, was Beauchamp zupasskommen dürfte.«

»Schön, du magst recht haben, was Miss Watts angeht. Doch ich verstehe noch immer nicht, wie ...« Adam unterbrach sich. »Oh, ich verstehe, worauf du hinauswillst: die Pfarrstelle in Flamborough. Du willst, dass ich ihm das Pfarrhaus und die dazugehörigen Ländereien überlasse.«

»Richtig. Um eurer alten Freundschaft willen. Damit wäre allen gedient.« Sie zählte die Vorteile ihres Vorhabens mit den Fingern auf. »Die Gemeinde hätte endlich wieder ihren eigenen Seelsorger, Mr Beauchamp hätte ein Auskommen und müsste nicht die militärische Laufbahn einschlagen, und wenn alles gutgeht und mein Plan aufgeht, hätte die arme Miss

Watts einen Ehemann mit einem annehmbaren Einkommen.«

Peterborough schmunzelte. »Das hast du dir ja fein ausgedacht.«

»Nicht wahr? Und ganz nebenbei käme Beauchamp unter die Haube, und du müsstest nicht mehr den Eifersüchtigen spielen.« Marguerite sah ihn herausfordernd an. »Nun, was sagst du, Peterborough?«

»Ich weiß nicht, Marguerite. Freundschaft und Geld vertragen sich nicht. In Entscheidungen, die das Finanzielle betreffen, sollte man sich nicht von persönlichen Sympathien leiten lassen.«

»Aber auch nicht von Antipathien«, beharrte Marguerite. »Wenn du der Meinung bist, dass Beauchamp ein passender Kandidat für die Pfarrstelle in Flamborough wäre, solltest du es nicht aufgrund irgendwelcher persönlicher Animositäten von vornherein ausschließen.«

Peterborough lachte leise.

»Weißt du, wenn du ein Mann wärst, hättest du einen passablen Rechtsanwalt abgegeben. Ich verspreche dir, dass ich darüber nachdenken werde. Nun sollten wir aber aufstehen. Die Gäste werden sicher schon auf das Frühstück warten.«

Adam drückte noch einen Kuss auf ihre Stirn und verschwand dann durch die Verbindungstür in seinem Zimmer.

Eine Weile später fand sich die Gesellschaft beim Frühstück ein, das aufgrund der Vielzahl der Gäste ausnahmsweise im Speisezimmer eingenommen wurde.

»Wie bin ich froh, dass der Regen aufgehört hat, es war ja eine veritable Sintflut, was gestern vom Himmel fiel«, sagte Lady Gordimer nach einem Blick aus dem Fenster. »Heute sieht es schon wesentlich freundlicher aus.«

»Bleibt nur zu hoffen, dass die Brücke bei Wansford nicht unter Wasser steht, in dem Falle müssten wir Ihre Gastfreundschaft wohl noch länger strapazieren«, setzte ihr Mann hinzu.

»Ich hatte ohnehin vor, einen Ausritt zu unternehmen. Ich habe es gestern wohl etwas übertrieben, aber es gibt keinen Kopfschmerz, bei dem kühle, klare Luft nicht Abhilfe schaffen würde. Bei der Gelegenheit könnte ich nachsehen, ob die Brücke passierbar ist«, schlug Peterborough vor. »Bis Wansford sind es etwa zwanzig Meilen. Ich könnte in zwei Stunden zurück sein. Das wäre weit weniger unangenehm, als wenn Sie mit der Kutsche führen und wieder kehrtmachen müssten.«

»Das wäre sehr freundlich von Ihnen, Mylord. Wir sind Ihnen sehr verbunden.«

»Auf ein Wort, Peterborough! Ich denke, wir alle haben ein wenig zu tief ins Glas geschaut – die holde Weiblichkeit sei von meiner Einschätzung selbstverständlich ausgenommen. Jedoch in meinem Alter richtet ein flotter morgendlicher Ausritt weit mehr Schaden an als er nützt.« Lord Gordimer lachte. »Unser Freund Beauchamp sieht aus, als könnte er von einer frischen Brise um die Nase wohl profitieren.«

»Ein exzellenter Vorschlag.« Timothy Beauchamp knabberte zögerlich an einem Stück Weißbrot. »Mr Feenley wird uns am Sonntag über die Tücken des

Dämons Alkohol sicherlich eine hübsche Predigt halten können.«

»Sie wissen, dass ich den weltlichen Genüssen nicht in Gänze abgeneigt bin, lieber Freund.« Der Gemeindepfarrer lachte. »Jedoch wie bei allen Dingen des Lebens sollte man auch bei diesem das Auge für das rechte Maß nicht verlieren. Mir jedenfalls geht es an diesem Morgen ganz ausgezeichnet. Ich fühle mich erfrischt und ausgeruht.«

»Wir werden es uns eine Lehre sein lassen und uns in Zukunft ein Beispiel an Ihnen nehmen, werter Mr Feenley«, versprach Peterborough reumütig. »Dann ist es beschlossen. Nach dem Frühstück werden Beauchamp und ich gleich aufbrechen.«

»Fabelhaft, Peterborough!«, stimmte Marguerite zu. »Wir werden uns schon einen vergnüglichen Vormittag zu machen wissen, nicht wahr? Vielleicht ist ja Miss Watts so freundlich, noch etwas zu Gehör zu bringen? Ich finde, sie hat eine ganz außergewöhnlich schöne Gesangsstimme. Finden Sie nicht auch, Beauchamp?«

Sie sah, wie Fanny Watts errötete und den Blick senkte.

»Gewiss, Mylady. Ich würde mich nicht als einen Musikkenner bezeichnen, aber ich muss sagen, dass ich Miss Watts' Vortrag am Abend sehr genossen habe und bedaure, heute Morgen auf dieses Vergnügen verzichten zu müssen.« Marguerite bemerkte ein kleines Lächeln, als er Fanny Watts ansah. »Jedoch hege ich die Hoffnung, dass wir noch bei anderen Gelegenheiten in dieser Runde zusammenkommen werden. Es war doch sehr vergnüglich gestern, und ich möchte mich noch einmal herzlich bei unseren Gastgebern bedanken.«

»Hört hört, Beauchamp! Wohl gesprochen«, rief Sir Conrad, und die anderen taten begeistert ihre Zustimmung kund.

Marguerite glaubte bemerkt zu haben, wie Beauchamp und Miss Watts währenddessen einen verstohlenen Blick austauschten.

»Ich freue mich sehr über Ihre lobenden Worte, Mr Beauchamp, und ich teile die Hoffnung auf weitere vergnügliche Abende dieser Art.«

SIEBENUND ZWANZIG

Sonntag, 8. September 1816 – Kestrel Hall

Marguerite sah auf die Uhr auf dem Kaminsims. Es waren bereits drei Stunden vergangen, seit die beiden Männer aufgebrochen waren. Hatte Peterborough nicht gesagt, die Strecke sei in zwei Stunden zu schaffen? Sie legte die Stickerei nieder, an der sie gerade gearbeitet hatte, und ging zum Fenster um hinauszusehen.

»Beunruhigen Sie sich nicht, Lady Peterborough, sie werden sicher gleich eintreffen«, beschwichtigte Mrs Feenley, die sich mit ihrem Gatten, Lady Gordimer und Lady Eleanor Sutcliffe zu einer Partie Whist zusammengefunden hatte.

»Nach dem heftigen Regen werden die Wege schlammig sein, dann kommen sie langsamer voran«, pflichtete Sir Thomas bei, der mit Lord Gordimer beim Kamin saß, während Sir Conrad, Lady Lydia Hastings und Fanny Watts über einem Rätsel knobelten, das Marguerite ihnen aufgegeben hatte.

Selbstverständlich hatten sie vollkommen recht, und es konnte fraglos viele Gründe dafür geben, warum die beiden sich verspäteten. Jedoch nach dem gestrigen Abend und dem belauschten Gespräch konnte Marguerite das unruhige Gefühl nicht abschütteln, dass trotz Peterboroughs Beteuerung des Gegenteils sein Misstrauen und eine gewisse Feindseligkeit gegenüber Beauchamp noch immer unter der Oberfläche schwelten.

»Warten wir noch eine Weile. Wenn sie in einer Stunde noch nicht zurück sein sollten, werde ich losreiten und nach ihnen sehen«, verkündete Sir Conrad. »Einstweilen sollten Sie sich zu uns setzen und uns einen klitzekleinen Hinweis geben, denn Ihr Rätsel ist eine harte Nuss. Den ersten Teil hat Miss Watts gelöst, aber mit den nächsten Zeilen tun wir uns schwer.«

Marguerite lächelte und nahm auf dem Sofa neben Fanny Watts Platz. »Lassen Sie mich sehen, wie ich Ihnen helfen kann, ohne zu viel zu verraten.«

Wahrscheinlich war es in der Tat am besten, sich abzulenken. Gewiss würde sich ihre Sorge als unberechtigt erweisen und die beiden schon bald zurückkehren.

Tatsächlich war kurz darauf Hufgetrappel zu hören. Marguerite stürzte zum Fenster.

»Es ist Peterborough.« Sie zögerte. »Aber warum ist er allein?«

»Ach du meine Güte!«, rief Lady Lydia. »Es wird doch wohl nichts Schlimmes geschehen sein?«

Marguerite lief hinaus und traf Peterborough außer Atem und mit schlammverspritzten Stiefeln in der großen Halle an.

»Um Himmels willen! Was ist passiert? Wo ist Beauchamp?«

»Auf dem Rückweg ist er gestürzt.«

»O nein! Ist er verletzt?«

»Er hat sich die Rippen geprellt, aber es scheint nichts gebrochen zu sein.«

»Gott sei Dank!«, stieß Marguerite hervor. »Aber wo ist er?«

»Ich konnte ihn gerade noch davon abhalten, sich mit geprellten Rippen wieder in den Sattel zu schwingen. Er wartet im *St Quintins Arms* in Harpham. Ich werde ihm die Chaise schicken. Der Gasthof hat nur zwei Postpferde. Eine Kutsche zu mieten, hätte länger gedauert als herzukommen und Johnson zu schicken, um ihn abzuholen. Derweil kann ich vermelden, dass die Brücke in Wansford passierbar ist. So hatte unser Ausritt doch sein Gutes.«

Eine Stunde später war wieder Ruhe eingekehrt. Die Gäste waren nach und nach abgereist und Beauchamp, mit trockenen Kleidern und Brandy versorgt, wärmte sich im Sessel vor dem Kamin.

»Nun mache ich mir Vorwürfe, dass ich die Abkürzung überhaupt vorgeschlagen habe«, sagte Peterborough, der im Sessel zu seiner Linken saß. »Ich hatte nicht bedacht, dass der Sprung über den Graben etwas vertrackter ist.«

»Zu dumm. Nun ja, es war ja keine böse Absicht, und ich bin etwas aus der Übung, was anspruchsvolles Terrain betrifft.«

Marguerite ließ kurz die Stickerei sinken. Sie sah zu Peterborough hinüber, der ebenfalls kurz aufgesehen hatte und nun rasch den Blick abwandte. Sie runzelte die Stirn. Adams Reaktion kam ihr seltsam vor. Ob es möglicherweise doch kein Unfall gewesen war? Nein, daran mochte sie nicht glauben. Ein Sturz vom Pferd hätte auch schlimmere Folgen haben können. Adam hätte es niemals in Kauf genommen, dass sich Beauchamp ernsthaft verletzte. Außerdem hatten die beiden ihren Streit gestern Abend beigelegt.

»Nun, ich möchte Ihre Gastfreundschaft nicht länger strapazieren. Vielen Dank für die freundliche Fürsorge.« Beauchamp stellte das leere Glas ab und richtete sich auf. Er stöhnte leicht auf, als er sich aus dem Sessel hochstemmte, und Marguerite warf Peterborough einen auffordernden Blick zu. Der reagierte prompt und sprang ihm zur Seite.

»Lass mich dir helfen.«

»Danke, es geht schon. Es schmerzt nur, wenn ich den Rücken beuge.« Beauchamp lächelte. »Ich werde mal sehen, was mein Brauner macht und mich auf den Weg machen. Wenn ich mich beeile, schaffe ich es vor der Dunkelheit noch bis nach Kingston. Mein Gepäck habe ich bereits dort ins Gasthaus bringen lassen.«

»Nach Kingston?« Marguerite sah zunächst Peterborough, dann Adam fragend an. »Sagten Sie nicht, dass Sie in Southhill bei Ihren Eltern wohnen?«

Beauchamp sah verlegen zur Seite und lächelte wie ein kleiner Junge, der etwas ausgefressen hatte. Mit dem Zeigefinger fuhr er unter seinem Kragen entlang.

»Sagen wir es so: Bevor ich gestern herkam, hatten mein Vater und ich eine kleine Meinungsverschiedenheit, was die Gestaltung meiner Zukunft angeht. Also habe ich beschlossen, direkt wieder nach London zu reisen.«

»Er hat dich vor die Tür gesetzt«, entgegnete Adam trocken. Beauchamp sah betreten zu Boden.

»So könnte man es auch ausdrücken. Wie dem auch sei, ich sollte mich besser schnell auf den Weg machen.

Peterborough.« Er verneigte sich. »Mylady. Es war mir eine außerordentliche Freude.«

»Pass gut auf dich auf, alter Freund!« Peterborough klopfte ihm leicht auf den Oberarm und ließ Sturgess kommen, um den Besucher hinauszubegleiten.

Verständnislos sah Marguerite ihren Gatten an.

»Peterborough! Du kannst ihn doch unmöglich in diesem Zustand einfach losreiten lassen.«

»Es ist nur eine leichte Prellung. Er ist wohlauf«, wehrte Adam unwirsch ab.

»Es sind über dreißig Meilen bis nach Kingston. Er sollte nicht so weit reiten, solange er noch Schmerzen hat.«

»Du hast doch gehört, er kann nicht zurück nach Southhill. Sein Vater hat ihn rausgeworfen.«

»Und du bist sein Freund. Du solltest ihm anbieten, hierzubleiben, bis er sich vollständig erholt hat. Das ist doch das Mindeste.«

Peterborough sah sie mit gefurchter Stirn an und schwieg.

Marguerite schüttelte den Kopf. »Himmel, Peterborough! Nun sei nicht so ein Sturkopf. Du kannst doch nicht allen Ernstes immer noch glauben, ich sei an ihm interessiert. Außerdem dachte ich, ihr hättet euch ausgesprochen und eure Differenzen beseitigt.«

»Das haben wir, aber das bedeutet noch lange nicht, dass er sich hier einnisten muss.«

»Von Einnisten kann doch überhaupt keine Rede sein«, beschwichtigte Marguerite. »Allerdings finde ich, dass es der Anstand gebietet, dass du einen alten Freund nicht verletzt nach Kingston reiten lässt. Es wäre ja nur vorübergehend.«

»Er könnte im *Rose and Crown* ...«

»Peterborough! Was ist denn nur los mit dir? Einen Freund schickt man nicht in ein Gasthaus, wenn man genügend Gästezimmer hätte, um die königliche Leibgarde unterzubringen!«

»Die königliche Leibgarde?« Adam schmunzelte. »Aber vermutlich hast du recht. Es wäre kein feiner Zug, Beauchamp nicht wenigstens anzubieten, dass er hierbleiben kann.«

Er strich sanft mit dem Daumen über ihre Wange. »Ich kann ein ordentlicher Dickkopf sein, nicht wahr? Es ist gut, dass ich dich habe, um mich auf den rechten Weg zu bringen.«

ACHTUNDZWANZIG

Sonntag, 8. September 1816 – Kestrel Hall

Im Zimmer war es stockfinster, als Marguerite aus dem Schlaf schreckte. Da war es wieder! Langsam, aber deutlich vernehmbar, kratzte oder schleifte etwas über das Holz. Ihr Herz pochte wie wild, als sie aus dem Bett kroch und ihre Lampe entzündete. Sie klopfte an die Tür, die ihr Schlafzimmer von Adams trennte. Wie erwartet, kam keine Antwort. Sicher schlief er. Sie öffnete die Tür und schlüpfte hindurch.

»Adam!«, flüsterte sie, dann lauter, »Adam!«

Vom Bett her ertönte ein mattes Knurren, und die schlafende Form unter der Decke bewegte sich kurz.

»Adam!«, wiederholte Marguerite und schüttelte Peterborough vorsichtig.

»Was ist denn los, in drei Teufels Namen!«, murmelte er hörbar gereizt. »Ich bin müde.«

»Das Kratzen! Es ist wieder da. Hörst du es nicht?«

»Nicht schon wieder dieses Kratzen, Marguerite! Wann wirst du aufhören, mich damit zu trakassieren und dich daran gewöhnen, dass es in einem alten Gebäude nun einmal Geräusche gibt?« Mit einem missmutigen Stöhnen setzte Peterborough sich im Bett auf. Eine Weile lauschten beide, doch es war nichts zu hören. Adam atmete tief ein und aus. »Du musst wirklich damit aufhören, jedes Mal ein solches Drama zu veranstalten, wenn nur einmal eine Ratte oder Maus durch das Gebälk huscht.«

»Das ist keine Maus und auch keine Ratte, es klingt vielmehr ...«

»Leg dich schlafen, Marguerite, und lass mir auch meinen Frieden. Vielleicht bist du ein wenig überspannt.« Damit legte er sich wieder hin, rollte sich auf die andere Seite und zog demonstrativ die Decke bis unter das Kinn.

Unschlüssig blieb Marguerite noch eine Weile neben dem Bett stehen und lauschte, doch das Kratzen blieb aus. Langsam wandte sie sich zum Gehen, als sie plötzlich mitten in der Bewegung innehielt. Was war das?

Sie hielt den Atem an. Ganz leise, kaum hörbar, drang eine Melodie an ihr Ohr. Summte da jemand? Angestrengt versuchte sie, die Melodie zu erkennen und zu hören, woher das Summen kam. Plötzlich lief es ihr eiskalt über den Rücken. *Scarborough Fair*! Die Melodie, die Lady Sybil gesummt haben sollte, als sie ihren Ehemann enthauptet hatte. Marguerites Herz jagte.

»Adam! Adam hörst du das nicht?«, stieß sie hervor.

Adam grunzte missgestimmt und rollte sich auf den Rücken.

»Was denn noch, Marguerite? Geh zu Bett und lass mich schlafen.«

»Aber da summt jemand, Adam! Weit entfernt und sehr leise, aber ich kann es deutlich hören. *Scarborough Fair*, Adam! Hörst du? *Scarborough Fair*. Wie Lady Sybil.«

»Jetzt ist es aber genug!«, knurrte Peterborough und setzte sich erneut auf. »Du bist ja vollkommen hysterisch. Ich bereue, dass ich dir diese alberne

Geschichte erzählt habe. Da ist nichts. Absolut gar nichts.«

»Da! Sei doch einmal still und hör genau hin. Da ist es wieder!«

Adam verdrehte die Augen und lauschte.

»Ich höre nichts. Absolut gar nichts. Wann wirst du aufhören, dich in diese Dinge hineinzusteigern?«

»Aber ich habe es doch ganz deutlich gehört! Jemand hat gesummt. Eine helle Stimme. Sie schien von draußen vom Flur zu kommen. So glaube mir doch!«

»Schön, ich glaube dir. Dann hast du vielleicht etwas gehört. Gewiss war es eines der Dienstmädchen. Eines jedenfalls weiß ich mit Sicherheit: Es war nicht Lady Sybil. Das solltest du als rational denkender Mensch auch wissen.«

»Können wir nicht wenigstens einmal nachsehen?«, drängte Marguerite.

»Ich habe mich wirklich geduldig gezeigt, was diese vollkommen irrationalen Ängste und deine zunehmende Zerstreutheit angeht, aber ich weigere mich, meinen Nachtschlaf zu opfern, indem ich mich auf Geisterjagd begebe.« Ärgerlich ließ er sich wieder auf das Kissen fallen. »Und jetzt geh zurück ins Bett. Du holst dir noch den Tod.«

Noch einen Augenblick blieb Marguerite stehen und horchte. Nichts. Dabei war sie sich doch so sicher gewesen. Die Tür zu ihrem Zimmer stand noch immer offen. Sie schlüpfte hindurch und schloss sie leise hinter sich, um Peterborough nicht weiter zu verärgern. Sie drehte den Docht der Lampe herunter, bis nur noch eine winzige Flamme ihr zittriges Dämmerlicht in den Raum schickte. Gerade wollte sie die Lampe löschen, als abermals, leise und dünn, das unheimliche Summen an ihr Ohr drang.

Ihr erster Impuls war, die Tür wieder aufzureißen und Adam zu wecken, doch sie befürchtete, sich bloß eine weitere Abfuhr zu holen.

In gewisser Weise hatte er natürlich recht. Der Verstand sagte ihr ganz deutlich, dass es nicht Lady Sybil sein konnte. Und doch ärgerte es sie, dass Adam der Sache nicht auf den Grund gehen, ja, sie nicht einmal ernst nehmen wollte. Entschlossen drehte sie die Lampe wieder auf, zog Hausschuhe und Morgenrock über und öffnete ihre Zimmertür.

Der Zorn auf Peterborough hatte sie mutiger gemacht. Mit erhobener Lampe trat sie auf den Flur hinaus und leuchtete umher. Es war nichts zu sehen. Sie lauschte.

Da! Da war es wieder. So leise, dass man es kaum wahrnahm, wenn man nicht ganz genau hinhörte. Im Geist hätte sie die Verse dazu mitsingen können.

Are you going to Scarborough Fair?
Parsley, sage, rosemary and thyme
Remember me to one who lives there
For once she was a true love of mine

Die Melodie war deutlich zu erkennen, obwohl die Stimme entfernt und leise klang. Allerdings konnte Marguerite nicht genau sagen, aus welcher Richtung sie kam. Mit klopfendem Herzen schob sie sich langsam durch den Flur, immer einen Fuß vor den anderen setzend. Ihr war, als würde das Geräusch lauter, je näher sie dem Treppenhaus kam. Marguerite schluckte gegen die Trockenheit in ihrem Mund und die Enge in ihrer Kehle an. *Ganz ruhig. Du weißt, dass es keine Geister gibt. Es muss eine natürliche Erklärung für die Geräusche geben*, versuchte sie sich selbst zu beruhigen. Endlich hatte sie den obersten Treppenabsatz erreicht. Die Stimme erschien ihr nun deutlich lauter. Sie hob die Lampe und spähte ins Treppenhaus.

»Hallo? Ist dort jemand? Kommen Sie hervor und zeigen Sie sich! Sie können mir keine Angst machen.« Das Zittern ihrer Stimme strafte ihre Worte Lügen.

Angespannt lauschte sie. Das Summen hatte aufgehört. Dafür ertönte nun ein Knarren, das vom Treppenabsatz unter ihr zu kommen schien. Sie hob die Lampe, doch der Schein erreichte kaum die unteren Stufen.

»Noch einmal! Kommen Sie raus!«

Marguerite fuhr zusammen, als ein markerschütterndes Kreischen ertönte, auf dem unteren Treppenabsatz kurz eine schemenhafte, weiße Gestalt sichtbar wurde und kurz darauf wieder verschwand. Beinahe hätte sie die Lampe fallen lassen, während ein Schrei in ihren Ohren gellte. Sie brauchte einen Augenblick, um sich bewusst zu werden, dass es ihr eigener war. Sie wollte davonlaufen, doch ihre Beine fühlten sich an, als hätten sie Wurzeln geschlagen, und für eine Weile war sie unfähig sich zu rühren. Zitternd und von krampfartigem Schluchzen geschüttelt, stand sie da und musste sich mit einer Hand an der Wand abstützen.

Sie hätte nicht sagen können, wie lange sie so dort gestanden hatte, als sie hinter sich Schritte hörte, die den Korridor entlang auf sie zugeeilt kamen.

»Mylady! Ist etwas geschehen?«

Langsam und mit noch immer wackligen Knien drehte sie sich um. Sie blinzelte in das flackernde Licht, das sich näherte und erkannte dahinter Timothy Beauchamps besorgtes Gesicht.

»Beauchamp!«, stieß sie erleichtert hervor. »Dann haben Sie es auch gehört?«

Inzwischen hatte er sie erreicht und sah sie stirnrunzelnd an. »Den Schrei, meinen Sie? Ja. Dann haben gar nicht Sie geschrien?«

»Nein. Ich meine ... ja, aber zuerst war da dieses Summen und plötzlich dieses fürchterliche Kreischen. Und dann sah ich diese Gestalt! Eine weiße Gestalt! Unten auf dem Treppenabsatz!«

Zögerlich legte Beauchamp seine Hand auf ihren Arm.

»Sie zittern ja, Mylady. Seien Sie ganz ruhig. Es ist alles gut, ich bin bei Ihnen.« Es klang, als ob er ein Kind beruhigen wolle, das einen bösen Traum gehabt hatte.

»Ich weiß, was ich gehört und gesehen habe! Sie müssen mir glauben!«, rief sie. »Zuerst war da dieses Summen. Ich lief hinaus, um nachzusehen, und dann sah ich ... da war eine weiße Gestalt. Ich konnte sie nur schemenhaft erkennen. Plötzlich kreischte dieses Wesen. Es war schrecklich! Beinahe wäre mir die Lampe entglitten. Ich war wie gelähmt vor Schreck und konnte mich kaum rühren.«

Beauchamp sah sie noch immer mit einem zweifelnden Ausdruck an. Schließlich jedoch trat er an die oberste Stufe heran und leuchtete ins Treppenhaus.

»Eine weiße Gestalt, sagen Sie?«

Mit erhobener Lampe lief er hinunter. »Hallo? Ist da jemand?«

Von oben konnte Marguerite den Lichtschein über die Wände und die Stufen gleiten sehen.

»Hallo?« Beauchamp drehte sich um. »Hier ist niemand.« Er leuchtete den Boden des Treppenabsatzes ab.

»Nichts. Auch keine Spuren.«

Im Flur hinter ihr waren erneut eine Tür und Schritte zu hören.

»Was ist hier los? Wer hat geschrien?« Peterborough kam, vom Schlaf noch sichtlich benommen, zu ihnen herüber.

»Ich konnte nichts entdecken, Mylady.« Beauchamp hatte den oberen Treppenabsatz erreicht. »Es ist absolut nichts zu sehen.«

Peterboroughs Blick wanderte von Marguerite zu Beauchamp und wieder zurück.

»Es geht doch nicht etwa noch immer um diesen vermaledeiten Geist! Du musst aufhören, dich in diese Sache hineinzusteigern, Marguerite.«

»Aber ich konnte sie hören. Jemand summte eine Melodie. *Scarborough Fair.* Es war ganz leise, doch ich konnte sie deutlich erkennen. Oh, Adam! Wenn es nun doch Lady Sybil war?«

Adam sah fragend zu Beauchamp, der jedoch schüttelte nur den Kopf. »Eine Melodie habe ich nicht gehört. Ich hörte Geräusche im Flur und kurz später

Lady Peterboroughs Schrei. Deswegen lief ich hinaus, um nachzusehen. Aber hier ist nichts.«

»Es war sehr leise, aber ich habe es deutlich gehört. Und dann habe ich sie gesehen: ganz in Weiß, dort unten auf dem Treppenabsatz. Und entsetzlich gekreischt hat sie«, wiederholte Marguerite, noch immer am ganzen Körper zitternd. »Sie glauben mir doch, Beauchamp, nicht wahr?«

Timothy Beauchamp zögerte.

»Nicht wahr, Beauchamp?«, wiederholte Marguerite.

»Ich ... äh, ich glaube, dass Sie etwas gesehen haben«, entgegnete der schließlich und wich ihrem Blick aus, als er weitersprach. »Allerdings ... na ja, in der Dunkelheit erscheint einem manches unheimlich, was am Tage vollkommen harmlos ist. Ein Mantel, der an einem Haken hängt, ein Schatten, ein Lichtreflex ...«

»Ich weiß, was ich gesehen habe!«, beharrte Marguerite zornig.

»Wie hat sie denn genau ausgesehen, deine weiße Gestalt? War sie eher groß? Klein? Untersetzt? Schlank? Hatte sie langes Haar oder kurzes?« Der Spott in Adams Stimme machte sie noch wütender.

»Ich ... so genau konnte ich es nicht erkennen. Es ging so schnell. Da war etwas ... jemand Weißes. Ich habe es nur kurz gesehen, dann verschwand es direkt wieder.«

»Marguerite, siehst du nicht, dass du dich lächerlich machst? Es gibt keine Geister. Und wenn es sie gäbe, warum sollten sie sich nachts summend in Treppenhäusern herumdrücken oder an Wänden kratzen? Glaubst du, man hätte nichts Tiefsinnigeres zu tun, wenn man aus dem Totenreich zurückkäme?«

»Hör auf, mich zu verspotten, Peterborough. Ob du mir glaubst oder nicht, ich habe mich zu Tode erschreckt.«

»Da muss ich Ihrer Ladyschaft recht geben, mein Freund. Du solltest dich nicht darüber lustig machen. Ob da tatsächlich etwas war oder ihr nur die Fantasie einen Streich gespielt hat, sie hat sich schrecklich geängstigt.« Beauchamp schenkte Marguerite ein aufmunterndes Lächeln, was Peterborough offenbar nicht entging.

»Lady Sybil erscheint der Legende nach nur Menschen mit Geheimnissen, die etwas im Schilde führen. Du solltest von ihr also nichts zu befürchten haben.« In seinen Worten schwang neben dem Spott auch etwas Drohendes mit. »Und jetzt sollten wir wieder zu Bett gehen, um wenigstens noch ein bisschen Schlaf zu bekommen.«

Mit einem verärgerten Blick auf Marguerite wandte er sich um und lief zurück zu seinem Zimmer.

Marguerite war elend zumute. Nicht nur, dass ihr der Schreck noch in den Knochen steckte, sie fühlte sich vorgeführt, gedemütigt und nun auch noch zu Unrecht verdächtigt. Sie wollte nur zurück in ihr Zimmer und die Sache so schnell wie möglich vergessen.

»Ich … nun, ich denke, wir sollten uns wieder hinlegen. Ich danke Ihnen, Mr Beauchamp. Es tut mir leid, dass ich Sie geweckt habe.«

»Schon gut, Mylady. Es hat mir nichts ausgemacht.« Sein Blick war warm und mitfühlend und wirkte auf sie beinahe wie eine Entschuldigung für Peterboroughs Schroffheit. »Schlafen Sie gut und wecken Sie mich gerne jederzeit wieder, wenn Sie noch einmal etwas hören sollten.«

Marguerite lächelte schwach. Sie kam sich entsetzlich dumm vor. »Vielen Dank, Beauchamp. Gute Nacht.« Damit raffte sie den Morgenmantel und wandte sich zum Gehen.

»Lady Peterborough?«

Marguerite drehte sich um. Beauchamp stand noch immer an der Treppe, den Arm an die Wand gelehnt. Nun, da sich die Aufregung gelegt hatte, wurde ihr unangenehm bewusst, dass er nur sein Nachthemd trug. Offenbar hatte er keine Zeit verloren und war direkt herbeigelaufen, als er sie schreien gehört hatte. Sie konnte nicht umhin, die schlanke, kräftige Form seines Körpers zu bemerken, die sich durch den weißen Baumwollstoff abzeichnete. Sie räusperte sich und bemühte sich krampfhaft, ihren Blick nicht ungebührlich schweifen zu lassen.

Beauchamp schien sich seiner unangemessenen Kleidung in diesem Moment auch bewusst zu werden, denn er wirkte plötzlich ebenfalls unangenehm berührt und fuhr sich verlegen mit der Hand über den Nacken.

»Vielen Dank, dass ich vorerst bleiben darf. Ich weiß, dass ich Ihnen das verdanke«, sagte er schließlich. »Das weiß ich sehr zu schätzen.«

Der warme Ton seiner Stimme verunsicherte sie, und sie lächelte nervös.

»Schlafen Sie gut, Mr Beauchamp.«

NEUNUNDZWANZIG

»Und was wirst du jetzt tun?« Adam griff nach der Schüssel und füllte sich noch etwas Frikassee auf den Teller. »Glaubst du, dass dein Vater nachgeben wird?«

»Das denke ich nicht. Es klang final. Entweder, ich beuge mich seinen Plänen oder er wird mir die finanzielle Unterstützung streichen.« Beauchamp zuckte mit den Schultern und nahm einen Schluck Tee. »Derweil hoffe ich auf ein Wunder.«

Marguerite warf Peterborough einen eindringlichen Blick zu. Schließlich hatte er die Möglichkeit, seinem Freund die Unterstützung zuzusagen, die dessen Vater ihm versagte. Adam fing ihren Blick auf, wandte sich jedoch rasch wieder seinem Essen zu.

»Hast du Hoffnung, noch einen Gönner zu finden?«

»Nun ja, was bleibt mir übrig? Ich werde nach London zurückkehren, solange meine Finanzen ausreichen und hoffe, dass sich entweder eine Gelegenheit auftut oder mir etwas Besseres einfällt.«

Beauchamp wirkte erstaunlich gelassen, und Marguerite fragte sich, ob er den Ernst der Lage verkannte oder ob er lediglich versuchte, eine tapfere Miene aufzusetzen. »Ich könnte eine Stelle als Hauslehrer annehmen.«

Noch einmal sah Marguerite auffordernd zu ihrem Mann hinüber, doch der nickte lediglich.

Später am Abend saßen die drei im Salon beisammen. Marguerite war dabei, eine Patience zu legen, während die beiden Herren vor dem Kamin über alte Zeiten plauderten und Port tranken.

»Ich sollte langsam zu Bett gehen.« Beauchamp warf einen Blick auf die Uhr. »Ich möchte morgen nicht zu spät aufbrechen. Wenn ich in Kingston angekommen bin und mein Gepäck wiederhabe, werde ich die Kleider reinigen lassen und einen Boten schicken.«

»Behalt sie nur«, entgegnete Adam. »Sie stehen dir ausgezeichnet.

»Dann erlaubt, dass ich mich zurückziehe. Ich wünsche eine gute Nacht. Morgen früh werde ich direkt nach dem Frühstück aufbrechen. Für die Gastfreundschaft bin ich sehr dankbar und werde sie nicht vergessen.«

Damit erhob sich Beauchamp und ging hinaus.

»Peterborough! Du hast versprochen, darüber nachzudenken«, schalt Marguerite, als sich die Tür hinter ihm geschlossen hatte.

»Das habe ich. Und ich bin der Meinung, dass es keine gute Idee wäre.«

»Was zur Hölle ist denn damals zwischen euch vorgefallen, dass du es ihm noch immer nachträgst, Peterborough?«

Adam lachte.

»Nein, darum geht es doch gar nicht. Es ist nur ... ich würde mich ungern in eine Familienangelegenheit einmischen. Wenn ich Beauchamp die Pfarrstelle gebe, untergrabe ich die Pläne seiner Familie und ziehe mir unter Umständen den Zorn seines Vaters zu.«

»Es ist dir also wichtiger, was der ältere Mr Beauchamp von dir denken könnte?« Zornig klopfte Marguerite mit dem Kartenpäckchen auf den Tisch.

»Pfui, Peterborough, ich hätte dich nicht für so hasenfüßig gehalten. Du bist diesem Herrn in gesellschaftlichem Rang und Ansehen weit überlegen und fürchtest dich davor, ihn vor den Kopf zu stoßen?«

»Ich beginne mich zu wundern, warum dir so daran gelegen ist, dass Beauchamp bleibt.« Adam leerte sein Glas und sah Marguerite argwöhnisch an. »Du scheinst ihn sehr zu mögen, nicht wahr?«

»Nun fang nicht wieder mit deinen albernen Eifersüchteleien an! Ja, ich mag ihn. Er scheint mir ein anständiger Kerl zu sein, und er ist dein Freund. Oder zumindest war er das einmal. Und ich finde einfach, dass es der Anstand gebietet, dass du ihm in seiner schwierigen Lage hilfst«, sagte sie mit Entschiedenheit in der Stimme. »Zumal er ohnehin nicht willens ist, sich den Absichten seines Vaters zu beugen und eine Militärlaufbahn einzuschlagen. Du würdest seine Entscheidung also in keiner Weise beeinflussen, du würdest ihm lediglich in einer Notlage helfen.«

Peterborough knetete sein Kinn mit Daumen und Zeigefinger und sah schweigend den langsam zur Glut ersterbenden Flammen im Kamin zu.

»Die Gemeinde würde sich tatsächlich freuen, wenn wir wieder einen eigenen Pfarrer hätten, und Mr Feenley wird auch froh sein, wenn er nicht immer aus Bridlington herkommen muss«, überlegte er. »Ich werde morgen mit Beauchamp sprechen. Wenn du mit solcher Vehemenz darauf drängst, kann ich wohl kaum noch ablehnen. Wahrscheinlich sollte ich mich an den Gedanken gewöhnen, dass ein wahrhaft weiser Mann dem Rat seiner Frau folgt.« Er schenkte ihr ein versöhnliches Lächeln.

DREISSIG

Freitag, 4. Oktober 1816 – Kestrel Hall, Lady Marguerite Peterboroughs Tagebuch

Die Angst lässt mich nicht los, auch wenn ich mir lächerlich vorkomme, es niederzuschreiben. Ich habe mich nie für besonders abergläubisch gehalten, aber ich bin überzeugt, dass in diesem Haus etwas Bedrohliches vor sich geht. Immer wieder kommt es vor, dass ich Gegenstände vermisse, die an unerwarteter Stelle auftauchen, auch wenn ich sicher bin, dass ich sie dort niemals abgelegt habe. Zunächst habe ich geglaubt, dass ich einfach zerstreut bin. Aber diese Vorfälle häufen sich, und ich beginne an meinem Verstand zu zweifeln. Kann ich den eigenen Sinnen so wenig trauen?

Ich habe infolge der Ereignisse wenig und nicht besonders erholsam geschlafen, und es plagen mich Kopfweh, Schwindel und Schwäche. Adam, der bemüht ist, die Vorfälle jener Nacht nicht mehr zu erwähnen, zeigt sich ernsthaft besorgt um meine seelische Gesundheit und riet mir, Doktor Roberts zu konsultieren. Seine Fürsorge erscheint mir wie eine stumme Entschuldigung für sein Verhalten.

Ich weiß nicht, ob es mich beruhigt, dass Doktor Roberts keine körperliche Ursache für meine innere Unruhe finden konnte und seines Dafürhaltens nichts auf eine krankhafte seelische Störung hinweist. Wie Adam attestiert er mir eine Überreizung der Nerven, wegen der er mir Umschläge mit Ungarn-Wasser und ein Kräutertonikum verschrieben hat. Allerdings kann ich schwerlich glauben, dass sich eine solche nervliche Anspannung in derart lebhaften Sinneseindrücken manifestieren kann. Es ist für mich schwer vorstellbar, dass meine Einbildungskraft mir das Summen, die weiße Gestalt auf der Treppe und diesen unheimlichen Schrei so lebhaft vorgaukeln kann, dass ich das alles für real halte. Mein Verstand sagt mir, dass es keine Geister und gewiss eine Erklärung für diese Erscheinung gibt. Ich weiß, dass man sich in Ängste regelrecht hineinsteigern kann und man dann schnell in jedem Schatten einen Dämon und in jedem Lichtstreif einen Geist erkennt. Auch der Schlafmangel kann dazu beigetragen haben.

Und doch steht mir die Szene so deutlich vor Augen und ich kann noch immer dieses unnatürliche Kreischen und die unheimliche Melodie hören. Ich weiß auch, dass Mütter kurz nach der Geburt schwermütig werden oder irrationale Ängste entwickeln können. Möglicherweise überwältigen mich die vielen Veränderungen und die Verantwortung, die ich nicht nur für meine eigene kleine Familie, sondern auch für unsere Pächter und Angestellten trage. Sicherlich sind dies gewichtige Aufgaben, und die Entscheidungen, die ich heute als Hausherrin und Mutter treffe, sind weit folgenreicher als alles, was ich bisher im Leben zu tun hatte. Bisweilen verunsichert es mich tatsächlich, zumal Thompson noch immer nicht müde wird, mich spüren zu lassen, dass in ihren Augen die selige Lady Mulgrave meine Rolle mit so viel mehr Würde und Sachverstand ausfüllte als ich.

Im Allgemeinen jedoch bereiten mir meine Pflichten große Freude, und es erfüllt mich mit Stolz, wenn etwa die Pächter mir für Hilfe, Rat und Beistand danken oder wenn ich sehe, wie prächtig sich unser kleiner Jacob entwickelt. Es ist ein solches Glück, ihm dabei zuzuschauen, wie er sich bereits an Möbeln hochzieht. Wenn man ihn an den Händchen hält, steht er schon recht sicher auf seinen strammen Beinchen, und ich bin überzeugt, dass es nicht mehr lange dauern wird, bis er seine ersten Schritte tut. Ich werde Miss Jones anweisen, dass sie fleißig mit ihm am Gängelband übt. Kann denn ein solcher Quell der Freude die Ursache für meine innere Unruhe und diese Ängste sein?

Zunehmend belastet mich allerdings die noch immer spürbare Distanz zwischen Peterborough und mir und seine Weigerung, meine Ängste ernst zu nehmen. Nicht für einen Augenblick hat er versucht, mir Glauben zu schenken. Was ich gesehen und gehört habe, kann für ihn einfach nichts anderes sein als die Hirngespinste einer überreizten, nervösen Frau. Dabei ist er durchaus rührend um mich bemüht und bleibt nachts an meiner Seite, damit ich mich sicherer fühle. Allerdings weiß ich, dass er es nur widerstrebend tut und meine Angst für unbegründet hält. Als vernünftiger Mensch muss ich ihm zustimmen. Es ist wesentlich naheliegender, dass ich mir diese Dinge eingebildet habe, als dass sie tatsächlich Manifestationen irgendeiner übernatürlichen Präsenz sind. Und doch enttäuscht es mich, dass er nicht einmal für einen Moment den Anschein wahren kann, als glaube er mir. Dabei denke ich an Beauchamp. Mir ist durchaus bewusst, dass auch er mir nicht wirklich geglaubt hat, dennoch ist er die Stufen hinuntergestiegen und hat nachgesehen. Es hat mir geholfen, dass er wenigstens so tat, als suche er ernsthaft nach Spuren eines Eindringlings. Diese Geste rührt mich im Nachhinein. Mit schlechtem Gewissen stelle ich fest, wie oft er in meinen Gedanken ist und dass ich noch immer

keine Einladung an Fanny Watts ausgesprochen habe,
obwohl es doch mein fester Plan war, eine Verbindung
zwischen den beiden zu fördern. Ich sage mir, dass ich auch
nicht in der Verfassung für die Planung einer Gesellschaft
war und mich das Rätsel um die merkwürdigen Geräusche,
das Summen und die geisterhafte weiße Gestalt zu sehr
aufgewühlt und beschäftigt haben. Allerdings muss ich
mich insgeheim doch fragen, ob es nicht auch andere
Gründe sind, die mich davon abgehalten haben. Mich
beschleicht das Gefühl, ich könnte ihr insgeheim, tief im
Innern, eine mögliche Verbindung mit Beauchamp
missgönnen. Der Gedanke erschreckt mich, denn mir
kommen die Worte Jesu aus der Bergpredigt in den Sinn:
Ihr habt gehört, dass gesagt ist: »Du sollst nicht
ehebrechen.« Ich aber sage euch: Wer eine Frau ansieht, sie
zu begehren, der hat schon mit ihr die Ehe gebrochen in
seinem Herzen.
Ich muss mir die Frage stellen, ob es rein freundschaftliche
Zuneigung oder ob es vielmehr Begehren ist, das mich an
Beauchamp denken lässt. Ist mir Lady Sybil letztlich zur
Warnung erschienen, weil ich davor stehe, vom Pfad der
Tugend abzuweichen? Dann wieder komme ich mir
schrecklich kindisch vor, auch nur einen Gedanken an solch
einen Aberglauben zu verschwenden. Möglicherweise ist
allein dies doch ein Zeichen dafür, dass ich in der Tat
überreizt bin.
Mit großer Sorge blicke ich schon jetzt der nächsten Woche
entgegen, denn Peterborough möchte an einer
Jagdgesellschaft teilnehmen und reist deswegen für längere
Zeit zu Freunden in der Gegend von Whitby. Er hat mir
angeboten, ihn zu begleiten, aber das Wetter ist noch
immer rau, und ich will Jacob den Strapazen einer solchen

Reise nicht aussetzen. Indes möchte ich ihn auch nicht zurücklassen.

Allerdings graut mir davor, nachts allein zu schlafen. Bereits der Gedanke, noch einmal eine solche Nacht zu erleben und ganz auf mich allein gestellt zu sein, macht mir Angst. Natürlich könnte ich eine Pritsche aufstellen lassen und Nichols bitten, bei mir zu bleiben, aber was würde ich für ein Bild abgeben? Ich käme mir vor wie ein kleines Kind, das sich im Dunkeln fürchtet. Als Countess kann ich mich nicht derart zum Gespött machen. So etwas würde letzten Endes auch auf Adam zurückfallen.

Nein, ich werde tapfer sein und mich beherrschen müssen, um kein solches Bild des Jammers abzugeben.

Dabei kommt mir gerade ein wunderbarer Gedanke, was ich unternehmen kann, um mich weniger allein zu fühlen, wenn Peterborough fort ist. Der Plan gefällt mir so gut, dass ich ihn sogleich in die Tat umsetzen muss. Ich werde mich also erst später wieder der Niederschrift meiner Erlebnisse und Eindrücke widmen. Ich hoffe, dass ich dann auch wieder fröhlicher und unbeschwerter auf mein Leben blicken kann.

EINUNDDREISSIG

Samstag, 12. Oktober 1816 – Kestrel Hall

Mein lieber Leander!
Ich schreibe, um euch wissen zu lassen, dass ich gesund und sicher in Yorkshire angekommen bin. Die Reise war beschwerlich und bei anhaltendem Nieselregen und Nebel recht ungemütlich. Von einem goldenen Oktober kann man wohl dieser Tage nur mehr träumen. Entschädigt wurde ich allerdings durch die Querung des Humber auf der PS Albion, einem hochmodernen Raddampfer! Oh, ich weiß, du hättest deine helle Freude daran gehabt, dieses Wunderwerk in Betrieb zu sehen. Zwar habe ich die neuen Dampfschiffe in London auf der Themse gesehen, doch wahrhaftig auf einer solchen Maschine über die Wasser getragen zu werden, ist ein erhebendes Gefühl. Es zeigt, wie der menschliche Geist auch den Widrigkeiten der Natur zu trotzen imstande ist und immer wieder neue Früchte hervorbringt, die uns über bloßen animalischen Überlebenskampf emporheben und zu Schöpfern machen. Es erfüllt mich mit Ehrfurcht, die Möglichkeiten des menschlichen Erfindergeistes zu sehen, aber auch mit Bedenken. Denn dieselben kreativen Gaben werden wohl leider nicht nur zum Wohle der Menschheit ihren Einsatz finden. Der Krieg auf dem Kontinent liegt noch nicht lange zurück, und man kommt nicht umhin, sich zu fragen, wie es Vizeadmiral Nelson bei Trafalgar gegangen wäre, hätte der Gegner dampfbetriebene Schiffe gehabt.

Nun, es ist müßig, darüber nachzudenken, indes ein Erlebnis war es, an das ich gewiss noch lange zurückdenken werde.

Ja, lieber Bruder, ich weiß, dass du diese Zeilen voller Ungeduld liest, weil du auf Nachricht über unsere Freundin Marguerite wartest. Und ich werde deinem Verlangen entsprechen, jedoch nicht ohne zum wiederholten Male mahnende Worte an dich zu richten. Mir ist bewusst, dass du meine wohlmeinenden Warnungen ein ums andere Mal als Belästigung empfindest und es dir lieber wäre, ich schwiege. Wisse jedoch, dass es einzig die Sorge um dein Wohl ist, die mich umtreibt. Als Schwester ist es schwer zu ertragen, mit anzusehen, wie sich der Bruder unglücklich macht. So viele Male habe ich es bereits gesagt, dass ich wünschte, du hättest Vernunft angenommen und Katherine Bishop geheiratet. Ich bin sicher, du wärest mit ihr gewiss glücklicher geworden als du es jetzt bist.

Allerdings weiß ich auch, wie wenig Sinn es hat, dich aus deinem selbst gewählten Unglück herausreißen zu wollen und wie wenig Beachtung du meinen Worten schenken wirst.

In deinem Hang, das Gefühl dem Verstande vorzuziehen, das muss ich anerkennen, gleichst du Marguerite vollkommen. Und es erscheint mir wie Ironie, dass gerade euer beider Fähigkeit, mit Leib und Seele in Empfindungen einzutauchen wie in ein Bad, euch in der Tat zu verwandten Seelen macht.

Wenn ich dir nun von Marguerite berichte, so bitte ich dich inständig, dich nicht aufzuregen und besonnen zu bleiben. Denn ihr Zustand macht mir Sorge. Sie ist dünn und blass, und sie klagt über Schwindel und innere Unruhe. Sie wirkt nervös, und ich frage mich, was die Ursache dafür sein könnte. Für mich sprechen die Anzeichen eher für ein seelisches Leiden als für eine ernsthafte Krankheit, und die ärztlichen Untersuchungen bestätigen meinen Eindruck.

Als sie mich bat, ihr während Peterboroughs Abwesenheit Gesellschaft zu leisten, hielt ich es für eine gewöhnliche Einladung, doch nun beschleicht mich das Gefühl, dass diese Bitte eher einer Art Hilferuf gleichkommt.

Sie machte Andeutungen, dass sie sich auf Kestrel Hall fürchtet und ihr die nächtlichen Geräusche im Haus unheimlich sind. Zwar scherzte sie darüber und versuchte, eine tapfere Miene aufzusetzen, doch es war zu spüren, dass sie in der Tat tief verstört zu sein scheint. Sie erzählte wieder von dieser Spuklegende, dem Geist einer weißen Frau, der im Haus umgehen und leise summen soll. Du erinnerst dich vielleicht, dass sie in ihren Briefen Andeutungen darüber gemacht hat. Die Art und Weise, wie sie mir diese Legende darlegte, war eigenartig. Es klang, als mache sie sich darüber lustig, doch gleichsam war ein gewisses Grauen davor bei ihr zu verspüren.

Kannst du dir vorstellen, dass unsere Marguerite sich von Spukgeschichten ängstigen lässt? Natürlich hat sie schon immer den Hang gehabt, sich schnell zu begeistern oder aufzuregen. Sie ist recht emotional, und doch habe ich sie in solchen Fragen stets als besonnen und vernünftig erlebt. Ich bin allerdings erst einen Tag im Haus und kann nur meine oberflächlichen Eindrücke wiedergeben. Ich muss mir erst einen tieferen Einblick verschaffen und kann dir erst zu einem späteren Zeitpunkt meine Beobachtungen detaillierter darlegen. Sie sagte, der Arzt habe ihr etwas »für die Nerven« verschrieben. Ich nehme dies als einen Hinweis, dass dieser Zustand schon länger besteht.

Indes scheint meine Anwesenheit ihr gutzutun, also hoffe ich, dass es nur eine temporäre Verstimmung ist. Auch wenn das Wetter weiterhin trüb und ungemütlich ist, haben wir uns vorgenommen, regelmäßige Spaziergänge zu unternehmen. Die Landschaft ist von einer rauen Schönheit, und ich freue mich darauf, die Umgebung zu erkunden und dir davon zu berichten.

Der kleine Jacob jedenfalls ist eine wahre Wonne und bereitet seiner Mama und mir große Freude. Ein fröhliches und kräftiges kleines Bürschchen. Es wäre zu wünschen, dass er nicht lange ohne Geschwister bleibt, allerdings bin ich nicht sicher, ob ich Marguerite in ihrem derzeitigen Zustand eine weitere Schwangerschaft und Geburt würde zumuten wollen.

Ich habe davon gehört, dass die Geburt eines Kindes bei der Mutter Ängste und Verstimmungen bis hin zu schwerer Melancholie auslösen kann. Aber Jacob ist nun zehn Monate alt. Sollten sich solche Beschwerden nicht mit der Zeit abschwächen?

Ich äußere meine Eindrücke und Befürchtungen selbstverständlich im festen Vertrauen auf deine Diskretion und Verschwiegenheit und bitte dich inständig, in dieser Hinsicht nichts zu unternehmen, bis wir nicht einen klareren und umfassenderen Eindruck der Lage erworben haben.

Ich grüße und küsse dich,
Deine Schwester Emmeline

ZWEIUNDDREISSIG

**_Sonntag, 13. Oktober 1816 – Pfarrkirche St Oswald,
Flamborough_**

Marguerite war froh, der steinernen Kühle der Kirche
zu entkommen, denn trotz des warmen Mantels war
sie bis auf die Knochen durchgefroren. Sie fühlte sich
schwach und zittrig, und ihr Kopf schmerzte, als sei
eine Erkältung im Anzug. Vermutlich war es jedoch der
Mangel an Schlaf und Erholung, der letztlich seinen
Tribut forderte. Die Sonne hatte sich durch die Wolken
gekämpft und schickte kräftige Strahlen auf die
Kirchgänger hinab. Marguerite blieb einen Augenblick
stehen, um die wohltuende Wärme zu genießen, und
wandte ihr Gesicht der Sonne zu.

»Herrlich, nicht wahr? Man muss sich dieser Tage
über jede einzelne Sonnenstunde freuen.«

»Du hast recht. Nach diesem Sommer könnte man
befürchten, die Sonne sei für immer erloschen«, seufzte
Emmeline.

Die Oktobersonne jedoch war nicht der einzige
Grund, warum Marguerite hinter den übrigen
Kirchgängern zurückblieb. Die Pfarrkirche St Oswald
war auf einer leichten Anhöhe gelegen, und Mr
Beauchamp hatte es sich zur Gewohnheit gemacht,
nach dem Gottesdienst beim Kirchhoftor am unteren
Ende des Weges zu warten, um seine Schäfchen zu
verabschieden und ihnen einen gesegneten Sonntag zu
wünschen. Und Marguerite musste sich in diesem
Augenblick eingestehen, dass es sie mehr zu ihm

hinzog als ihr lieb war. Außerdem brannte sie natürlich darauf, ihn Emmeline vorzustellen, denn sie war gespannt auf das Urteil ihrer Freundin, die in ihrer Einschätzung neuer Bekanntschaften meist nüchterner – man mochte sagen unbarmherziger – war.

»Lass uns noch einen Augenblick warten, bis sich die Menge etwas zerstreut, ich möchte dir Mr Beauchamp vorstellen.« Sie hatte leise gesprochen, darum bemüht, dass sie niemand hörte.

»Ich bin sehr gespannt, ihn kennenzulernen«, flüsterte Emmeline, »nachdem ich bereits so viel über ihn gelesen habe.«

Marguerite bot Emmeline den Arm und schlenderte gemessenen Schrittes den Weg entlang auf das Tor zu.

»Ich wünsche einen gesegneten Sonntag, Lady Peterborough. Auf Kestrel Hall sind hoffentlich alle wohlauf?«

»Ja, vielen Dank, Mr Beauchamp. Darf ich Ihnen meine alte Freundin Miss Emmeline Hayward vorstellen? Sie leistet mir für zwei Wochen Gesellschaft, während Peterborough in Whitby weilt. Emmeline, Mr Timothy Beauchamp, unser neuer Gemeindepfarrer und ein Jugendfreund von Peterborough.«

»Miss Hayward.« Beauchamp lächelte und verneigte sich. »Es ist mir eine Freude, Sie kennenzulernen.«

»Die Freude ist ganz meinerseits, Mr Beauchamp. Die Predigt war sehr bewegend.«

»Vielen Dank. Es freut mich ganz außerordentlich, dass Sie das sagen. Bisweilen fürchtet man, ins Salbadern zu geraten.«

Marguerite warf einen Blick zum Himmel.

»Ich denke, wir werden Johnson mit dem Wagen vorausschicken und zu Fuß heimlaufen. Was meinst du, Emmeline? Wir sollten den Sonnenschein ausnutzen.«

»Eine hervorragende Idee. Ein Spaziergang wird uns beiden guttun.«

»Erlauben die Damen, dass ich Sie ein Stück des Weges begleite?«

Obwohl er die Frage an beide gerichtet hatte, ruhte Beauchamps Blick auf Marguerite, als warte er auf ein Zeichen von ihr. Sie vermutete, ihm könnten ebenfalls Zweifel ob der Natur ihrer Bekanntschaft gekommen sein, und nun wollte er sich quasi vergewissern, dass sie seinen Vorschlag nicht für ungehörig oder unpassend hielt. Und auch wenn sie sich eingestehen musste, dass sie möglicherweise mehr als bloße freundschaftliche Zuneigung zu ihm gefasst hatte, sah sie keinen Grund, warum er sie nicht hätte begleiten sollen. Schließlich war sie nicht allein.

»Sehr gerne, Mr Beauchamp. Unser Weg führt ohnehin am Pfarrhaus vorbei.«

Marguerite erinnerte sich noch gut an den Tag, als sie das hübsche Cottage inmitten des verwilderten Grundstücks zum ersten Mal entdeckt hatte.

»Da ich noch nicht das Vergnügen hatte, Ihre Bekanntschaft zu machen, nehme ich an, Sie sind zu Besuch auf Kestrel Hall, Miss Hayward? Kennen Sie Lady Peterborough aus London?«

»Mit Ihrer Vermutung liegen Sie in beiden Fällen richtig, Mr Beauchamp. Lady Peterborough und ich sind schon seit früher Jugend Freundinnen, und sie lud mich ein, ihr auf Kestrel Hall Gesellschaft zu leisten, während seine Lordschaft sich in Whitby aufhält.«

»Jugendfreundschaften, welche die Jahre überdauern, sind ein unschätzbares Gut«, erklärte Beauchamp mit einem verschmitzten Lächeln und setzte für Emmeline hinzu: »Wie Lady Peterborough bereits andeutete, verbindet mich eine ebensolche mit seiner Lordschaft. Womöglich wissen Sie, dass Peterborough hier in Yorkshire bei seiner Großmutter aufgewachsen ist. Als er in den Süden zurückkehrte, haben wir uns leider aus den Augen verloren, daher bin ich froh, dass er sich entschlossen hat, mit seiner reizenden Familie zurückzukehren und Kestrel Hall mit neuem Leben zu füllen.«

»Wie ich hörte, sind auch Sie erst vor kurzem wieder in die Heimat zurückgekehrt?«, fragte Emmeline.

Beauchamp warf Marguerite einen belustigten Blick zu. »Ich stelle fest, Sie sind bereits bestens über alles informiert, was hier geschieht, Miss Hayward. Ja, ich habe in Oxford studiert und zunächst eine Weile in London gelebt, bis ich vor kurzem hierherkam. Ich nehme an, Sie haben auch gehört, wie ich der Militärlaufbahn entronnen bin, die meine Familie für mich geplant hatte und wie ich schließlich an diese Pfarrstelle kam.«

Emmeline lachte. »In der Tat, Mr Beauchamp. Ich hoffe, Sie möchten es meiner Freundin nicht als Geschwätzigkeit auslegen. Sie führt tatsächlich gewissenhaft Korrespondenz und lässt mich an allen Neuigkeiten teilhaben.«

»Nichts läge mir ferner, als Ihre Ladyschaft der Geschwätzigkeit zu zeihen, liebe Miss Hayward, im

Gegenteil. Es ist mir ein Vergnügen und eine Ehre zu hören, dass ich in Ihrer Korrespondenz freundliche Erwähnung fand.« Mit einem schelmenhaften Lächeln sah der junge Pfarrer zu Marguerite hinüber.

Fast hatten sie das Pfarrhaus erreicht, und sie bemerkte, wie sie unwillkürlich ihre Schritte verlangsamte, um die Unterhaltung nicht so rasch enden zu lassen.

»Sie haben recht, Mr Beauchamp. Gute Freunde sind ein Segen. Es ist ein Glück, dass Peterborough in der Lage war, Ihnen die Pfründe zu überlassen, damit Sie Ihrer Berufung folgen können. Dass die Kirche Ihre Berufung ist, davon bin ich nach dem Besuch Ihres Gottesdienstes fest überzeugt.« Sie waren am Gartentor des Pfarrhauses angekommen, wo Beauchamp stehen blieb.

»Dieses Kompliment rührt mich sehr. Ich darf mich nun verabschieden. Es war mir eine große Freude Sie kennenzulernen, Miss Hayward.«

»Ich freue mich zu sehen, wie das Pfarrhaus und der Garten mit der Zeit immer wohnlicher und schöner werden«, stellte Marguerite fest. »Sie waren doch in einem recht traurigen Zustand.«

»Dieses Haus war der Rettungsanker, der mich vor einer ungewünschten Karriere bewahrte, und wird nun auch äußerlich immer mehr zu meinem Zuhause und meiner Zuflucht«, sagte Beauchamp und suchte Marguerites Blick, bevor er fortfuhr, »und ich weiß, dass Sie eine entscheidende Rolle darin gespielt haben, dass mir dieses Glück zuteilwurde, Mylady. Ich hoffe, Sie wissen, wie dankbar ich Ihnen bin.«

»Oh, Sie überschätzen meinen Einfluss, Mr Beauchamp«, wehrte Marguerite ab, auch wenn sie genau wusste, dass er recht hatte. Ohne ihr Zureden hätte Peterborough diese Entscheidung vermutlich nie getroffen.

»Auch wenn Sie es kleinreden, so weiß ich doch genau, was ich Ihnen zu verdanken habe. Sollten Sie jemals meine Hilfe benötigen, ganz gleich wann oder in welcher Art, lassen Sie es mich wissen.«

DREIUNDDREISSIG

»Hörst du mir überhaupt zu, Marguerite?« Emmeline sah von ihrer Stickerei auf. Sie hatten sich nach dem Dinner in den Salon zurückgezogen, und sie hatte begonnen, munter über ihre Begegnung mit Mr Comerford zu plaudern und ihre Hoffnung, dass er bald um ihre Hand anhalten würde. Entgegen ihrer Gewohnheit stellte Marguerite keinerlei Fragen oder zeigte sich in irgendeiner Weise besonders interessiert an der Erzählung. Dies war nicht die Marguerite, die Emmeline kannte. Die hätte nicht locker gelassen, bis die Freundin ihr Comerford bis ins kleinste Detail beschrieben und ihr sämtliche Unterhaltungen Wort für Wort dargelegt hätte. Sie hätte Anteil genommen an allem, was ihre Freundin bewegte und gemeinsam mit ihr Comerfords Worte seziert und genauestens auf versteckte Hinweise für seine Absichten ihr gegenüber geprüft. Doch Marguerite hatte schweigend zugehört und nur hin und wieder durch ein Geräusch der Zustimmung signalisiert, dass sie überhaupt noch zuhörte. Als Emmeline nun zu ihrer Freundin hinübersah, erschrak sie für einen Augenblick.

Marguerite hatte ihre Häkelarbeit in den Schoß sinken lassen und starrte mit einem fiebrig wirkenden Blick geradeaus. Sie schien die hölzerne Aufsatztafel über dem Kamin mit ihren Schnitzereien zu betrachten.

Emmeline folgte ihrem Blick. Sie hatte den abgebildeten Figuren bisher keine Aufmerksamkeit geschenkt. Aber nun erkannte sie, dass es sich bei der Darstellung um ein *Memento mori* handelte. Diese künstlerischen Ermahnungen, sich der eigenen Sterblichkeit stets bewusst zu bleiben, waren im siebzehnten Jahrhundert, als Kestrel Hall erbaut worden war, sehr beliebt gewesen. Die Aufsatztafel war aus Eichenholz gefertigt und zeigte in der Mitte ein geflügeltes Skelett mit erhobener Sense, um die sich eine Schlange wand. Es schien zu tanzen, und unter seinen Füßen waren verschiedene Insignien weltlicher Macht zu erkennen: eine päpstliche Tiara, Schwerter, ein Lorbeerkranz und eine Königskrone. Zu seiner Linken waren jene abgebildet, die auf Eingang in die himmlische Herrlichkeit hoffen durften, denn über ihnen schwebte ein Engel mit Posaune. Auf der rechten Seite, von einem geflügelten Teufel oder Dämon bedroht, befanden sich die Elenden, die ewige Verdammnis zu befürchten hatten.

Emmeline schauderte. Wie konnte man sich so ein grausiges Bildnis freiwillig über den Kamin hängen? Marguerite schien es wie gebannt zu betrachten. Sie sah schrecklich blass aus, und Emmeline bekam es mit der Angst zu tun.

»Marguerite? Geht es dir gut?« Sie legte ihr Stickzeug beiseite und erhob sich, als Marguerite plötzlich wie aus einer Trance zu erwachen schien und ihr den Blick zuwandte.

»Bitte? Ja ja, selbstverständlich. Es ist alles gut. Ich bin nur ein wenig müde.« Sie lächelte schwach. »Aber erzähle mir doch von Comerford. Ich bin sicher, er wird bald um deine Hand anhalten. Du musst mir alles ganz genau erzählen.«

Emmeline runzelte die Stirn. Marguerite hatte also tatsächlich nicht zugehört und war offenbar bemüht, ihre Unaufmerksamkeit zu überspielen. Es war regelrecht unheimlich, wie sehr ihre Freundin sich seit ihrem letzten Wiedersehen verändert hatte, und es fiel Emmeline schwer, sich vorzustellen, was diese Veränderung bewirkt haben mochte. War die Ursache in ihrer Ehe mit Peterborough zu suchen? Sie vermochte wohl zwischen den Zeilen zu lesen, und auch wenn die Freundin in ihren Briefen nicht über zarte Andeutungen hinausgegangen war, so glaubte sie doch zu wissen, dass Marguerite nicht ausnahmslos glücklich war. Aus ihren Worten hatte sie herausgelesen, dass sie sich oft alleingelassen und isoliert fühlte und dass es ihr widerstrebt hatte, hierher nach Yorkshire zu kommen und auf Kestrel Hall zu leben. Doch was hatte sie so ängstlich und nervös werden lassen? Gab es Dinge, die Marguerite ihr verschwiegen hatte? Konnte es sein, dass Peterborough ihr in irgendeiner Form Gewalt angetan hatte? Allerdings wollte sie nicht in wilde Spekulationen und Verdächtigungen verfallen. Was auch immer es war, es schien mit diesem Haus zusammenzuhängen, über dem – das musste auch Emmeline sich eingestehen – etwas Unheimliches zu schweben schien. Obwohl sie nicht besonders anfällig für derlei Empfindsamkeiten war, verspürte auch sie eine gewisse Beklemmung und ein Gefühl wie eine düstere Vorahnung, dass irgendetwas Schreckliches geschehen könnte. Vermutlich war dieses Gefühl innerer Unruhe in erster

Linie auf ihre Sorge um Marguerite zurückzuführen, doch sie musste zugeben, dass auch ihr dieses Haus unheimlich war. Mit seiner verwinkelten Architektur, den alten, knarzenden Holzdielen, den geschnitzten Figuren und Ahnenporträts, die einen überall anzustarren schienen, war es kein Ort, der dazu angetan war, sich sicher und geborgen zu fühlen.

Emmeline ließ sich neben Marguerite auf dem Sofa nieder und legte ihr die Hand auf den Arm.

»Ich werde dir ein anderes Mal davon erzählen, ich finde, wir sollten zunächst über dich sprechen. Verzeih meine Offenheit, aber du wirkst abwesend und verängstigt.«

»Es ist nichts Ernstes, Emmy. Bitte sorge dich nicht. Ich bin nur etwas erschöpft«, wehrte Marguerite ab, doch Emmeline wollte so schnell nicht aufgeben.

»Bitte, Marguerite. Ich bin deine beste und älteste Freundin. Mir musst du kein Theater vorspielen. Ich sehe doch deutlich, dass dich etwas belastet. Wenn du doch nur mehr Zutrauen zu mir hättest, ich könnte dir helfen.«

Marguerite hatte die Lippen fest aufeinandergepresst und schien mit sich zu ringen. Sie senkte den Blick auf die Handarbeit auf ihrem Schoß und betrachtete sie, als sähe sie diese zum ersten Mal.

»O Emmeline, ich habe solche Angst«, flüsterte sie schließlich. »Ich weiß nicht, was mit mir geschieht. Dieses Haus macht mich krank. Es ist so voller Geräusche, finsterer Winkel und alter Geheimnisse.«

Emmeline schluckte. Auch sie hatte schließlich die beklemmende Atmosphäre bemerkt, doch zum ersten

Mal kam ihr der beunruhigende Gedanke, Marguerite könnte tatsächlich ernsthaft seelisch erkrankt sein.

»Bitte sage mir, dass ich nicht verrückt bin, Emmy. Bitte sag, dass du es auch unheimlich findest.« Marguerites flehender Blick brach ihr fast das Herz.

»Es ist in der Tat etwas düster und unheimlich«, versuchte sie, die Freundin zu beruhigen. »Allerdings mache ich mir große Sorgen um dich. Du wirkst verstört. Gerade eben schienst du meilenweit entfernt.«

Marguerite nickte und deutete zu der Aufsatztafel über dem Kamin. »Der Schnitter Tod. Für einen Augenblick war mir, als sehe er mich direkt an. Wie er tanzt und über uns lacht. Und die armen Leute, ihre verzweifelten Blicke – und doch können sie ihm nicht entrinnen.«

»Es ist doch nur ein Bildnis, Marguerite.« Emmeline runzelte die Stirn. »Was ist nur los mit dir, was macht dir solche Angst?«

Wieder zögerte die Freundin einen Augenblick, schließlich jedoch legte sie die Häkelarbeit zur Seite und wandte sich Emmeline zu.

»Versprich, dass du mich nicht auslachst und dass du mit niemandem darüber sprichst.« Emmeline nickte und sah sie abwartend an.

»Seit einiger Zeit höre ich nachts unheimliche Geräusche. Zuerst waren es Schritte in der Galerie über mir, dann ein Klopfen und ein Kratzen, das klingt, als hocke jemand hinter der Wand und begehre Einlass. Doch da war niemand. Eines Nachts hörte ich dann ein Summen. Ganz leise, man konnte es nur hören, wenn man absolut still war. Doch es war eindeutig eine Melodie.«

»Vielleicht eines der Dienstmädchen oder ein anderer Angestellter«, mutmaßte Emmeline.

»Das habe ich zunächst auch gedacht, doch die Unterkünfte der Angestellten liegen im Dachgeschoss auf der anderen Seite der Galerie. Es ist eher unwahrscheinlich, dass Geräusche von dort bis in mein Schlafzimmer dringen.«

»Aber du glaubst doch nicht, dass es tatsächlich diese weiße Frau ist, von der du geschrieben hast. Diese Lady ...«

»Lady Sybil.« Marguerite senkte die Stimme und beugte sich näher zu Emmeline. »Aber ich habe sie gesehen, Emmy. Sie ist mir auf der Treppe erschienen. Eine weiße Gestalt. Ich habe sie so deutlich gesehen wie du jetzt vor mir sitzt. Aber es ging alles so schnell. Und dann war da noch dieses entsetzliche Kreischen. Es fällt mir schwer, zu glauben, dass ein Mensch imstande ist, so ein Geräusch zu machen.«

»Du hast sie gesehen?« Ungläubig sah Emmeline Marguerite an. Fast erwartete sie, die Freundin würde jeden Moment in Gelächter ausbrechen und ihr eröffnen, dass es ein Ulk sei, doch ihr Gesicht war absolut ernst und unbewegt. Wenn sie der Sache auf den Grund gehen wollte, musste sie Marguerite unvoreingenommen zuhören. Sie nahm deren Hände und ließ sich die Vorkommnisse ausführlich schildern.

Als Marguerite mit ihrer Erzählung geendet hatte, wusste Emmeline nicht recht, was sie darauf entgegnen sollte. Es klang alles zu fantastisch, um es glauben zu können, und doch konnte kein Zweifel bestehen, dass Marguerite vollkommen überzeugt davon war, dass sie sich die Erscheinung und die Geräusche nicht eingebildet hatte.

»Und du glaubst, es handelt sich tatsächlich um den Geist von Lady Sybil?«

»Ich weiß doch, Emmeline. Ich weiß, wie es sich anhört. Du musst glauben, ich habe den Verstand verloren. Und ehrlich gesagt, manchmal befürchte ich dasselbe. Was, wenn es wirklich Trugbilder meiner Seele sind, Emmy?« Sie konnte Tränen in den Augen ihrer Freundin schimmern sehen. »Es ist schrecklich, nicht zu wissen, ob man den eigenen Sinnen trauen kann. Was soll ich denn nur tun?«

»Ehrlich gesagt finde ich darauf auch keine Antwort, Marguerite. Es kann nicht leicht gewesen sein, dich mir anzuvertrauen, und ich verspreche dir, dass alles, was du mir dargelegt hast, bei mir absolut sicher ist.« Sie schenkte Marguerite ein aufmunterndes Lächeln. »Allerdings muss ich gestehen, dass ich auch keinen Rat weiß. Du solltest noch einmal mit Peterborough darüber sprechen.«

»Das habe ich doch bereits versucht, aber er glaubt, ich sei lediglich nervös und steigere mich in etwas hinein. Und zugegeben, ich bekomme mehr und mehr den Eindruck, er könnte recht haben.«

Emmeline dachte angestrengt nach. Es war durchaus möglich, dass Marguerite sich in eine Art Wahn verrannt hatte. Sie hätte durch ihren Charakter durchaus die Disposition dazu. Als Freundin musste sie sich allerdings fragen, wie sie Marguerite in dieser Lage am besten helfen konnte, und sie kam zu dem Schluss, dass es wichtig war, sie zu beruhigen und ihre Ängste ernst zu nehmen.

»Wenn es dich beruhigt, werde ich heute Nacht bei dir bleiben«, sagte sie.

Marguerite runzelte die Stirn. »Was würden die Leute denken? Ich käme mir schrecklich albern vor.«

»Wenn du meinst ... aber du kannst mich jederzeit wecken oder zu mir kommen, hörst du? Und morgen werden wir Nachforschungen anstellen, was die Legende um Lady Sybil betrifft. Gewiss gibt es in der Bibliothek eine Familienchronik, einen Stammbaum oder etwas Derartiges. Wenn es eine Geistererscheinung auf Kestrel Hall gibt, werden sich auch Berichte darüber finden lassen.«

Sie war sich nicht ganz sicher, ob es gut war, Marguerite in ihrem Glauben an diesen Spuk zu bestärken, doch das dankbare Lächeln ihrer Freundin schien ihr recht zu geben.

VIERUNDDREISSIG

Als Marguerite erwachte, fühlte sie sich seit langer Zeit erstmals wieder ausgeruht. Das Gespräch mit Emmeline hatte ihr so gutgetan, dass sie keine Schwierigkeiten gehabt hatte, in den Schlaf zu finden und sie zum ersten Mal seit Wochen wieder bis zum Morgen durchgeschlafen hatte. Noch immer verspürte sie einen leichten Schwindel, doch sie fühlte sich kräftiger und zuversichtlicher als zuvor. Allein dass Emmeline ihre Ängste nicht abgetan und sie rundheraus für verrückt erklärt hatte, war eine Erleichterung. Es war wohltuend gewesen, sich die Sorgen, Nöte und Befürchtungen von der Seele zu reden. Auch wenn sie wusste, dass ihre äußerst besonnene Freundin gewiss keine Sekunde daran geglaubt hatte, dass an der Spuklegende um Lady Sybil etwas Wahres sein könnte, so tat es doch gut, dass sie es sich nicht anmerken ließ. Es erinnerte sie an Beauchamp, der eigens mit der Lampe die Treppe hinuntergestiegen war, um nach Spuren der geisterhaften Erscheinung zu suchen.

Nach dem Frühstück machten sie sich gleich daran, in der Bibliothek nach Hinweisen auf Lady Sybil zu forschen. Es war gut, eine Aufgabe zu haben und den Geist wieder mit etwas anderem zu beschäftigen als der Frage, ob sie langsam verrückt würde. Nach kurzem Suchen stieß Marguerite auch gleich auf ein schmales handgeschriebenes Bändchen, das offenbar eine Art

Familienchronik enthielt, die bis in die Tudorzeit zurückreichte.

»Hier!«, rief sie. »Das könnte ein Anfang sein. Wie ich sehe, gibt es hier einige Stammbaumtafeln und einen Abriss über die Familiengeschichte. Offenbar hat sich Lord Mulgrave, Peterboroughs Großvater, ausführlich mit der Genealogie seiner Familie beschäftigt.«

Emmeline trat hinzu und blickte über ihre Schulter, während sie versuchte, die umständliche und teils verblichene Handschrift zu entziffern.

»Da! Lady Sybil Philippa Beatrice Goodrington. Geboren am 26. September 1585, gestorben am 8. Dezember 1627. Sechs Kinder, davon offenbar drei recht früh verstorben.«

»Und der Ehemann?«, wollte Emmeline wissen.

»Lord Tobias Reignold Henry Goodrington. Geboren im April 1568, gestorben am 13. August 1627, etwa ein Jahr nach der Geburt des jüngsten Sohnes.«

»Hm«, machte Emmeline. »Daran erscheint mir nichts Ungewöhnliches.«

»Lord Tobias starb etwa vier Monate vor seiner Frau. Die Daten widersprechen jedenfalls nicht der Legende.«

»Allerdings war er auch siebzehn Jahre älter als Lady Sybil«, gab Emmeline zu bedenken. »Keiner von beiden ist verdächtig jung gestorben. Im Gegenteil, mit 59 Jahren hat er für die damalige Zeit doch ein recht stolzes Alter erreicht und sie wurde immerhin 43.«

»So kommen wir nicht weiter.« Marguerite seufzte. »Lass mich sehen, ob hier noch etwas über sie steht.«

Schweigend überflogen sie die Zeilen.

»Nein. Nichts, das die Legende bestätigen würde«, sagte Marguerite schließlich. »Hier steht nur, dass sie offenbar den katholischen Rekusanten nahegestanden, katholische Geistliche, aber auch Aufwiegler versteckt haben sollen.«

»Glaubst du nicht auch, dass so etwas Dramatisches wie ein Mord und eine Hinrichtung in einer solchen Chronik Erwähnung finden würden?«, fand Emmeline. »Möglicherweise hat sich Lady Mulgrave diese Geschichte tatsächlich nur ausgedacht, um eine Schreckgestalt zu haben, mit der sie ihrem Enkel drohen konnte. Es klingt doch reichlich melodramatisch, nicht?«

»Es könnte allerdings auch sein, dass ein Chronist im Interesse der Familie eine derartige Schandtat zu verschleiern suchte«, gab Marguerite zu bedenken. »Wer hat schon gern eine Mörderin in der Ahnentafel? Außerdem bin ich sicher, dass ich *Scarborough Fair* gehört habe.«

Emmeline biss auf ihrer Unterlippe herum und schien nachzudenken.

»Könnte es nicht auch sein, dass jemand die Legende kennt und sich einen Spaß erlaubt?«

»Das wäre ein reichlich geschmackloser Spaß, findest du nicht?«

»Das ist wahr, doch ich würde es nicht vollkommen ausschließen. Gibt es jemanden, der Grund hätte, dir übel mitzuspielen?«

Marguerite dachte angestrengt nach, jedoch konnte sie sich nicht vorstellen, dass sie Anlass dazu gegeben hatte, ihr schaden zu wollen. Sie behandelte die Angestellten mit Respekt und hatte darüber hinaus erst wenige Bekanntschaften hier gemacht und sich mit niemandem gestritten.

»Nein. Das kann ich mir beim besten Willen nicht vorstellen.«

»Möglicherweise eine Frau, die sich Hoffnungen darauf gemacht hat, an deiner Stelle zu sein?«, überlegte Emmeline.

»Soweit ich weiß, hatte Peterborough keinerlei Heiratsabsichten. Seine Mutter hat die Verbindung ursprünglich aufgrund der schwierigen finanziellen Lage der Familie vorgeschlagen.« Sie hielt inne, während ihr bewusst wurde, was Emmeline andeuten wollte.

»Himmel, Emmeline! Jetzt weiß ich, was du sagen möchtest. Es könnte eine Frau gegeben haben, die sich berechtigte Hoffnungen auf Peterborough gemacht hatte und diese zerstört sah, als die selige Lady Peterborough die bittere Finanznot der Familie aufdeckte und ihren Sohn zur Heirat mit einer wohlhabenden Frau drängte.«

»Ich glaube nicht, dass es zwingend so ist«, beschwichtigte Emmeline. »Es ist lediglich eine Möglichkeit, die wir in Betracht ziehen sollten. Eine Rivalin, die ihr zukünftiges Glück durch eine Vernunftheirat jäh zerstört sieht, hätte möglicherweise Grund, dich zu quälen. Es könnte ein Versuch sein, dich aus dem Haus zu jagen oder einen Keil zwischen Peterborough und dich zu treiben.«

Marguerite sah Emmeline an. Es klang zwar ungeheuerlich, doch mochte es eine vollkommen rationale und plausible Erklärung für die eigenartigen Vorkommnisse sein. Nur zu gern würde sie sich an diese Vermutung klammern, bedeutete sie doch, dass sie nicht an ihrem Verstand zu zweifeln brauchte.

Emmelines Miene erhellte sich, als ihr offenbar ein Gedanke kam.

»Beauchamp! Beauchamp kennt Peterborough noch von früher. Er könnte doch etwas wissen.« Sie machte eine Pause. »Hattest du nicht ohnehin den Verdacht, es könne bei den Unstimmigkeiten zwischen den beiden um eine Frau gegangen sein?«

»Richtig. Das war meine Vermutung. Aber es wäre eine unglaubliche Indiskretion, ihn direkt danach zu fragen, findest du nicht?«

»Ich gebe dir recht. Außerdem fürchte ich, er würde dir die Wahrheit schon aus Rücksicht auf Peterborough ohne dessen ausdrückliche Zustimmung kaum enthüllen«, gab Emmeline zu bedenken. »Aber etwas Besseres fällt mir im Augenblick auch nicht ein. Wir könnten ihn ganz allgemein um Rat fragen. Er war schließlich im Haus, als du diese Gestalt gesehen hast und weiß, wie sehr es dich aufgewühlt hat.«

»Im Augenblick sieht es noch recht freundlich aus, wir könnten einen Spaziergang in den Ort unternehmen. Wir kämen ohnehin am Pfarrhaus vorbei«, schlug Marguerite vor.

»Eine gute Idee. Frage doch Miss Jones, ob sie und Jacob uns begleiten mögen. So wäre es noch unauffälliger, und es ergäbe sich leichter die Möglichkeit für dich, unter vier Augen mit Beauchamp zu sprechen, ohne Anstoß zu erregen.«

»O Emmeline, das ist ein hervorragender Gedanke! Ich bin so froh, dich an meiner Seite zu haben«, rief Marguerite. »Komm, wir wollen sie gleich fragen.«

Als sie die Bibliothek gerade verlassen wollten, klopfte es. Sturgess brachte einen Brief für Emmeline.

»Nanu? Ist es nicht ein wenig früh für Post?«, wunderte sich Marguerite und sah neugierig zu Emmeline, die den Brief irritiert betrachtete. »Ist der Brief von Comerford?«

»Nein.« Emmeline schüttelte den Kopf. »Nur eine Freundin. Ich werde ihn später lesen.«

Damit ließ sie den Brief in ihrer Rocktasche verschwinden, und Marguerite wurde das Gefühl nicht los, dass Emmeline etwas vor ihr zu verbergen suchte.

FÜNFUNDDREISSIG

»Master Jacob hat unsere Ausflüge offenbar auch vermisst«, stellte Miss Jones lächelnd fest. »Immer nur im Spielzimmer zu sein, gefällt dir überhaupt nicht. Da bist du froh, dass die liebe Sonne ihr Gesicht wieder einmal zeigt, nicht wahr, mein Liebling?«

Wie zur Bestätigung krähte Jacob fröhlich vor sich hin, während er wie ein kleiner König, auf weiche Kissen gebettet, in seinem Wägelchen thronte und den Blick neugierig mal hierhin, mal dorthin wandte.

Zärtlich strich Marguerite, die neben ihm lief, über seine Wange, was ihm ein erfreutes Gurren entlockte.

Die Frauen hatten die Wegbiegung umrundet, als sie vor sich auf dem Pfad aus der Entfernung einen Mann in dunkler Jacke und hellen Hosen erkannten, der in ihre Richtung hügelaufwärts lief.

Marguerite kniff die Augen zusammen, um zu erkennen, wer es war, der ihnen dort entgegenkam.

»Beauchamp!«, rief sie aus, als sie die blonden Locken entdeckte, die unter dem schwarzen Hut hervorlugten. »Es ist Beauchamp.«

Nun hatte er sie auch entdeckt und zog zum Gruß den Hut.

»Einen recht schönen guten Morgen wünsche ich Ihnen, Mylady. Miss Hayward, Miss Jones«, grüßte er vergnügt, als er näher herangekommen war. »Mir scheint, wir hatten denselben Gedanken. Die Sonne lachte so freundlich vom Himmel, dass ich dachte, ein

Spaziergang sei genau das Richtige, um die Lebensgeister zu wecken, und ich dachte mir, warum nicht einen Abstecher nach Kestrel Hall machen, um mich nach Ihrem Befinden zu erkundigen.«

Auch wenn er sich mit seinen Worten an die gesamte Gruppe gewandt hatte, hatte Marguerite das unbestimmte Gefühl, er habe sie vor allem an sie gerichtet.

»Ein kurioser Zufall, Mr Beauchamp«, entgegnete sie. »Denn wir waren unsererseits gerade auf dem Weg in den Ort und dachten, wir könnten unterwegs auf einen kurzen Besuch im Pfarrhaus vorbeischauen.«

»Nun, umso besser. Dann schlage ich vor, dass ich mich Ihnen auf Ihrem Spaziergang anschließe, wenn die Damen und der junge Herr nichts dagegen haben.«

Just in diesem Augenblick klatschte Jacob wie zur Antwort in die Händchen und gluckste vergnügt, was alle zum Lachen brachte.

»Ich nehme das als eine Einladung«, sagte Beauchamp, und die Gruppe setzte sich wieder in Bewegung.

Während Emmeline und Miss Jones mit dem Handwagen vorwegliefen, verlangsamte Marguerite ihre Schritte etwas, um ein Stück hinter den beiden zurückbleiben zu können.

»Wenn ich so frei sein darf, Mylady«, begann Beauchamp, als sie ein Stück gegangen waren, »um ehrlich zu sein, war ich ein wenig in Sorge um Sie nach ... diesem nächtlichen Vorfall. Und am Sonntag in der Kirche wirkten Sie regelrecht entkräftet. Es freut mich zu sehen, dass es Ihnen heute wieder etwas besser zu gehen scheint.«

»Es ist sehr freundlich von Ihnen, dass Sie sich meinetwegen Gedanken machen, Mr Beauchamp. Dafür möchte ich Ihnen danken. Das Erlebnis hat mich doch tiefgreifender erschüttert, als ich geglaubt hatte.«

»Gewiss tut Ihnen die Anwesenheit von Miss Hayward gut. Plant Ihre Freundin einen längeren Aufenthalt auf Kestrel Hall?«, wollte Beauchamp wissen.

»Nein, das denke ich nicht. Ich denke, spätestens wenn Peterborough aus Whitby zurück ist, wird sie wieder nach Bedford zurückkehren. Länger möchte ich sie auch ihrer Familie nicht vorenthalten. Allerdings haben Sie recht: Die Anwesenheit einer vertrauten Freundin hat mir sehr geholfen. Sie konnte mich in dieser Sache etwas beruhigen.« Sie lächelte. »Miss Hayward hatte schon immer eine Gabe dafür, mich wieder auf den Boden zu holen. Ich bin jedenfalls der festen Überzeugung, dass es gewiss kein Geist war, den ich in jener Nacht auf der Treppe gesehen habe. Miss Hayward äußerte vielmehr die Vermutung, jemand könne sich einen Spaß mit mir erlaubt haben.«

»Einen Spaß?« Beauchamp standen die Zweifel deutlich ins Gesicht geschrieben. »Es erscheint mir reichlich geschmacklos für einen Streich. Wer sollte so etwas tun?«

»Nun, möglicherweise gibt es jemanden, dem meine Anwesenheit auf Kestrel Hall missfällt.«

Beauchamp blieb einen kurzen Augenblick stehen und sah sie an. Marguerite beobachtete genau, welche Reaktionen sich in seinen Zügen ablesen ließen.

»Aber wer sollte Grund haben, so etwas zu tun? Nein, das kann ich nicht glauben, Mylady! Vielmehr denke ich, dass Sie schlecht geträumt haben und sich in jenem Augenblick zwischen Wachen und Träumen befunden haben.«

Marguerite fand seinen Ausdruck schwer zu lesen, besonders überrascht oder erschrocken schien er ihr jedoch angesichts ihrer Theorie nicht zu sein. Ob es bedeutete, dass er etwas wusste? Er verlangsamte seine Schritte und schien in Gedanken, als er plötzlich stehen blieb und sich ihr zuwandte.

»Wenn ich offen sprechen darf, beunruhigt mich der Gedanke, jemand könnte Ihnen absichtlich schaden wollen. Ich würde mir weit weniger Sorgen machen, wenn ich wüsste, dass es nur ein Albtraum war, der Sie derart ängstigte.«

Er warf einen flüchtigen Blick zu Emmeline und Miss Jones, die gerade um eine Biegung verschwanden. Beauchamps Blick war ernst und ruhte auf ihr, als er schließlich die Hand hob und ihr ganz zart über die Wange fuhr. Es war nur ein Augenblick, und Marguerite war beinahe, als habe sie sich die Berührung nur eingebildet.

»Versprechen Sie mir, dass Sie auf sich Acht geben, Mylady.« Sein Ton war eindringlich. »Möglicherweise gehe ich zu weit, wenn ich Ihnen gestehe, dass ... dass mir viel an Ihrem Wohl liegt. Ich möchte nur, dass Sie wissen, dass Sie jederzeit zu mir kommen können, wenn Sie Sorgen haben. Was immer es auch sein mag. Ich werde immer für Sie da sein.«

Marguerite schluckte. Ihr war, als habe die Zeit für einen Augenblick ausgesetzt, als sein Gesicht sich ihrem näherte. Sie schloss die Augen, konnte seinen Atem an ihren Lippen spüren und das Herz in ihrer

Brust, das so wild schlug, dass es ihr die Luft nahm. Nein! Das durften sie nicht, das war nicht recht! Sie zwang sich, die Augen zu öffnen und sah, wie ein Ruck durch seinen Körper ging.

»Vergeben Sie mir, Mylady«, flüsterte er und fuhr sich mit den Fingern durchs Haar. »Vergessen Sie bitte, was geschehen ist. Ich habe kein Recht ...«

Er räusperte sich und wandte den Blick ab. »Wir sollten gehen. Ihre Freundin und Miss Jones werden sich wundern, wo wir bleiben.«

Schweigend und mit pochendem Herzen beeilte sich Marguerite, mit ihm Schritt zu halten. Sie überlegte krampfhaft, was sie sagen konnte, um die Situation zu entspannen und wieder in harmloses Fahrwasser zu steuern. Zu ihrer Erleichterung hatten sie die Biegung erreicht und sahen die anderen, die stehen geblieben waren, um sie aufschließen zu lassen.

»Mein Schnürband hatte sich gelöst«, beeilte sie sich zu erklären, als sie die anderen eingeholt hatten. Sie glaubte, man müsse ihr das schlechte Gewissen an der Nasenspitze ansehen, doch Emmeline und Miss Jones waren damit beschäftigt, den kleinen Jacob bei Laune zu halten und schienen nichts Ungewöhnliches an ihrem Zurückbleiben gefunden zu haben.

Bald hatten sie das Pfarrhaus erreicht, wo sie es sich in der neuen Gartenlaube bequem machten und von Beauchamps Haushälterin Mrs Harris großzügig mit Tee und Gebäck bewirtet wurden. Marguerite fühlte sich benommen und hatte Mühe, sich auf die Unterhaltung zu konzentrieren. Zu sehr hatte sie das Gespräch mit Beauchamp aufgewühlt. Nie hätte sie gedacht, dass sie einmal Gefahr laufen würde, eine solche Grenze zu übertreten. Wie konnte sie nur so etwas tun? War ihr Hunger nach Nähe, Verständnis und Zuneigung inzwischen so mächtig geworden, dass er sie dazu bringen könnte, eine schwere Sünde zu begehen? Sie fürchtete, man müsse ihr ihre nachhaltige Verunsicherung ansehen. Sie musste einen Augenblick allein sein, um sich zu sammeln.

»Der Garten ist wirklich wunderschön geworden, Mr Beauchamp. Erlauben Sie, dass ich die herrlichen Sonnenblumen aus der Nähe bewundere?«

»Selbstverständlich, Mylady. Ich werde Harris bitten, Ihnen einige abzuschneiden, bevor Sie gehen.«

»Nein, lassen Sie nur. Hier sind sie so viel schöner. Es täte mir in der Seele weh, sie in eine Vase zu verbannen.« Damit erhob sie sich und ging zu dem einige Meter entfernten Blumenbeet hinüber. Gedankenverloren betrachtete sie die riesigen sattgelben Blütenräder, auf denen sich eine Reihe fleißiger Bienen tummelten, als sie bemerkte, dass Beauchamp an ihre Seite getreten war.

»Mylady, ich hoffe, Sie verzeihen mir diese sträfliche Übertretung. Für einen Augenblick habe ich mich von meinen Empfindungen übermannen lassen. Es soll nicht wieder vorkommen. Mein Versprechen allerdings bleibt bestehen. Sie können jederzeit zu mir kommen, wenn Sie Sorgen haben.«

Marguerite sah ihn ernst an.

»Verzeihen Sie mir die Direktheit, Beauchamp, aber ich kann mich des Eindrucks nicht erwehren, dass Sie sich aus einem bestimmten Grund um mich sorgen. Haben Ihre Befürchtungen möglicherweise etwas mit dem Streit zu tun, den Sie und Peterborough hatten?«

Beauchamp lachte kurz und schüttelte den Kopf. »Nein, Mylady. Ich versichere Ihnen, dass es damit nichts zu tun hat. Es war eine harmlose Meinungsverschiedenheit.«

»Den Eindruck hatte ich nicht. Peterborough schien mir nachhaltig verärgert, und ich begreife nicht, warum Sie ein solches Geheimnis darum machen, wenn der Grund für Ihren Streit eine so harmlose Sache war.«

»Ich merke, dass ich Ihnen nichts vormachen kann, Mylady.« Beauchamp lächelte. »Allerdings bitte ich Sie inständig, dass Sie über das, was ich Ihnen jetzt sagen werde, Schweigen bewahren. Nehmen Sie es als Zeichen meines grenzenlosen Vertrauens.«

»Selbstverständlich.« Marguerite nickte eifrig.

»Es gab ein Mädchen, in das Peterborough – damals noch ein junger Heißsporn – verliebt war. Es war nichts weiter als eine alberne Schwärmerei. Eine Verbindung mit dieser Frau hätte keine Zukunft gehabt. Das wusste auch Peterborough ganz genau. Wir stritten, da ich der Meinung war, er mache der jungen Frau abenteuerliche Hoffnungen und dass dies nur in die Katastrophe führen könne. Uns beiden war vollkommen klar, dass er sich am Ende den Notwendigkeiten beugen würde. Als er sich uneinsichtig zeigte, empfand ich es als meine Pflicht, der jungen Frau die ungeschönte Wahrheit zu sagen.«

Marguerite runzelte die Stirn.

»Aber wenn er diese Frau wirklich geliebt hat ...«

Beauchamp schüttelte den Kopf. »Er hat damals selbst zugegeben, dass er sie nicht gegen den Widerstand seiner Familie geheiratet hätte. Im Grunde wusste er, dass ich recht hatte, doch er war in seinem Stolz verletzt, und er hinterfragte meine Motive. Er glaubte, ich hätte aus Neid oder Eifersucht gehandelt.«

»Was wurde aus dem Mädchen?«, fragte Marguerite.

»Sie verließ den Haushalt und suchte sich eine andere Anstellung. Peterborough reiste recht bald danach ab, und ich selbst begann kurze Zeit später mein Studium.«

»Sie gehörte zum Personal?« Marguerite sah Beauchamp verdutzt an.

»Ich sagte Ihnen ja, dass diese Verbindung keine Zukunft gehabt hätte. Auch Peterborough ist das vollkommen klar gewesen. Wie dem auch sei, all das liegt lange zurück. Und wenn ich mir erlauben darf, das zu sagen, Peterborough kann sich sehr glücklich schätzen.«

Marguerite lächelte.

»Ich denke, es wird Zeit, dass wir nach Kestrel Hall zurückkehren«, sagte sie schließlich. »Ich danke Ihnen für Ihr Vertrauen, Beauchamp. Sie können sich darauf verlassen, dass ich mit niemandem darüber sprechen werde.«

SECHSUNDDREISSIG

Als sie schließlich wieder auf Kestrel Hall eintrafen, war es schon bald Zeit für Jacobs Abendmahlzeit, und Miss Jones nahm ihn mit ins Kinderzimmer. Marguerite und Emmeline folgten ihnen hinauf, um sich für das Dinner umzuziehen.

Während Nichols ihre Frisur richtete und dabei eine melancholische Volksweise summte, grübelte Marguerite über das nach, was sie soeben von Beauchamp erfahren hatte. Konnte es möglicherweise sein, dass diese Frau, von der er gesprochen hatte, die Zerstörung ihrer Hoffnungen nie verwunden hatte? Konnte es sein, dass sie noch immer in der Gegend lebte und auf Rache aus war? Sie musste später dringend Emmeline davon erzählen und ihre Einschätzung zu dieser Sache hören. Gewiss würden sie nach dem Dinner Gelegenheit haben, in Ruhe unter vier Augen darüber zu beraten.

Ein Klopfen an der Tür riss sie aus ihren Überlegungen. Es war Mary, die ein Tablett hereintrug.

»Mrs Thompson schickt mich. Ich bringe Ihre Medizin.«

»Vielen Dank, Mary. Stell sie nur hier auf das Tischchen, ich muss noch eine Weile stillhalten.«

»Ich quäle Sie nicht mehr lange, Mylady. Ich bin gleich soweit«, verkündete Nichols vergnügt und nahm eine weitere Haarnadel vom Tisch. Sie betrachtete die fröhliche junge Frau im Spiegel, während sie darüber nachdachte, welch eine Person wohl die junge Frau gewesen sein mochte, auf die Adam damals ein Auge geworfen hatte. Gewiss war sie sehr hübsch gewesen. Ob es eines der Hausmädchen gewesen war? Plötzlich durchzuckte sie ein Gedanke. Was, wenn sie noch immer im Haus war? Nein. Dann hätte Adam sie sicher nicht weiter beschäftigt. Abgesehen davon hätte auch Beauchamp sie bei seinem Aufenthalt im Haus erkennen müssen. Dennoch fand sie den Gedanken beunruhigend, und sie schob ihn rasch wieder beiseite.

Als sie schließlich fertig war und die Treppe hinunterstieg, sah sie von oben gerade noch, wie Emmeline mit Sturgess sprach und ihm etwas zu geben schien, ein Stück Papier, vermutlich eine Nachricht, die er zur Post geben sollte. In diesem Moment fiel ihr der Brief wieder ein, den Emmeline am Morgen so eilig hatte verschwinden lassen und von dem sie behauptet hatte, er sei von einer Freundin. Ob es sich bei dem Papier, das sie Sturgess gegeben hatte, um eine Antwort darauf handelte? Es musste sich ja um eine recht dringliche Angelegenheit handeln, wenn sie sich in der kurzen Zeit vor dem Dinner noch die Zeit dafür genommen hatte.

Eine unerklärliche Unruhe erfasste Marguerite, und sie fuhr sich mit der Hand über die Stirn, auf der sich ein feiner Film kalten Schweißes gebildet hatte. Ihr Mund fühlte sich trocken an, und ohne dass sie einen einleuchtenden Grund dafür erkennen konnte, ergriff sie ein Gefühl der Beklommenheit. Sie schüttelte den Kopf, als könne sie das seltsame Angstgefühl so einfach vertreiben und setzte ihren Weg fort.

Emmeline erwartete sie bereits im Salon und lächelte, als sie eintraf, allerdings hatte Marguerite den Eindruck, als weiche sie ihrem Blick aus.

»Da bist du ja. Ich brenne darauf, zu hören, worüber du mit Beauchamp gesprochen hast. Konntest du etwas in Erfahrung bringen hinsichtlich unseres Verdachts?«

Marguerite konnte das Unruhegefühl nicht abschütteln und, einer plötzlichen Eingebung folgend, verneinte sie. Dabei hätte sie nicht erklären können, was sie davon abhielt, sich Emmeline anzuvertrauen.

»Was ist? Du siehst blass aus. Fühlst du dich nicht wohl?«, fragte diese.

»Oh, es ist nichts«, wehrte sie ab. »Ich bin nur ein wenig müde und habe großen Appetit. Komm, wir wollen zu Tisch gehen.«

Damit führte sie Emmeline zum Speisezimmer, wo sie sich an den reichhaltig gedeckten Tisch setzten.

»Du hast mir noch gar nicht erzählt, was deine Freundin dir schreibt. Ich hoffe, daheim steht alles zum Besten?«, fragte sie beiläufig und beobachtete Emmelines Reaktion.

»Oh, ich ... bin noch überhaupt nicht dazu gekommen, den Brief in Ruhe zu lesen. Ich werde es heute Abend tun.« Die Antwort klang zögerlich, und ihr Lächeln wirkte nervös.

»Ach so. Ich sah eben, dass du Sturgess einen Brief gabst und nahm an, du habest ihr bereits geantwortet.« Sie sah Emmeline prüfend an. Konnte es tatsächlich sein, dass sie etwas vor ihr verbarg?

»Ach ja, das ... war ein Brief an meine Eltern. Ich wollte sie wissen lassen, dass es mir gutgeht.«

»Warum hast du mir nicht gesagt, dass du deinen Eltern schreibst? Ich hätte gerne noch Grüße an sie und an Leander hinzugefügt.« Sie fühlte ein Engegefühl in der Kehle. Das wurde ja immer merkwürdiger.

»Es tut mir leid. Du hast natürlich recht. Ich war so in Eile, dass ich nicht daran gedacht habe. Bitte verzeih.«

»Das macht doch nichts. Ich werde ihnen einfach selbst schreiben.« Marguerite rang sich ein Lächeln ab, doch das ungute Gefühl blieb.

Als sie schließlich nach dem Essen in den Salon hinübergingen, blieb Marguerite kurz im Korridor stehen.

»Ach, mir fällt gerade ein, dass ich mir noch etwas zu Lesen holen wollte. Geh du nur ruhig schon voraus, ich komme gleich nach.«

Emmeline sah sie prüfend an.

»Bist du sicher, dass dir nichts fehlt? Du bist immer noch ganz bleich. Du wirst doch wohl nicht krank werden?«

Marguerite strich sich eine lose Haarsträhne aus dem Gesicht.

»Möglich, dass ich mich erkältet habe. Ich fühle mich ein wenig geschwächt. Aber es wird nichts Ernstes sein, mach dir keine Gedanken.«

»Dann sollten wir heute recht früh zu Bett gehen, damit du dich erholen kannst.« Emmeline lächelte und setze ihren Weg in den Salon fort, während Marguerite in Richtung Bibliothek davonging. Eilig klingelte sie nach dem Butler, der kurz darauf die Bibliothek betrat.

»Ah, Sturgess. Ich sah, dass Miss Hayward Ihnen heute einen Brief gegeben hat. Ich nehme an, dass sie ihrer Familie in Bedford geschrieben hat und hätte gern noch einen Gruß hinzugefügt, daher wollte ich Sie fragen, ob Sie ihn schon zur Post gegeben haben.«

»Es tut mir leid, Mylady. Ich habe bereits Johnson losgeschickt. Allerdings sollte er ihn zum *Ship Inn* bringen.«

»Zum *Ship Inn*? Dem Gasthof in Flamborough?«

»Richtig, Mylady.«

Wieder spürte Marguerite, wie sich ihr die Kehle zuschnürte. Wem schrieb Emmeline im *Ship Inn*?

»Wissen Sie noch, an wen der Brief adressiert war?«

»Nein, Mylady. Es tut mir leid. Den Namen habe ich nicht gelesen.«

»Ist Johnson bereits zurück?«

»Nein, Mylady. Er hat doch heute Abend frei.« Obwohl Sturgess stets um eine neutrale Miene bemüht war, glaubte Marguerite eine gewisse Neugier in seinem Blick zu erkennen.

»Nun, ich werde einfach Miss Hayward fragen«, fügte sie daher rasch hinzu. »Haben Sie vielen Dank, Sturgess, Sie können jetzt gehen.«

»Sehr wohl, Mylady.«

Die Gedanken wirbelten wild in ihrem Kopf. Es musste einem ganz schwindlig dabei werden. Was ging hier nur vor sich? Marguerite nahm die Finger an die Schläfen und massierte sie vorsichtig. Dieser dumpfe Kopfschmerz war zurück, und sie glaubte, ihre Knie müssten jeden Moment unter ihr nachgeben. Das alles gefiel ihr ganz und gar nicht. Wenn sie Emmeline nicht mehr vertrauen konnte, wem dann? Was sollte sie nur tun? War es klug, Emmeline direkt danach zu fragen? Oder sollte sie lieber versuchen, mehr herauszufinden, solange diese noch keinen Verdacht schöpfte? Wenn nur dieser verfluchte Kopfschmerz nicht wäre. Es gelang ihr kaum, einen klaren Gedanken zu fassen. Plötzlich wusste sie, was zu tun war.

Sie würde vorgeben, früh zu Bett zu gehen, und später, wenn auch Emmeline sich zurückzöge, würde sie jemanden mit einer Nachricht zu Beauchamp schicken. Er würde schon herausfinden, wer sich im *Ship Inn* aufhielt und geheime Nachrichten mit ihrer Freundin austauschte.

SIEBENUNDDREISSIG

Emmeline sah zur Tür. Wo Marguerite nur blieb? Sie brauchte nun schon recht lange, um etwas zum Lesen zu holen. Hoffentlich war ihr nichts geschehen. Sie hatte reichlich blass ausgesehen und ähnlich nervös und abwesend gewirkt wie am Abend zuvor. Dabei hatte sie den Tag über kräftiger und konzentrierter gewirkt. Emmeline hatte geglaubt, darin ein Zeichen zu erkennen, dass Marguerite sich auf dem Weg der Besserung befand und sich langsam von dem Schrecken erholte, welchen ihr die unheimlichen Vorkommnisse versetzt hatten. Sie erkannte ihre Freundin kaum wieder und musste sich abermals fragen, ob tatsächlich eine Art nervöses Leiden die Ursache ihrer Angstzustände und Stimmungsschwankungen sein könnte. Daran mochte sie allerdings nicht glauben. Lieber klammerte sie sich an den Gedanken, es könne eine greifbare Ursache, eine rationale Erklärung für die seltsamen Geschehnisse geben. Wenn jemand Marguerite übel mitspielte, war es wichtig, dass sie denjenigen – oder diejenige – schnell dingfest machten, um dem Spuk ein Ende zu bereiten. Umso gespannter erwartete sie Marguerites Rückkehr. Zwar hatte sie behauptet, nichts Hilfreiches von Mr Beauchamp erfahren zu haben, dennoch wollte Emmeline die Hoffnung noch nicht aufgeben, dass sie auf eine Spur gestoßen waren, die ihnen eine Erklärung für all dies liefern und alles zum Guten wenden konnte.

Gerade wollte sie aufstehen, um nach Marguerite zu sehen, als diese eintrat.

»Marguerite, Gott sei Dank. Ich hatte mir bereits Sorgen um dich gemacht.«

Sie wandte sich der Freundin zu und erschrak. Sie war entsetzlich blass, ihre Augen schimmerten fiebrig, und ihr Haar wirkte zerzaust, als sei sie mehrfach mit den Händen hindurchgefahren.

»Um Himmels Willen, Marguerite, was ist geschehen? Du siehst grauenhaft aus. Hast du Fieber? Geht es dir nicht gut?«

»Ich fühle mich tatsächlich nicht wohl und würde mich gern zurückziehen, wenn es dir recht ist. Ich habe grässliche Kopfschmerzen. Wahrscheinlich habe ich mich tatsächlich erkältet. Ich bin sicher, eine gute Portion Schlaf wird mir guttun, und morgen geht es mir bereits wieder besser.«

Emmeline runzelte die Stirn.

»Bist du sicher? Marguerite, ich mache mir große Sorgen um dich. Du wirkst ... irgendwie verändert. So kenne ich dich überhaupt nicht.«

»Ja, ich bin ganz sicher. Es ist nichts. Rege dich bitte meinetwegen nicht unnötig auf.« Marguerite lächelte kurz. »Ich werde noch rasch nach Jacob sehen und mich dann hinlegen. Du wirst sehen, morgen geht es mir bestimmt besser.«

»Also gut. Dann werde ich auch bald zu Bett gehen, ich möchte nur noch rasch das Blatt fertig sticken. Wahrscheinlich hast du recht, ein gesunder Schlaf hat noch niemandem geschadet.« Sie lächelte Marguerite aufmunternd an.

Als diese gegangen war, setzte sie sich und nahm ihre Stickerei wieder auf. Seltsam. Sie konnte sich einfach keinen Reim auf Marguerites Verhalten oder auf ihren Zustand machen. Sie wirkte in ihren Bewegungen geschwächt und fahrig, ganz so, als fiebere sie. Emmeline überlegte, ob sie nicht lieber den Arzt kommen lassen sollte, als sie plötzlich vom Treppenhaus her einen schrillen Schrei und dann ein lautes Poltern hörte. Es klang, als sei jemand auf der Treppe gestürzt. Marguerite! Sie warf die Handarbeit auf das Tischchen neben sich und stürzte aus dem Zimmer, um nachzusehen.

Sie fand Marguerite zusammengekrümmt am Fuß der Treppe und rief um Hilfe, bevor sie an ihre Seite eilte.

»Himmel, was ist denn nur geschehen? Bist du gestürzt?«

Sie half der Freundin, sich vorsichtig aufzurichten, die sich gottlob nichts gebrochen zu haben schien. Allerdings schien sie mit der Stirn aufgeschlagen zu sein, denn es begann sich dort bereits eine deutliche Beule zu bilden. Emmeline rief erneut und einen Augenblick später erschien der Butler Sturgess.

»Du meine Güte! Ihre Ladyschaft ist gestürzt? Soll ich einen Arzt rufen?«

»Ich ... ich habe sie wieder gesehen. Die weiße Frau«, stammelte Marguerite. »In der Nische. Oben auf der Treppe. Plötzlich war sie da. Sie fauchte. Kam herausgesprungen. Ich habe den Halt verloren.«

»Allmächtiger Herrgott!«, flüsterte Sturgess. »Genau wie damals. Wie bei diesem Mädchen.«

Emmeline sah ihn verwundert an. »Was für ein Mädchen?«

»Oh, das ist lange her. Damals, als Lady Mulgrave noch lebte. Eines der Dienstmädchen ist die Treppe hinuntergestürzt. Leider ist es damals nicht so glimpflich ausgegangen, sie hatte so schwere Kopfverletzungen erlitten, dass sie ohnmächtig wurde und nicht mehr aufwachte. Bevor sie das Bewusstsein verlor, murmelte sie jedoch etwas von der weißen Frau, die durch die Wand geschwebt sei. Es war genau hier. Genau an dieser Stelle. Es ist unheimlich.«

»Sie sollten lieber nach dem Arzt schicken, als Miss Hayward mit ihren Schauergeschichten zu verängstigen, Sturgess.«

Emmeline fuhr herum. Es war Thompson, die plötzlich hinter ihnen im Flur aufgetaucht war und die Szene mit einem finsteren Blick beobachtete.

»Nein nein, ich brauche keinen Arzt. Es geht schon.« Marguerite keuchte und ließ sich auf die Beine helfen.

»Es gibt hier doch gewiss ein Eishaus. Gehen Sie und holen Sie etwas Eis«, bat Emmeline an Thompson gewandt. »Und haben Sie vielleicht Arnika oder Beinwell? Lady Peterborough scheint sich die Stirn angeschlagen zu haben. Das wird gegen die Schwellung helfen.«

In diesem Augenblick hörten sie Schritte die Treppe hinunterpoltern, und alle Augen flogen zu Nichols, die entsetzt auf halber Treppe stehen geblieben war.

»O nein! Lady Peterborough! Was ist geschehen? Ich war gerade im Flur, als ich jemanden schreien hörte.«

Nach und nach kamen immer mehr Angestellte angelaufen, um nachzusehen, was der Tumult zu bedeuten hatte. Marguerite brauchte Ruhe und keine neugierigen Augen und Ohren, die am Ende nur dumme Gerüchte in die Welt setzten. Emmeline sah sich nach dem Butler um.

»Kommen Sie, Sturgess, wir wollen Ihre Ladyschaft in den Salon bringen. Und du bist sicher, dass wir nicht den Arzt rufen sollen?« Sie sah Marguerite zweifelnd an, doch die wehrte ab. »Ja, ich bin sicher. Aber bitte lassen Sie nach Mr Beauchamp schicken.«

»Sehr wohl, Mylady. Ich werde Thomas wecken, er kann gleich losreiten.«

ACHTUNDDREISSIG

Montag, 14. Oktober 1816 – Kestrel Hall

Der Schrecken klammerte sich noch immer an jede Faser ihres Körpers, ließ ihre Glieder zittern und hatte ihr Denken fast vollständig zum Erlahmen gebracht. Marguerite konnte nicht ganz begreifen, was gerade geschehen war. Es kam ihr vor wie ein wirrer Traum, aus dem sie nur zu erwachen brauchte. Sie fühlte sich desorientiert und schwindlig, und das Hämmern in ihrem Kopf half ihr auch nicht gerade dabei, einen klaren Gedanken zu fassen. Sie wusste noch, dass sie hatte nach oben gehen wollen. Und dann? Plötzlich standen die Geschehnisse ihr wieder ganz klar vor Augen, als erlebte sie alles noch einmal:

Die Treppe lag im Halbdunkel. Eine der Wandleuchten schien verloschen zu sein. Sie überlegte, Sturgess zu rufen, um sie wieder anzünden zu lassen, aber nun, da sich ihre Augen etwas an das Zwielicht gewöhnt hatten, konnte sie die Stufen gut genug erkennen. Vorsichtig stieg sie die knarzenden Holzstufen hinauf, wobei sie mit der rechten Hand an den geschnitzten Holzkolonnaden nach Halt tastete. Fast hatte sie den mittleren Treppenabsatz erreicht, als sie glaubte, einen hellen Schimmer und eine Bewegung in der Nische dort gesehen zu haben. Mit pochendem Herzen blieb sie stehen und hielt für einen Augenblick den Atem an, um zu lauschen. Sie kniff die Augen zusammen und versuchte, zu erkennen, was sie dort eben gesehen zu haben glaubte. Doch da war nichts.

Vorsichtig setzte sie den Fuß auf die nächste Treppenstufe.

Plötzlich ertönte ein Fauchen oder Zischen, das wie das einer wildgewordenen Katze klang und eine ganz in Weiß gekleidete Gestalt sprang ihr entgegen. Marguerite schrie vor Entsetzen auf. Dort, wo bei einem Menschen das Gesicht gewesen wäre, klaffte nur ein Schwarzes Nichts, und sie schrie, spürte, wie ihre Lungen brannten, fühlte einen kurzen, scharfen Stoß gegen ihre Schulter und dann – Wirbeln, Schmerzen, als ihr Kopf gegen das Holz prallte geprallt war und schließlich war der Aufprall gekommen, der ihr die Luft aus den Lungen gepresst und pochende Schwärze verursacht hatte, bis sie schließlich die Augen aufgeschlagen und Emmelines erschrockenes Gesicht über ihrem schweben gesehen hatte.

Emmeline! Sie war wütend auf Emmeline, doch sie konnte sich nicht mehr an den Grund dafür erinnern. Hilflos stammelte sie einige Worte, versuchte zu erklären, was ihr widerfahren war, doch es wollte nicht recht gelingen. Die Worte wehrten sich, lagen bleischwer auf ihrer Zunge, die nach Metall schmeckte. Blut. Sie musste sich auf die Zunge gebissen haben. Hände, die ihr unter die Arme griffen und ihr halfen, sich aufzurichten und dann Sturgess. Gemurmelte Worte, irgendetwas mit einem Mädchen. Und mit der weißen Frau.

Der weißen Frau! Marguerite schauderte. Sie hatte sie gesehen. Sie war dort gewesen, dort oben auf dem Treppenabsatz. Eine weiße, gesichtslose Gestalt. Groß, huschend und flink. Beauchamp! Ihm hatte ihr erster Gedanke gegolten, als sie verzweifelt darüber nachzudenken versucht hatte, was nun zu tun sei. Beauchamp! Gewiss würde er bald eintreffen.

Doch es war nicht Beauchamp, der kurz darauf mit energischen Schritten den Salon betrat. Ihre Blicke flogen zur Tür.

»Adam!« Eine warme Woge der Zuneigung durchflutete sie. Sie fühlte sich unglaublich erleichtert und froh, ihn zu sehen. »Adam! Du bist zurück.«

»Bei Marsden ist Scharlach ausgebrochen, und der Arzt riet mir, abzureisen.« Er stutzte, dann machte er drei rasche Schritte vorwärts und war an ihrer Seite. »Was ist geschehen, Liebes? Du bist ja verletzt!«

»Sie ist die Treppe hinuntergestürzt«, erklärte Emmeline. »Soweit wir feststellen können, ist nichts gebrochen. Einige böse Prellungen und eine stattliche Beule am Kopf.«

In diesem Moment erschien auch Thompson mit dem Eis, das sie zerstoßen und in ein Tuch geschlagen hatte.

»Danke, Thompson.« Emmeline nahm den Eisbeutel entgegen und drückte ihn vorsichtig auf ihre Stirn. Marguerite stöhnte auf. Zunächst tat es weh, aber die Kälte war wohltuend.

»Die weiße Frau. Sie war wieder da. Ich habe sie gesehen«, begann Marguerite. Adam musste ihr dieses Mal einfach glauben. »Sie kam plötzlich aus der Nische an der Treppe herausgeschossen und stieß gegen meine Schulter. Sie hatte kein Gesicht. Ich hatte solche Angst. Also habe ich nach Beauchamp schicken lassen.«

»Beauchamp?« Adam runzelte die Stirn. Er blickte fragend zu Emmeline, aber die war damit beschäftigt, Marguerites Stirn sanft mit dem Eisbeutel zu betupfen.

»Wir trafen ihn heute beim Spaziergang, und er hatte mir seine Hilfe angeboten. Ich nehme an, er wird jeden Augenblick eintreffen«, entgegnete Marguerite.

Peterborough sah noch immer irritiert aus.

»Haben Sie diese weiße Frau denn auch gesehen?«, wandte er sich an Emmeline und Thompson.

»Nein, Ihre Ladyschaft war allein, als sie stürzte«, gab Thompson knapp zur Antwort.

»Hm«, machte Adam. »Hat sonst irgendjemand etwas Ungewöhnliches bemerkt?«

»Ich ... ich hatte das Gefühl, dass sich Marguerite bereits den ganzen Abend nicht wohlfühlte.« Emmeline klang zaghaft. »Ansonsten ist mir nichts aufgefallen.«

Marguerites Magen krampfte sich zusammen. Auch wenn Emmeline es mit Vorsicht und zögerlich geäußert hatte, verletzte es sie. Ihre Aussage ließ die mögliche Schlussfolgerung zu, dass der Angriff lediglich in ihrer Einbildung stattgefunden hatte.

»Ich weiß, was ich gesehen und gehört habe. Sie war da. So greifbar wie ihr jetzt vor mir sitzt. Sie hat mich gestoßen. Das kann ich mir doch nicht eingebildet haben!«, rief sie mit so viel Kraft in der Stimme, wie sie noch aufbringen konnte. »Warum macht sich niemand die Mühe und sieht wenigstens einmal nach?«

Marguerite sah Peterborough und Emmeline einen Blick tauschen, bevor Adam sich schließlich erhob.

»Ich werde nachsehen.«

Marguerite schloss die Augen. Sie fühlte sich so hilflos wie noch nie zuvor in ihrem Leben. Da war so viel Unordnung in ihrem Kopf, so viele Bilder und Gedankenfetzen, die sie nicht zusammenzusetzen in der Lage war. Sie kam sich so alleingelassen vor. Eine

vage Erinnerung hallte in ihrem Kopf nach, dass sie
Emmeline etwas fragen wollte, aber sie bekam sie nicht
zu fassen. Sie war einfach nur entsetzlich müde.

NEUNUNDDREISSIG

»Ist sie bewusstlos?« Mit besorgter Miene beugte Peterborough sich über seine Frau.

»Nein«, entgegnete Emmeline leise. »Sie schläft. Ich wollte sie nicht aufwecken. Haben Sie im Treppenhaus etwas sehen können?«

Der Earl schüttelte den Kopf.

»Nichts. Keine Anzeichen, dass dort jemand war. Allerdings sind die Angestellten auch sehr gewissenhaft und selbst in der Nische liegt kein Staub. Aber wenn dort oben tatsächlich jemand gelauert hat – wie konnte er dann unbemerkt verschwinden?« Lord Peterborough rieb sich den Nacken. »Das ergibt doch alles keinen Sinn.«

»Könnte die Person nicht die Treppe nach oben gelaufen sein und sich dort irgendwo versteckt haben?«

»Dann hätte jemand sie sehen müssen. Nichols kam doch aus dem oberen Stockwerk, wenn ich es richtig verstanden habe.«

Das musste Emmeline nun auch einsehen. Eine Beklommenheit ergriff sie, die sich ein bisschen so anfühlte, als habe man ihr den festen Boden unter den Füßen fortgezogen. Sie kannte Marguerite nun so lange. Gewiss war sie immer eine Träumerin gewesen und jemand, der sich rasch in Empfindungen hineinsteigern konnte, aber konnte es sein, dass Marguerite – ihre gute alte Marguerite, die für sie wie eine Schwester war – langsam nicht mehr zwischen

Realität und Einbildung zu unterscheiden vermochte? Dass sie sich etwas so lebhaft vorstellen konnte, dass sie es für real hielt? Emmeline wagte den Gedanken kaum zu formulieren. War ihre Freundin dabei, den Verstand zu verlieren?

Ein Klopfen riss sie aus ihren Überlegungen.

»Mylord, Mr Beauchamp ist eingetroffen.«

Peterborough holte tief Luft und straffte die Schultern.

»Bitten Sie ihn herein.«

Kurz darauf führte Sturgess den etwas zerzaust wirkenden Timothy Beauchamp hinein. Sein überraschter Blick versuchte offenbar, die Szene zu erfassen.

»Peterborough! Solltest du nicht in Whitby sein? Lady Peterborough ließ mich rufen.« Sein Blick schweifte zu Marguerite. »Um Himmels willen! Ist etwas geschehen?«

Lord Peterborough ließ Beauchamp Platz nehmen und setzte ihn mit Emmelines Hilfe über die Geschehnisse des Abends in Kenntnis. Als er geendet hatte, stützte er den Kopf in die Hände.

»Mein Gott! Das ist ja schrecklich«, rief Beauchamp. »Sie kam mir angespannt und nervös vor. Aber ich hatte ja keine Ahnung ...« Er schüttelte den Kopf.

Peterborough holte hörbar Luft.

»Ich weiß einfach nicht mehr, was ich denken soll, Beauchamp.« Er senkte die Stimme. »Marguerite war in den letzten Wochen ... es war, als sei sie nicht mehr sie selbst. Sie hat sich langsam immer mehr in diese Ängste hineingesteigert.«

»Aber könnte es nicht sein, dass sie tatsächlich angegriffen wurde?« Beauchamp fuhr sich mit der Hand durch die Haare. »Es fällt mir schwer zu glauben, dass ...«

»Denkst du, dass es mir nicht ganz genauso geht?«, unterbrach ihn der Earl. »Es kommt mir beinahe undenkbar vor, doch es ist letztlich die einzig logische Erklärung. Oder möchtest du an die Existenz der weißen Frau von Kestrel Hall glauben?« Er lachte bitter auf.

»Diese Spuklegende um Lady Sybil war eine Erfindung meiner Großmutter. Da bin ich mir vollkommen sicher. Du hast sie gekannt. Sie war streng, aber sie hatte auch einen eigenartigen Sinn für Humor. Ich bin überzeugt, sie hat diese Geschichte erfunden, um mich in die Spur zu bringen. Sie wusste, wie sehr es mich vor dem Porträt grauste.«

Emmeline sah zwischen den Männern hin und her. Offenbar war Peterborough zu demselben Schluss gekommen, den zu ziehen sie sich soeben noch verboten hatte.

Beauchamp schien aufmerksam eine Stelle auf dem Boden vor seinen Füßen zu betrachten. Schließlich sah er auf. Sein Blick wanderte zu Marguerite, die noch immer fest zu schlafen schien.

»Du glaubst also, sie ist ... geistig verwirrt?«

Peterborough biss sich auf die Lippe und nickte langsam. »Ich kann zu keinem anderen Schluss kommen. Ehrlich gesagt hätte ich ein ungutes Gefühl, sie in ihrem Zustand mit Jacob allein zu lassen. Ich befürchte immer mehr, dass sie ...« Er senkte die Stimme und warf ebenfalls einen nervösen Seitenblick auf seine schlafende Frau. »... dass sie eine Gefahr für sich selbst darstellt.«

Er machte eine Pause. Ein bitteres Lächeln spielte um seine Lippen, als er die schlafende Marguerite betrachtete und ihr sachte mit dem Handrücken über die Wange strich.

»Ich denke, ich sollte ärztlichen Rat einholen und mich im schlimmsten Falle mit dem Gedanken anfreunden, dass es möglicherweise besser wäre, sie in ... in einer Institution unterzubringen, wo man sich mit solchen Angstzuständen und Halluzinationen auskennt.«

Emmeline holte tief Luft. Sie hätte schreien mögen. Dieser Gedanke war einfach zu schrecklich, doch sie musste zugeben, dass sie sich Marguerites Verhalten und die seltsame Wesensveränderung, die sie bemerkt hatte, auch nicht anders erklären konnte. Peterborough hatte die Lippen zu einem schmalen Strich zusammengepresst und sah sie an.

»Miss Hayward, sie kennen Marguerite von uns allen am längsten. Haben Sie auch bemerkt, dass sie sich verändert hat? Glauben Sie, ich sehe die Angelegenheit möglicherweise zu schwarz? Bitte geben Sie mir einen Rat.«

Emmeline schüttelte langsam den Kopf.

»Das kann ich nicht, Mylord. Wenn Sie fragen, ob ich finde, dass sie sich verändert hat, so muss ich dies bestätigen. Zwischendrin wirkte sie wach und klar, genau wie ich sie seit jeher kannte und dann wieder ...« Sie biss sich auf die Lippe. Das Herz schlug gegen ihre Rippen, und ihr Kopf fühlte sich hohl und dumpf an. Es war, als sei sie in einem schrecklichen Albtraum gefangen, in dem nichts war wie es sein sollte und alle Gewissheiten sich langsam in Luft auflösten.

»Aber sie wirkte nicht, als fantasiere sie. Es klang, als schildere sie ganz reale Erlebnisse. Ich weiß wirklich nicht, was ich Ihnen raten soll.«

»Du solltest bei so einer schweren Entscheidung auf keinen Fall etwas überstürzen«, meldete sich Beauchamp zu Wort. »Wir sollten sie zunächst in ihr Zimmer bringen und sie schlafen lassen. Morgen können wir den Arzt rufen. Wahrscheinlich weiß er besser, was zu tun ist.«

»Eine gute Idee, Beauchamp.«

»Man sollte einen Fachmann hinzuziehen«, gab Emmeline zu bedenken. »In London gibt es Spezialisten, die sich mit solchen Fällen gewiss besser auskennen als der örtliche Arzt.«

»Ja, vielleicht wäre das eine Überlegung«, murmelte Peterborough. »Komm, Beauchamp. Wir wollen sie hochtragen. Ganz vorsichtig ...«

Emmeline beeilte sich, den beiden die Tür zu öffnen und lief voraus die Treppe hinauf, wo sie Marguerite, die zwischenzeitlich wach geworden war, schließlich vorsichtig ins Bett legten.

»Schlaf nur, Liebling. Es wird dir guttun«, flüsterte Peterborough und strich ihr zärtlich über den Kopf.

Nachdem Emmeline die Vorhänge zugezogen hatte, verließen sie leise den Raum und schlossen die Tür.

Der Earl seufzte und ging in Richtung Treppe voraus.

»Peterborough!«, hielt Beauchamp seinen Freund zurück. »Ich ... ich hoffe, du weißt, dass mich lediglich die Sorge um Lady Peterborough heute Abend hergeführt hat. Miss Hayward wird sicher bestätigen können, dass sich in deiner Abwesenheit nichts Ungebührliches zwischen uns ...«

Peterborough lächelte und legte ihm die Hand auf den Arm.

»Ich weiß, alter Freund. Es tut mir leid. Meine Vorwürfe damals waren kindisch und vollkommen unbegründet.«

Emmeline wandte sich zur Tür um. Ihr war nicht wohl dabei, Marguerite allein zu lassen.

»Mylord«, sagte sie schließlich. »Aber was, wenn wir uns irren? Könnte es nicht sein, dass wir etwas übersehen haben? Wenn nun doch jemand im Haus gewesen ist. Er oder sie könnte erneut versuchen, Marguerite anzugreifen. Außerdem sollte man sie beobachten. Sie hat einen heftigen Schlag gegen den Kopf erlitten und könnte möglicherweise das Bewusstsein verlieren.«

»Sie haben vollkommen recht, Miss Hayward. Ich werde besser bei ihr bleiben und Wache halten.«

»Ich könnte Sie später ablösen«, bot Emmeline an.

»Vielen Dank, Miss Hayward, das ist sehr freundlich.«

»Dann sollte ich mich jetzt auch zurückziehen. Falls ich nicht wach werde, klopfen Sie einfach, wenn Sie Ablösung brauchen.«

»Dann sollte ich mich verabschieden«, sagte Beauchamp und machte Anstalten zu gehen.

»Humbug, Beauchamp!«, rief Peterborough. »Du bleibst hier. Ich lasse dir dein Zimmer zurechtmachen. Mir wäre lieber, morgen einen Freund zur Seite zu haben.«

Beauchamp lächelte.

VIERZIG

Emmeline schreckte hoch. Ein lauter, dumpfer Schlag hatte sie aus einem unruhigen Dämmerschlaf gerissen. Abermals ertönten ein Poltern, dann ein Schrei und ein Stöhnen. Das war ein Mann gewesen. Sie kämpfte sich aus den Laken und beeilte sich, die Lampe zu entzünden.

Vorsichtig spähte sie in den Korridor. Es war nichts zu sehen. Rasch schlüpfte sie aus dem Zimmer und leuchtete in den Flur. *O nein!* Eiligen Schrittes lief sie auf die Tür von Marguerites Zimmer zu, die offenstand.

»Mr Beauchamp! Lord Peterborough!«, rief sie und klopfte im Vorbeilaufen an die Tür des Gästezimmers, in dem Mr Beauchamp untergebracht war.

»Kommen Sie schnell!«

Atemlos und mit pochendem Herzen stürzte sie ins Zimmer ihrer Freundin und blieb erschrocken auf der Schwelle stehen, als sie die menschliche Form auf dem Boden sah. Sie lag neben einem Stuhl, der ans Bett gerückt worden war. Auf dem Nachttisch flackerte noch schwach die Flamme einer Lampe. Erneut ertönte ein Stöhnen.

Emmeline hob ihre Lampe höher, um besser sehen zu können. Das Bett war leer, die Laken sahen zerwühlt aus und hingen an einer Seite über die Bettkante auf den Boden. Die Gestalt vor dem Stuhl regte sich.

»Lord Peterborough!«, keuchte Emmeline und eilte hinzu. »Sind Sie verletzt? Mein Gott, Sie bluten ja!«

Mit der Ecke des Lakens betupfte sie seine Schläfe, auf der ein feines rotes Rinnsal zu sehen war.

»Ich glaube, es sieht schlimmer aus als es ist«, keuchte Lord Peterborough und setzte sich mit Mühe auf.

»Was um Himmels willen ist geschehen? Wo ist Marguerite?« Panik stieg in Emmeline auf und drückte ihr die Luft ab.

»Ich ... sie, sie griff mich plötzlich an, war wie eine wilde Furie. Die Attacke kam vollkommen aus dem Nichts. Ich wusste gar nicht, wie mir geschah. Sie muss mit irgendwas auf meinen Kopf geschlagen haben. Ich konnte nur undeutlich ihre Umrisse sehen. Sie riss die Tür auf und lief hinaus. Ich war völlig benommen und konnte nicht aufstehen.«

»Sie wollen sagen, Marguerite hat Sie niedergeschlagen?« Fassungslos starrte Emmeline ihn an.

»Ich fasse es selbst kaum. Aber ja, sie griff mich an, schlug mich nieder und stürzte aus der Tür.«

»Aber ... ich begreife das nicht!«, entfuhr es Emmeline. »Was ist nur in sie gefahren?«

»Die Ärmste muss vollkommen den Verstand verloren haben.«

»Peterborough!«

Emmeline wandte sich zur Tür um, wo – im Nachthemd, den Morgenrock nachlässig übergeworfen und die Haare zerwühlt – Mr Beauchamp stand und ungläubig die sich ihm bietende Szene betrachtete.

»Was in drei Teufels Namen ist passiert?«

»Marguerite«, presste Emmeline hervor. »Sie attackierte Lord Peterborough, schlug ihn zu Boden und lief davon.«

Beauchamp runzelte die Stirn und schüttelte den Kopf.

»Aber … was hat sie … warum? Warum tut sie so etwas?«

»Offenbar ist sie tatsächlich geistig verwirrt.« Es trieb Emmeline die Tränen in die Augen, es auszusprechen. Sie konnte und wollte nicht glauben, dass Marguerite, ihre gute alte fröhliche Marguerite, zu so etwas in der Lage war.

Ein plötzlicher Gedanke durchfuhr sie.

»Jacob!« Sie schob sich eilig an Beauchamp vorbei in den Flur, lief zum Kinderzimmer und öffnete die Tür. Erleichtert atmete sie aus, als sie das tiefe, gleichmäßige Atmen des Knaben hörte und ihn, als sie mit der Lampe in den Raum spähte, friedlich in seinem Bettchen liegen sah.

»Ihm ist nichts geschehen, er schläft«, flüsterte sie den beiden Männern zu, die ihr gefolgt waren.

Peterborough sank mit dem Rücken gegen die Wand und fuhr sich mit den Händen durch die Haare.

»Gott sei Dank!«

»Wir müssen sie suchen!«, stieß Beauchamp hervor. »Wir können nicht zulassen, dass sie sich oder jemand anderem etwas antut.«

Adam sah ihn entsetzt an.

»Du hast recht. Komm, wir wollen uns rasch etwas anziehen. Wir sollten keine Zeit verlieren.«

EINUNDVIERZIG

Dienstag, 14. Oktober 1816 – Kestrel Hall

Marguerites Kopf dröhnte. Ihr Körper war ein einziger dumpfer Schmerz, und es kostete sie Mühe, Luft zu holen. Da steckte irgendetwas in ihrem Mund. Sie versuchte, es mit der Zunge hinauszuschieben, doch es wollte nicht gelingen. Sie spürte, dass da etwas um ihren Kopf gebunden war, das sie daran hinderte, den Fremdkörper auszuspucken. Vielleicht ein Tuch oder ein Stück Stoff.

Es war dunkel und kalt. Sie zitterte und bebte am ganzen Leib. Etwas kitzelte sie an der Stirn. Doch als sie danach tasten wollte, stellte sie fest, dass sie die Arme nicht rühren konnte. Ebenso wenig wie ihre Beine. Dumpf hörte sie aus dem Dunkel etwas, das wie eine menschliche Stimme klang. Da! Noch eine. War da jemand bei ihr? Nein. Sie klangen gedämpft. So, als seien sie weit entfernt. Es roch muffig und nach altem Holz. Der Geruch ließ Marguerite an einen Keller denken. Sie suchte nach einer Erinnerung, die ihr sagen konnte, wo sie war und wie sie hier hergekommen war. Was war geschehen?

Eine schwache Erinnerung flackerte auf. Die weiße Frau. Ihr Sturz. Richtig, sie hatte auf dem Sofa im Wohnzimmer gelegen. Adam war da gewesen. Und Emmeline. Verflixt! Wenn nur diese Schmerzen nicht gewesen wären. Sie konnte keine klaren Gedanken fassen. Ob man sie in den Keller gebracht hatte? Aber wer hätte so etwas tun sollen? Sie versuchte erneut, sich zu bewegen, doch anscheinend war sie verschnürt wie ein Weihnachtsschinken. Mit einiger Anstrengung gelang es ihr, sich ein wenig zur Seite zu rollen, wo sie einen Widerstand spürte. Eine Wand? Sie versuchte die Finger zu bewegen und zu tasten. Sie fühlte sich nicht kühl an. Kein Stein. Holz womöglich. Sie versuchte noch einmal, die Hände zu bewegen, doch die Fesseln schnitten ihr schmerzhaft in die Haut. Sie begann, langsam und tief durch die Nase zu atmen, gegen die aufsteigende Panik und Übelkeit anzukämpfen. Wo war sie hier bloß? Wer hatte sie gefesselt und hierher gebracht? Und – würde diese Person zurückkehren?

Hilflose Tränen schossen ihr in die Augen. Was, wenn sie sich selbst überlassen blieb? Würde sie hier langsam und qualvoll sterben müssen? Der Gedanke war so überwältigend grauenvoll, dass sie versuchte, ihn beiseite zu schieben. In ihrem Kopf dröhnten dumpfe Hammerschläge, und bleierne Müdigkeit ließ sie wieder und wieder wegdämmern.

Sie wusste nicht, wie lange sie geschlafen hatte, als eine Bewegung neben ihr sie aufweckte.

»Los! Aufwachen!«, zischte eine Stimme, die ihr vage bekannt vorkam. Sie versuchte sich zu erinnern. Sie war sicher, dass es eine männliche Stimme war.

»Genug geschlummert, Eure Ladyschaft.« Der Ton war kalt und schneidend. Die Anrede klang abschätzig, als habe die Person ausgespien. Sie kannte diese Stimme.

»Hoch jetzt!«

Unsanft wurde sie auf die Füße gezogen und hochgehoben. Etwas drückte in ihren Magen, ihr Kopf und ihre Arme hingen herunter. Wahrscheinlich hatte der Mann sie über die Schulter geworfen. Er keuchte leicht und setzte sich in Bewegung. Es kam ihr vor, als stiegen sie eine Treppe oder eine Leiter hinab.

Sie sehnte sich danach, einen tiefen Atemzug tun zu können. Ihre Lungen brannten von der Anstrengung des konzentrierten Atmens. Den Geräuschen und der Bewegung nach zu urteilen, waren sie nun auf ebenem Boden angekommen. Die eiligen Schritte des Mannes hallten eigenartig nach, als ob sie sich in einem engen Schacht oder Korridor befanden. Wo wollte er sie hinbringen?

Noch einmal schien es abwärts zu gehen. Marguerite kämpfte gegen den Würgereiz. Das Stück Stoff oder was auch immer es war, das man ihr in den Mund gestopft und festgebunden hatte, drückte bei jedem Schritt gegen ihr Gaumensegel, Speichel rann ihr aus den Mundwinkeln.

Es kam ihr vor wie eine Ewigkeit, als sie plötzlich einen kühlen Luftzug verspürte. Ein Quietschen, ein paar schleifende Schritte und dann plötzlich kühle, frische Luft auf ihrem Gesicht. Sie konnte Beine erkennen, die in Stiefeln steckten und Gras. Plötzlich ein Geräusch. Ein Tor? Eine Tür? Schritte. Und eine Stimme.

»Keine Ursache, Miss. Ich sattel Ihnen das Pony. Das ist lammfromm.«

Der Mann, der sie hierhergebracht hatte, zuckte zusammen, blieb stehen, drückte sich mit ihr in den Schatten eines Strauchs.

Das war Thomas. Thomas! Der Stallbursche. Sie war offenbar auf Kestrel Hall. Der Druck in ihrem Kopf wurde allmählich unerträglich. Wenn sie noch länger so herabhing, würde sie gewiss ohnmächtig.

Die Schritte entfernten sich und Marguerite konnte eine weibliche Stimme hören. Eine, die sie unter hunderten erkannt hätte. Emmeline!

»Haben Sie vielen Dank, Thomas. Das ist sehr freundlich. Ich hätte Sie gewiss nicht geweckt, aber es handelt sich um einen Notfall.«

Emmy! Emmy, ich bin hier!, dachte sie und bäumte sich verzweifelt auf. Sie versuchte zu schreien oder irgendeinen Laut von sich zu geben, doch sie brachte nur ein dumpfes Brummen zustande und musste wieder würgen. Der Knebel in ihrem Mund war zu dick. Sie brauchte ihre Luft zum Atmen. Einen Moment noch verharrte ihr Entführer regungslos. Marguerite stellte sich vor, dass er lauschte. Dann setzte er sich mit ihr langsam wieder in Bewegung, offenbar bemüht, kein Geräusch zu machen.

Sie waren eine ganze Weile gegangen, als sie ein leises Schnauben hörte. Ein Pferd. Kurz darauf konnte sie den typischen, warmen Geruch wahrnehmen. Unsanft hob der Mann sie von der Schulter. Marguerite spürte etwas Hartes und hörte wieder das Pferd schnauben. Sie versuchte, sich auf den Rücken zu rollen, um den Mann zu erkennen. Ihr Herz schien einen Schlag auszusetzen.

Beauchamp! Das war Beauchamp, der da nun über ihr hockte und die Arme nach etwas ausstreckte. Zügel. Eine Peitsche. Er schnalzte mit der Zunge, und der harte Untergrund, auf dem Marguerite lag, schien zu schwanken. Natürlich! Sie befand sich in einer Kutsche. Vermutlich ein kleiner Einspänner. Eine Gig oder eine Tilbury. Sie versuchte zu begreifen, was all dies zu bedeuten hatte, während sie immer wieder hin- und hergerollt wurde und unsanft mit dem Rücken gegen das Holz hinter sich stieß.

Wo brachte Beauchamp sie nur hin? Und warum? Verzweifelt versuchte Marguerite, ihre Hände zu bewegen. Sie keuchte und stöhnte. Als sie aufsah, konnte sie im Mondlicht Beauchamps Gesicht sehen. Seine Miene schien spöttisch.

»Keine Sorge, Lady Peterborough. Es wird nicht mehr lange dauern. Bald sind Sie frei. Frei wie ein Vogel.« Er lachte. Es klang hämisch, und im fahlen silbrigen Licht erschien ihr sein Gesicht wie eine groteske Fratze.

Wie ein Vogel. Was sollte das bedeuten? Was hatte Beauchamp mit ihr vor? Marguerite spürte ihr Herz gegen die Rippen hämmern. Sie versuchte, nicht weiter daran zu denken. Lieber auf etwas anderes konzentrieren. Emmeline! Offenbar hatte sie sich ein Pferd satteln lassen. Wohin war sie unterwegs? Suchte man nach ihr? Würde Emmeline sie finden, bevor Beauchamp …

Sie zwang sich, an etwas anderes zu denken, daran, wie sie in diese Lage gekommen war. Wie hatte Beauchamp sie unbemerkt hinausbringen können? Natürlich! Dass sie nicht eher darauf gekommen waren! Ein geheimer Gang. Kestrel Hall stammte aus der Zeit der Katholikenverfolgungen. Sie hatte es doch in der Familienchronik gelesen. Lady Sybil und ihr Mann Lord Tobias Goodrington hatten unter dem Verdacht gestanden, Rekusanten versteckt zu haben. Das erklärte auch die Geräusche! Es musste in ihrem oder in Adams Zimmer einen Zugang zu einem sogenannten Priesterloch geben. Verstecke, oft nur winzige Kammern, auf Dachböden, hinter Kleiderschränken, hinter falschen Erkern oder Kaminschächten. Diese mussten Zugang zu einem Gang haben, der bis nach draußen führte. Ob es auch in der Nische im Treppenhaus einen versteckten Zugang gab? Das hätte ihre Begegnungen mit der weißen Frau erklären können. Halt! Aber war Beauchamp nicht in seinem Zimmer gewesen, als sie die weiße Frau zum ersten Mal gesehen hatte? Sie versuchte krampfhaft, sich zu erinnern. Beauchamp war erst etwas später aufgetaucht. Zeit genug, in den Gang zurückzulaufen und so zu tun, als sei er aus seinem Zimmer gekommen. Dann gab es wohl in seinem Zimmer auch einen Zugang, sonst hätte Adam wach werden müssen.

Aber welchen Zweck verfolgte Beauchamp mit all dem? Das ergab alles überhaupt keinen Sinn. Ob er sich an Adam für irgendetwas rächen wollte? Doch wofür? Möglicherweise hatte Beauchamp auch in dieser Sache gelogen. Vielleicht hatte er die Geschichte um das Mädchen, dem Adam angeblich Hoffnungen gemacht hatte, nur erfunden, um sie davon abzuhalten, weiter nachzubohren. Was also steckte wirklich hinter ihrem Streit? Sie konnte nicht dahinterkommen.

Nach einer gefühlten Ewigkeit fand das Rütteln und Schaukeln endlich ein Ende. Sie hörte das Pferd schnauben. Dann drang ein anderes, leiseres Geräusch an ihr Ohr. Ein sanftes, gleichmäßiges Rauschen. Brandung. Das Meer. Sie spürte Wind im Gesicht, als Beauchamp sie hochzerrte und vom Kutschbock hob. Im bleichen Silberlicht hoben sich deutlich die weißen

Kreidefelsen vom tintigen Violett der Nacht ab. Die Klippen! Sie befanden sich an der Steilküste. *Frei wie ein Vogel.* Beauchamps Worte hallten in ihrem Kopf, und Panik griff mit klammen Fingern nach ihrem Hals. Nein! Das konnte er doch nicht tun! Warum? Was hatte sie ihm denn getan? Warum hasste er sie so sehr, dass er ihr offensichtlich nach dem Leben trachtete?

Sie fühlte einen Ruck an ihren Beinen. Plötzlich ließ der Druck, den sie dort verspürt hatte, nach. Sie konnte die Beine wieder bewegen! Konnte sie es riskieren wegzulaufen? Zu lange hatte sie gezögert. Beauchamp packte sie unsanft und stieß sie vor sich her, näher an die Klippen.

»Los, vorwärts«, zischte Beauchamp. »Gleich ist es geschafft, Mylady. Und lassen Sie sich nicht einfallen zu fliehen. Sie kommen nicht weit. Und jeder weiß schließlich, dass Sie geistig verwirrt sind.« Wieder lachte er hämisch auf, als sie den Rand der Klippe erreicht hatten.

»Und nun keine Mätzchen!«, zischte er und machte sich an dem Tuch zu schaffen, das den Knebel in ihrem Mund hielt. Offenbar war er dabei, den Stoff zu entfernen.

»Hier draußen können Sie ruhig schreien, Eure Ladyschaft. Niemand wird Sie hören.«

»Warum tun Sie das?«, wimmerte sie, als sie den Knebel schließlich mit Mühe ausgespuckt hatte. Ihre Stimme war kaum mehr als ein Krächzen.

»Sie haben da leider etwas, das ich haben möchte«, murmelte er.

Geld. Ging es ihm um Geld? Schmuck? Marguerite konnte nicht klar denken. Warum nur dröhnte ihr

Kopf so? Sie musste sich konzentrieren. Sie spürte, wie er sich hinter ihr an den Fesseln zu schaffen machte. Würde er tatsächlich ihre Arme losbinden? *Natürlich!*, durchfuhr es sie. Es sollte aussehen, als habe sie sich von der Klippe gestürzt. Nach allem, was in den vergangenen Tagen geschehen war, würde höchstwahrscheinlich niemand anzweifeln, dass sie es getan hatte. Schließlich war sie nicht ganz richtig im Kopf. Verängstigt, nervös, hatte Geistergeschichten erzählt. Marguerite hätte sich beinahe übergeben. Nur mit Mühe konnte sie die gewaltige Übelkeit, die sie bei dem Gedanken übermannte, unterdrücken. Plötzlich waren Hufgetrappel, ein Schnauben und ein leises Wiehern zu hören. Emmeline! Bitte, lieber Herrgott, lass es Emmeline sein.

»Beauchamp!« Mit letzter Kraft ruckte Marguerite an ihren Fesseln, warf sich gegen Beauchamp, der zurücktaumelte, und lief. Sie lief, so schnell sie ihre schmerzenden Beine trugen, auf die Stimme zu, die sie so gut kannte.

»Adam!«, rief sie. »Gott sei Dank, Adam!«

Keuchend warf sie sich in seine Arme, drückte sich an seine Brust.

»Beauchamp. Er ... er wollte mich von der Klippe stürzen. Ich glaube, er ist vollkommen irre geworden.«

»Schhhh. Schhh... alles ist gut«, machte Adam und strich ihr über das Haar. Zu spät begriff Marguerite, dass sie einen fatalen Fehler gemacht hatte, als er sie plötzlich herumwirbelte, ihren Arm schmerzhaft auf den Rücken drehte, einen Arm um ihre Schulter legte und sie vorwärtsstieß.

»Lauf!«, zischte er. »Vorwärts.« Der Schock hatte sich in ihre Wirbelsäule gefressen und nahm ihr die Luft. Adam! Offenbar machte er gemeinsame Sache mit Beauchamp. Aber warum? Warum das alles? Tränenblind und unfähig, sich zu wehren, stolperte sie vorwärts, spürte den kühlen Seewind, der ihr ins Gesicht blies.

»Adam! Bitte! Ich flehe dich an!«, keuchte sie, als sie am Rande der Klippe zum Stehen kamen. »Bitte!«

Sie erwartete jeden Moment den Stoß, der sie über diesen hinausbefördern würde. Zitternd stand sie da und bemühte sich, nicht in die brausende Tiefe unter ihren Füßen zu sehen. Ein schmales, helles Band zog sich über den Horizont und ließ Lavendelgrau in das Himmelsschwarz laufen. Die Sonne würde bald aufgehen. Ein neuer Tag, den sie möglicherweise nicht mehr erleben würde. Der Augenblick zog sich unendlich, während Marguerite in ihrem Innern nach der Kraft suchte, sich zu befreien.

»Nun mach schon, Adam! Warum musst du immer so zögerlich sein?« Beauchamps Stimme wehte zu ihnen herüber.

»Los! Worauf wartest du noch? Wir wären endlich frei.«

»So war es nicht geplant gewesen, Timothy«, rief Adam hinter ihr. Seine Stimme zitterte. Der Griff um ihre Schultern wurde fester, drückte ihr die Luft ab. »Einweisen. Nicht töten. Dafür können wir hängen, Tim.«

»Bitte, Adam! Bitte tu es nicht!«, flehte Marguerite. Sie überlegte, sich loszureißen. Doch sie stand zu nah am Abgrund. Eine falsche Bewegung, und sie würde in die

Tiefe stürzen. Ihre einzige Hoffnung ruhte auf Adam, der noch immer zu zögern schien.

»Sei still!«, brüllte Beauchamp. »Bring sie zum Schweigen, Adam. Sie wird alles verderben. Das ordinäre Weibsstück wird dich mir nicht noch einmal wegnehmen! Sie ist es nicht wert. Begreif doch, dass sie dich nie geliebt hat. Es wäre mir ein Leichtes gewesen, sie zu verführen. Willst du wegen dieses durchtriebenen Weibes unser gemeinsames Ziel verraten?«

Adam keuchte und presste seine Hand über Marguerites Mund.

»Nun komm schon, Adam! Worauf wartest du? Niemand wird dich auch nur für eine Sekunde verdächtigen. Sie werden glauben, sie sei gesprungen. Dafür haben wir gesorgt. Tu es! Ich flehe dich an. Tu es für uns, Adam! Für unsere Liebe! Damit wir endlich zusammen sein können.«

ZWEIUNDVIERZIG

Dienstag, 14. Oktober 1816 – Kestrel Hall

Unruhig lief Emmeline im Zimmer auf und ab. Die Gedanken jagten durch ihren Kopf. Noch immer konnte sie all das nicht begreifen, wollte es nicht begreifen. Das konnte einfach nicht sein. Marguerite würde doch keiner Menschenseele etwas zuleide tun können. War es möglich, dass sich ein Mensch so plötzlich vollkommen veränderte? Sie musste etwas tun. Sie konnte nicht untätig hier herumsitzen. Plötzlich wusste sie, was zu tun war.

Rasch kehrte sie in ihr Zimmer zurück, um sich anzuziehen, dann lief sie die Treppe hinunter. Als sie den Absatz erreichte, auf dem Marguerite behauptet hatte, von der weißen Frau angegriffen worden zu sein, hielt sie plötzlich inne. Sie ließ den Schein der Lampe über die Nische gleiten. Ein Gedanke bohrte sich in ihren Kopf.

Sie hatte sich daran erinnert, was Sturgess gesagt hatte, kurz bevor Thompson aufgetaucht war. An dieser Stelle war schon einmal jemand gestürzt. Ein Mädchen. Es hatte behauptet, die weiße Frau sei durch die Wand geschwebt. Was, wenn Marguerite nicht verrückt war? Was, wenn sie tatsächlich jemanden gesehen hatte?

Natürlich! Kestrel Hall war über zweihundert Jahre alt. Vielleicht gab es ein geheimes Versteck oder eine verborgene Tür. Eine, durch die das Dienstpersonal diskret verschwinden konnte, wenn die Herrschaft das

Treppenhaus betrat. Mit zittrigen Fingern tastete Emmeline die hölzernen Wandpaneele ab. Da! Tatsächlich, hier konnte sie einen Spalt tasten. Sie glaubte, einen leichten Luftzug zu verspüren. Es gelang ihr, die Finger unter den Spalt zu schieben. Aufgeregt zog sie daran. Unglaublich! Der mittlere Teil der Wandtäfelung schwang nach vorne wie eine Tür. Emmeline schluckte. Was, wenn die Person, die hier auf Marguerite gelauert hatte, noch da war?

Sie leuchtete in den Hohlraum und entdeckte eine kleine Kammer. Groß genug, dass ein Erwachsener ohne Probleme darin stehen konnte. Mit klopfendem Herzen zog sie die Tür hinter sich zu. Wenn die Person noch im Haus war, sollte sie nicht wissen, dass Emmeline ihr Geheimnis entdeckt hatte. Als sie sich umwandte, entdeckte sie etwa auf Augenhöhe etwas Metallenes an der Tür. Einen Haken und zwei feine Scharniere, die eine kleine Klappe hielten, von der sie vermutete, dass sie sich nach innen öffnen ließ, so dass man die Treppe beobachten konnte.

Ein Priesterloch! Aber natürlich. Das war es! Lady Mulgraves Vorfahren hatten seinerzeit Katholiken Unterschlupf gewährt. Sie ließ den Lampenschein über die Wände gleiten und entdeckte, dass ihr gegenüber eine Tür in die Wand eingelassen war. Vorsichtig öffnete sie diese, und der kühle Luftzug, den sie gespürt hatte, verstärkte sich. Ein Gang! Ob man von hier nach draußen gelangen konnte?

Sie folgte dem Gang ein Stück und stieß auf eine steile Treppe, die nach oben führte und einen weiteren Gang, der in die andere Richtung abzweigte. Offenbar gab es ein ausgeklügeltes System von geheimen Fluchtwegen, das verschiedene Räume und Stockwerke miteinander verband. Emmeline schrie leise auf, als ihr Fuß auf etwas Weiches trat. Sie leuchtete auf den Boden zu ihren Füßen und entdeckte einen Haufen weißen Stoffs – höchstwahrscheinlich ein Bettlaken – und etwas, das wie ein kleiner schwarzer Sack aussah. Sie hob es auf und entdeckte zwei winzige Löcher in dem groben Wollstoff. Eine Maske! Wer auch immer Marguerite – und vermutlich damals auch dieses Mädchen – angegriffen hatte, war in Gestalt der weißen Frau aufgetreten und hatte sein Gesicht hinter dieser Maske verborgen. Emmeline schauerte. Wer konnte so etwas nur tun? Und zu welchem Zweck?

Sie schob das Laken mit dem Fuß beiseite und stieg die Stufen hinauf, bis sie abermals auf eine kleine Kammer stieß. Hier entdeckte sie in einer Ecke ein Kissen und eine grobe Wolldecke und einen kleinen Kerzenleuchter, in dem noch ein halb heruntergebrannter Stummel steckte. Hier hatte sich jemand offenbar länger aufgehalten.

Emmeline runzelte die Stirn. Wo war sie hier? Sie war eine Treppe hinaufgestiegen. Das musste bedeuten, dass sie sich auf der oberen Etage befand, in der die Schlafzimmer der Familie lagen. Ein Gedanke durchzuckte sie. Natürlich! Wer auch immer sich hier versteckt hatte, er war für diese Geräusche verantwortlich, die Marguerite Nacht für Nacht gehört hatte.

Auf der Suche nach einer Tür leuchtete sie über die Wände. Noch einmal ließ sie den Lichtschein zu dem provisorischen Lager in der Ecke wandern. Sie stutzte. Etwas lugte unter dem Kissen hervor. Sie zog es heraus und hielt ein ledergebundenes Buch in den Händen. Ein Graphitstift steckte in einer Schlaufe, die am Einband befestigt war. Ein Tagebuch! Marguerite stellte die Lampe ab und blätterte es auf. Ihr Blick überflog die eng beschrifteten Seiten Zeile um Zeile. Sie blätterte. Weitere Notizen, Zeichnungen. Sie stutzte. Mein Gott! Das war nicht zu fassen! Zwischen den Seiten steckten einige zusammengefaltete Bögen Papier, die sie entfaltete und ebenfalls überflog. Sie spürte, wie ihr das Blut in die Füße zu sacken schien. Sie schluckte. Marguerite! Wenn sie all dies hier richtig deutete, dann war sie in allerhöchster Gefahr! Es gab keine Zeit zu verlieren. Sie brauchte ein Pferd!

Als Thomas das gesattelte Pony vorführte, nahm Emmeline ihm die Zügel ab, bedankte sich und schickte ihn zurück ins Haus. Rasch zog sie Peterboroughs Jagdgewehr hervor, das sie zuvor in einem der kegelförmig geschnittenen Buchsbäume versteckt hatte, schwang sich in den Sattel und preschte in Richtung Flamborough davon. Allein konnte sie nichts ausrichten. Sie würde nur sich und Marguerite in Gefahr bringen. Nach einem kurzen Ritt erreichte sie das *Ship Inn* und pochte wie wild gegen die Tür.

Nachdem sie sich wortreich bei der Wirtin für die nächtliche Störung entschuldigt und ihr Anliegen erklärt hatte, führte diese sie kopfschüttelnd zu einem der Gastzimmer.

»Mr Hayward, Sir«, rief sie und klopfte. »Ihre Schwester ist hier.« Innen war Rascheln zu hören, dann ein Fluchen, schließlich tauchte Leanders rötlicher Haarschopf in der Tür auf.

»Emmy!« Er sah sie erstaunt an. »Was in drei Teufels Namen machst du hier mitten in der Nacht?«

»Das erkläre ich dir auf dem Weg. Du musst mitkommen. Beeile dich. Marguerite ist in Gefahr!«

Sofort schien Leander hellwach. Nachdem er sich eilig angezogen hatte, folgte er Emmeline hinaus.

»Ich werde mir eines der Postpferde leihen. Keine Zeit, den Knecht zu wecken«, verkündete er, und sie liefen zum Stall. Während Leander in aller Eile eines der Tiere sattelte, fasste Emmeline in knappen Worten zusammen, was geschehen war und was sie aus dem Tagebuch erfahren hatte.

»Was sagst du? Beauchamp und Peterborough sind ein Liebespaar?«

»Sie müssen sich damals kennengelernt haben, als Peterborough bei Lady Mulgrave lebte. Leander, Beauchamp scheint zu allem fähig zu sein. Der Butler Sturgess erzählte von einem Dienstmädchen, das die Treppe hinuntergestürzt war, nachdem ihr angeblich der Geist von Lady Sybil erschienen war. Ich vermute, dass sie von dem Verhältnis gewusst und die beiden erpresst hatte. Also hat sich Beauchamp ihrer entledigt. In dem Tagebuch gab es Notizen über Giftpflanzen und ihre Verwendung: Bilsenkraut, Tollkirsche, Stechapfel. Beauchamp interessierte sich offenbar für Pflanzen, die Unruhe, Bewusstseinstrübungen und Halluzinationen auslösen.«

»Du glaubst, sie haben versucht, Marguerite zu vergiften?«, rief Leander.

»Nein. Ich glaube, sie mischten geringe Dosen eines solchen Giftes in ihr Tonikum.«

»Aber wozu das alles?«

»Ich weiß es nicht mit Sicherheit, aber Peterborough machte den Vorschlag, Marguerite einweisen zu lassen.«

»Sie wollten sie in den Wahnsinn treiben! Diese Unmenschen! Ich werde sie umbringen!« Leander schwang sich in den Sattel, und Emmeline tat es ihm gleich.

»Wir müssen in der Nähe des Hauses nach Spuren suchen. Ich bin sicher, dass sie Marguerite durch diesen geheimen Gang aus dem Haus geschafft haben.«

»Dann auf! Es gibt keine Zeit zu verlieren. Wer weiß, was die beiden mit der armen Marguerite vorhaben.«

»Die Steilküste!«, stieß Emmeline entsetzt hervor, als sie nach einiger Zeit auf die Spur eines Wagens stießen, die sich in den noch immer feuchten Boden gegraben hatte. »Sie sind in Richtung Steilküste davongefahren!«

DREIUNDVIERZIG

»Können wir nicht einen anderen Weg finden?« Adam keuchte. Seine Stimme klang tränenerstickt. »Wir hatten uns doch darauf geeinigt, dass ihr nichts Schlimmes geschehen soll.«

»Liebst du mich nun oder nicht?«, drängte Beauchamp. »Ich habe nicht eine Sekunde gezögert, als es darum ging, unsere Liebe zu schützen. Diese dumme Gans hätte doch niemals aufgehört, dich zu erpressen. Sie hatte ihre Milchkuh gefunden. Was hätte ich tun sollen?«

»Ich weiß, Tim. Ich weiß doch.« Adam hustete. »Ich frage mich nur, wie viele Leben unsere Liebe kosten soll?«

»Nur dieses eine, Adam. Ich beschwöre dich. Tu es. Jetzt! Tu es für uns. Wir werden für immer frei sein. Ist es dir das nicht wert?«

»Es tut mir leid«, wisperte Adam. »Es tut mir leid, Marguerite.«

Sie dachte an Jacob. Daran, dass er möglicherweise nie erfahren würde, was mit ihr geschehen war. Daran, dass sie ihn nie wieder würde im Arm halten können. Mit allerletzter Kraft stemmte sie sich gegen Adam, grub ihre Zähne in seine Finger und trat wild nach hinten. Für einen Augenblick lockerte sich der Griff, und es gelang Marguerite mit Hieben und Tritten, unter seinem Arm hindurchzutauchen.

Für einen kurzen Augenblick verlor sie beinahe das Gleichgewicht, Steine rutschten unter ihren Füßen weg. Sie ruderte mit den Armen. *Nicht fallen! Nicht nach hinten fallen!* Verzweifelt warf sie sich mit aller Kraft nach vorn. Ihre Füße rutschten, traten ins Leere, doch es war ihr gelungen, ihr Gewicht so nach vorne zu bringen, dass sie mit dem Oberkörper und den Armen auf der Felskante ruhte. Verzweifelt suchten ihre Hände nach Halt und fanden schließlich eine Vertiefung im Felsgestein, an die sie sich klammern konnte. Langsam, Millimeter um Millimeter, zog sie sich vorwärts, versuchte, sich ganz darauf zu konzentrieren, die aufgeregten Stimmen auszublenden, bis ihr Fuß schließlich wieder Halt fand und sie sich keuchend auf den Felsüberhang rollte. Geschafft! Sie lebte noch! War nicht gefallen. Doch sie wusste, dass ihr Triumph nur von kurzer Dauer sein konnte. Gleich würde Beauchamp bei ihr sein, um sie endgültig von der Klippe zu stürzen. Auch wenn ihre Chancen nicht gut standen, sie musste es versuchen!

Mit Kraft drückte sie sich vom Boden hoch und sprang auf die Füße. Ihr Blick zuckte zwischen Adam und Beauchamp hin und her, suchte nach dem aussichtsreichsten Fluchtweg. Gerade wollte sie loslaufen, als sich Hufgetrappel näherte. Beauchamp fuhr herum.

»Halt!«, rief jemand. In der aufziehenden Dämmerung erkannte Marguerite Leander Hayward und Emmeline.

»Wagen Sie es nicht, Beauchamp!«, spie Leander. Er hatte den Gewehrlauf auf ihn gerichtet. »Und Sie,

Peterborough! Bleiben Sie ja, wo Sie sind. Einen Schritt vor, und ich werde schießen.«

»Lauf, Marguerite!«, rief Emmeline. »Lauf hierher zu uns. Sie werden es nicht wagen.«

Marguerite holte tief Luft. Doch gerade, als sie loslaufen wollte, sah sie eine Bewegung aus dem Augenwinkel. Beauchamp stürzte vor. Ein Blitz und ein Knall zerrissen die dämmrige Stille. Sie schrie. Beauchamp sackte knapp vor ihren Füßen zu Boden. Marguerite schmeckte Blut, als sich ihre Zähne in ihre Unterlippe gruben. Sie lief los.

Leander war abgestiegen und ließ das Gewehr ins Gras fallen. Er stürzte Marguerite entgegen und fing sie auf.

»O Leander! Wie schrecklich«, keuchte sie. Sie wagte kaum, sich umzudrehen.

Hinter sich hörte sie Adam aufjaulen. Ein kaum noch menschlicher Schmerzenslaut, der tief aus seiner Seele aufzusteigen schien. Marguerite richtete sich auf und sah ihn über dem leblosen Beauchamp kauern. Heftige Schluchzer schüttelten seinen Körper.

Emmeline bückte sich und hob das Gewehr auf.

»Und was nun?«

Allen dreien stand der Schrecken und der Unglaube noch deutlich ins Gesicht geschrieben.

»Wir sollten ihn nach Kestrel Hall bringen. Morgen lassen wir den Konstabler aus Bridlington kommen«, sagte Marguerite schließlich.

»Kommen Sie, Peterborough.« Leander fasste Adam am Arm. Widerstandslos ließ er sich auf die Füße ziehen. Plötzlich jedoch drehte er sich um und lief.

»Peterborough, nein!«, rief Leander.

»O Gott!« Emmeline schlug die Hände vor das Gesicht.

Marguerite ließ sich auf die Knie sinken. Da, wo er eben noch gestanden hatte, war nichts. Langsam schob sich die Sonnenscheibe in das dämmrige Rosa des Himmels, das ganz und gar nicht zu der Tragik der Szene passen wollte, die sich soeben hier abgespielt hatte.

VIERUNDVIERZIG

»Mrs Comerford, Countess Peterborough ist eingetroffen.«

»Ausgezeichnet, Rowley. Bitten Sie sie herein. Und sagen Sie Birks, sie möge doch bitte den Tee und etwas Gebäck servieren. Ihre Ladyschaft wird gewiss eine Stärkung gebrauchen können.«

»Sehr wohl, Madam.«

»Comerford, leg deine Zeitung beiseite, Marguerite ist endlich da.«

»Du bist ja aufgeregt wie ein Kind am Weihnachtsmorgen.« Mr Comerford lachte, faltete aber pflichtschuldig seine Zeitung zusammen und erhob sich, um Lady Peterborough zu begrüßen.

»Marguerite!« Emmeline vergaß alle gute Erziehung und Etikette, stürzte zur Tür und drückte ihre Freundin an sich.

»Und der kleine Jacob! Nein, wie groß du geworden bist!«

»Tante Emmeline!«, rief der Knabe freudig und lief auf seine Patentante zu, die in die Knie ging, um ihn hochzuheben und ihn sich auf die Hüfen zu setzen.

»Bald wirst du so groß sein, dass ich dich nicht mehr auf dem Arm tragen kann.« Sie lachte.

»Mylady. Wie schön, Sie wiederzusehen. Ich hoffe, Sie hatten eine angenehme Reise.« Comerford verneigte sich.

»Danke, lieber Comerford, recht angenehm. Ich komme immer wieder gern nach London, insbesondere, wenn ich weiß, dass ich meine liebe Emmeline hier antreffe.« Marguerite strahlte. »Aber möchten Sie nicht Marguerite sagen? Sie sind doch beinahe wie ein Bruder für mich, und ich lese in Emmelines Briefen so viel von Ihnen.«

»Nur Gutes, hoffe ich.« Comerford lächelte. »Ich will Ihr Angebot gern annehmen, aber dann nennen Sie mich auch Julius.«

In diesem Augenblick flog die Tür auf, und Leander Hayward kam mit etwas zu viel Schwung ins Zimmer gelaufen.

»Marguerite! Jacob! Ich freue mich so, euch zu sehen.«

»Du trägst die Haare kürzer«, stellte Marguerite fest.

»Ja. Gefällt es dir nicht?« Leander griff sich an den Kopf.

»Doch doch, es gefällt mir sehr gut. Es steht dir.«

Birks brachte den Tee und alle setzten sich. Emmeline nahm den kleinen Jacob auf die Knie.

»Hier scheint sich kaum etwas verändert zu haben«, stellte Marguerite fest, indem sie ihren Blick über die hellen Tapeten mit dem Blättermuster, die dunklen Kirschbaummöbel und Emmelines gerahmte Aquarelle wandern ließ.

»Oh ja. Als Papa uns das Haus überschrieb, wollte ich es zunächst vollkommen neu einrichten, aber ich habe recht bald festgestellt, dass es so voller Erinnerungen steckt, dass ich es einfach nicht übers Herz gebracht habe. Comerford ist es, so glaube ich, auch ganz recht so. Er befasst sich nicht gern mit derlei profanen

Dingen wie Renovierungen, wenn es doch noch so viele ungelesene Bücher gibt. Nicht wahr?«

Mr Comerford ließ sich die Neckereien seiner Gattin nur allzu gern gefallen.

Über die Ereignisse im Herbst 1816 allerdings wurde nicht gesprochen. Es war eine Art stille Übereinkunft in ihrem Bekanntenkreis. Der Freitod des Earls hatte einigen Wirbel verursacht, und die Gerüchte um eine angebliche Liebesbeziehung zu einem Mann, die der Grund dafür gewesen sein sollte, hatten in der adligen Gesellschaft ebenfalls hohe Wellen geschlagen.

Marguerite hatte es mit Gelassenheit ertragen, wohl in dem Wissen, dass sie bald von einem neuen Skandal abgelöst würden, womit sie recht behalten sollte. Das Gerede wurde stetig weniger. Irgendwann würde man es vergessen haben.

Emmeline war froh, dass Marguerite sich von den Erlebnissen zu erholen schien. Sie hatte schließlich einiges durchgemacht, und auch Emmeline schreckte oft noch nachts aus dem Schlaf und erinnerte sich an die denkwürdige Nacht am Flamborough Head. Die Bilder verfolgten sie noch immer im Traum, aber sie war froh und dankbar, dass Marguerite nichts geschehen war.

Sie konnte nicht umhin, die Blicke zu bemerken, die zwischen Leander und Marguerite hin- und hergegangen waren, als ihre Freundin Leanders neuen Haarschnitt bemerkt hatte. Und sie wusste sehr wohl, dass Leander geduldig darauf gewartet, dass die Trauerzeit enden und der Anstand es erlauben würde, Marguerite endlich gestehen zu können, was er ihr bereits an jenem schicksalhaften Montag vor vier Jahren hatte sagen wollen.

»Komm, Comerford. Wir wollen sehen, ob sich in der Bibliothek nicht noch ein hübsches Bilderbuch für unseren kleinen Jacob finden lässt, das wir mit ihm anschauen können«, schlug sie vor und versetzte ihrem Gatten unter dem Tisch einen zarten Tritt gegen das Schienbein.

»O ja, selbstverständlich, Liebes«, beeilte der sich zu sagen. »Ich weiß schon genau, was wir dir heraussuchen werden, Jacob.«

Damit verließen sie den Raum, und Marguerite und Leander blieben allein zurück.

»Wie geht es dir?«, fragte Leander, als die Tür sich hinter den dreien geschlossen hatte.

»Vergessen werde ich es wohl nie, aber es geht mir schon wesentlich besser. Jacob ist mir dabei eine große Stütze. Ganz begreifen kann ich es immer noch nicht.«

»Ich weiß, dass ich vermutlich keine Wahl hatte, aber es fällt mir noch immer schwer, damit zurechtzukommen, dass ich einen Menschen getötet habe.« Leander schaute in seine Tasse. »Aber wenn ich es nicht getan hätte, dann hätte er dich getötet.«

»Das verstehe ich. Ich habe den beiden vergeben. Und wenn ich das kann, dann solltest du dir selbst auch vergeben können.« Marguerite sah ihn an. »Was sie getan haben, ist entsetzlich, und es gibt dafür keine Rechtfertigung. Jedoch stelle ich es mir auch schrecklich vor, jemanden so sehr zu lieben und es niemals zeigen zu dürfen.«

Leander nickte. »Aber war es nicht besonders niederträchtig, dass er dich offenbar nur wegen des

Geldes geheiratet hat? Er hätte doch ein Leben als Junggeselle führen können.«

»Ich erkläre es mir so«, entgegnete sie. »Seine Familie drängte auf die Heirat, und die selige Lady Peterborough wollte dringend einen Erben. Sie hätten gewiss nicht locker gelassen. Er wollte frei sein.«

»Und dafür wollte er dich in eine Anstalt einweisen lassen?«

Marguerite nickte. »Es wäre die perfekte Möglichkeit gewesen, verheiratet zu sein und sich vom Druck der Familie zu befreien – um unbeeinträchtigt mit Beauchamp zusammen sein zu können, ohne Entdeckung durch mich befürchten zu müssen.«

Leander schüttelte den Kopf. »Unbegreiflich. Allerdings war Beauchamp die treibende Kraft, wenn ich es richtig verstehe?«

Marguerite nickte. »Einiges ist auch mir rätselhaft geblieben. Doch ich habe nach und nach einiges zusammengefügt. Die beiden müssen sich kennengelernt und ineinander verliebt haben, als Peterborough bei seiner Großmutter lebte. Bei einem seiner Abenteuerstreifzüge durch das Haus seiner Großmutter hatte Adam die Geheimgänge entdeckt, und die beiden nutzten sie fortan für heimliche Treffen. Auf diese Weise konnte Beauchamp ungesehen ins Haus und wieder hinausgelangen. Doch ein Dienstmädchen hat die beiden zusammen gesehen und erpresste Adam dann mit ihrem Wissen. Beauchamp hatte offenbar die Idee, es mit der Spukgeschichte um Lady Sybil so zu erschrecken, dass es fortlaufen würde. Doch der Plan ging schief. Das Mädchen stürzte von der Treppe und starb an den

Folgen. Die beiden hatten einen heftigen Streit deswegen, und Adam reiste kurz darauf ab. Eines Abends habe ich ein Gespräch zwischen Beauchamp und Adam belauscht, in dem es um den tödlichen Sturz des Mädchens gegangen sein muss, das habe ich im Nachhinein geschlossen. Adam schien nicht zu wollen, dass sich ein solcher Vorfall wiederholen könnte. Irgendwann müssen sie sich in London wieder begegnet sein. Ich weiß nicht, ob bevor oder nachdem Adam mich kennenlernte.«

»Und dann heckten sie den Plan aus, dich in den Wahnsinn zu treiben?«

Marguerite nickte. »So muss es wohl gewesen sein, ja.«

»Peterborough wartete noch, bis ich seiner Familie den erhofften Enkel gebar. Von da an ließ er mich immer häufiger allein, um sich mit Beauchamp zu treffen.«

»Doch die heimlichen Treffen reichten Beauchamp irgendwann nicht mehr«, stellte Leander fest. »Und er drängte Peterborough, etwas zu unternehmen.«

»Richtig. So zumindest habe ich es mir im Nachhinein erklärt. Die volle Wahrheit werde ich wohl nie erfahren. Aus dem wenigen, was ich mit Sicherheit weiß, habe ich geschlossen, dass sich die beiden auch nicht ganz einig waren. Es gab Streit, denn Adam hatte Skrupel. Beauchamp war berechnend, und es bereitete ihm offenbar ein gewisses Vergnügen, mit mir zu spielen. Er versuchte, mein Vertrauen zu gewinnen, indem er geschickt auszunutzen wusste, dass ich in meiner Ehe unglücklich war. Er hatte anscheinend längst den Entschluss gefasst, mich zu töten, denn

Emmelines Auftauchen hatte den ursprünglichen Plan ins Wanken gebracht. Also verlegte er sich darauf, zu improvisieren. Er versuchte, sich als Vertrauten zu etablieren, was ihm schließlich auch gelang. Adam ahnte, was er vorhatte und hoffte, ihn überzeugen zu können, an ihrem eigentlichen Plan festzuhalten. Doch dann war es zu spät, denn ich wusste zu viel.«

»Dennoch hast du ihnen vergeben? Aber sie hätten dich beinahe getötet, für eine Liebe, die vollkommen wider die Natur und eine Sünde ist.« Leander schüttelte den Kopf. »Das kann ich nicht begreifen.«

»Darüber habe ich lange nachgedacht«, sagte Marguerite und rührte in ihrer Tasse, obwohl es darin eigentlich nichts zu rühren gab. »Es ist nicht an mir, zu richten. Natürlich ist ihr Handeln zu verurteilen. Daran kann kein Zweifel bestehen. Kann es jedoch allein schon eine Sünde sein, jemanden zu lieben und den Wunsch zu verspüren, diesem Menschen nahe zu sein? Wie verzweifelt muss jemand sein, wenn er so sehr liebt, dass er bereit ist, etwas derart Abscheuliches zu tun? Überlassen wir es also Gott, das Urteil über sie zu sprechen. Er wird sie für alle ihre Sünden und Verfehlungen gerecht bestrafen. In diesem Wissen will ich ihnen vergeben.«

»Das ist vermutlich weise«, gab Leander zu.

Er räusperte sich. »Ich weiß auch, dass es eine Qual sein kann, jemanden sehr zu lieben und es nicht zeigen zu dürfen.«

Marguerite sah auf. Sie konnte fühlen, wie ihr Pulsschlag sich beschleunigte. Welche verworrenen und seltsamen Wege das Schicksal doch ging. Sie ahnte, was Leander ihr gleich sagen würde. Er hatte es schon einmal getan, damals unter den Bäumen im Hyde Park, und für einen kurzen Augenblick war ihr ganz klar gewesen, dass sie dem Mann gegenüberstand, den sie am meisten liebte, dem sie vertraute und auf den sie sich immer verlassen konnte. Und doch hatte sie es aufgrund eines simplen Missverständnisses beiseite gewischt und nicht geahnt, was er für sie empfand.

Sie lächelte. »Die Liebe ist nicht immer leicht zu verstehen, und Gefühle und Empfindungen sind schlüpfrige kleine Dinger, die man manchmal nur schwer zu fassen bekommt.«

Seine bernsteinfarbenen Augen leuchteten für einen Augenblick im einfallenden Sonnenlicht auf, ganz genau so, wie sie es damals getan hatten.

»Du scheinst zu wissen, was ich dir sagen möchte?«, fragte er.

Marguerite nickte. »Aber ich möchte es trotzdem hören.«

Leander lachte leise, ging vor ihrem Stuhl auf ein Knie und ergriff ihre Hände. Er umschloss sie zärtlich mit seinen.

»Im Lichte der schrecklichen Ereignisse erscheint es mir noch schicksalhafter, dass ich damals meine eigenen Empfindungen nicht richtig gelesen und nicht die richtigen Worte gefunden habe. Ich hätte dir sagen sollen, wie froh ich schon immer war, wenn ich dich um mich hatte, wie sehr ich deinen Rat, deinen Enthusiasmus und die Leidenschaft schätze, die du in dir trägst. Und als mir endlich klar wurde, dass ich dich aufrichtig liebe, war es bereits zu spät, und ich wollte mich nicht aufdrängen. Wir haben so viel durchgestanden, und ich bin mir sicher, mit dir an meiner Seite kann ich alle Prüfungen meistern, die mir das Schicksal in den Weg legen mag. Und ich hoffe, dass du ebenso empfindest wie ich. Also will ich dich fragen, ob du meine Frau werden möchtest.«

»Aber ja«, rief Marguerite und erhob sich, wobei sie Leander aufhalf. »Liebend gerne.«

Zärtlich strich Leander über ihre Wange und zeichnete mit dem Daumen ihre Unterlippe nach. Dann beugte er sich vor und küsste sie sanft.

Marguerite schlang die Arme um seinen Hals und erwiderte seinen Kuss mit tief empfundener Liebe und Leidenschaft.

»Ich liebe dich«, flüsterte Leander.